チンギス紀 十七

天地《てんち》

北方謙三
Kenzo Kitakata

集英社

目次

チンギス紀

十七

天地

てんち

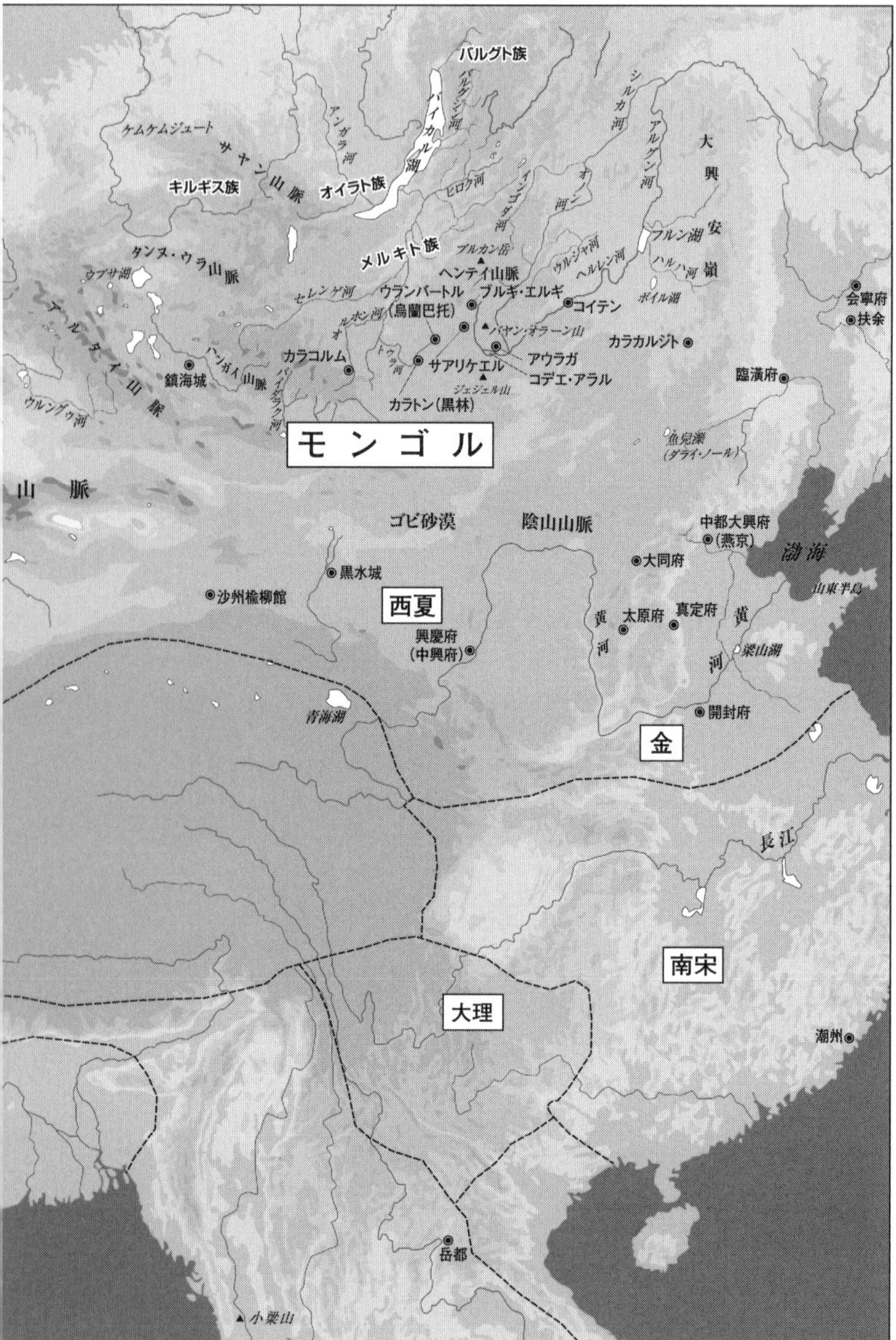

バルグト族
バルグジン河
バイカル湖
アンガラ河
ケムケムジュート
サヤン山脈
キルギス族
オイラト族
ヒロク河
インゴダ河
シルカ河
アルグン河
オノン河
大興安嶺
フルン湖
ハルハ河
ボイル湖
ウルジャ河
ヘルレン河
メルキト族
ブルカン岳
ヘンテイ山脈
タンヌ・ウラ山脈
ウブサ湖
セレンゲ河
ウランバートル
（烏蘭巴托）
ブルキ・エルキ
コイテン
オルホン河
バヤン・オラーン山
トウラ河
アウラガ
カラカルジト
会寧府
扶余
アルタイ山脈
ハンガイ山脈
カラコルム
サアリケエル
コデエ・アラル
鎮海城
バイダラク河
ジェジェル山
カラトン（黒林）
臨潢府
ウルングゥ河
モンゴル
魚児濼
（ダライ・ノール）
山脈
ゴビ砂漠
陰山山脈
中都大興府
（燕京）
渤海
黒水城
大同府
沙州楡柳館
西夏
山東半島
黄河
太原府
真定府
興慶府
（中興府）
梁山濼
青海湖
開封府
金
長江
南宋
大理
潮州
岳都
小梁山

関係地図

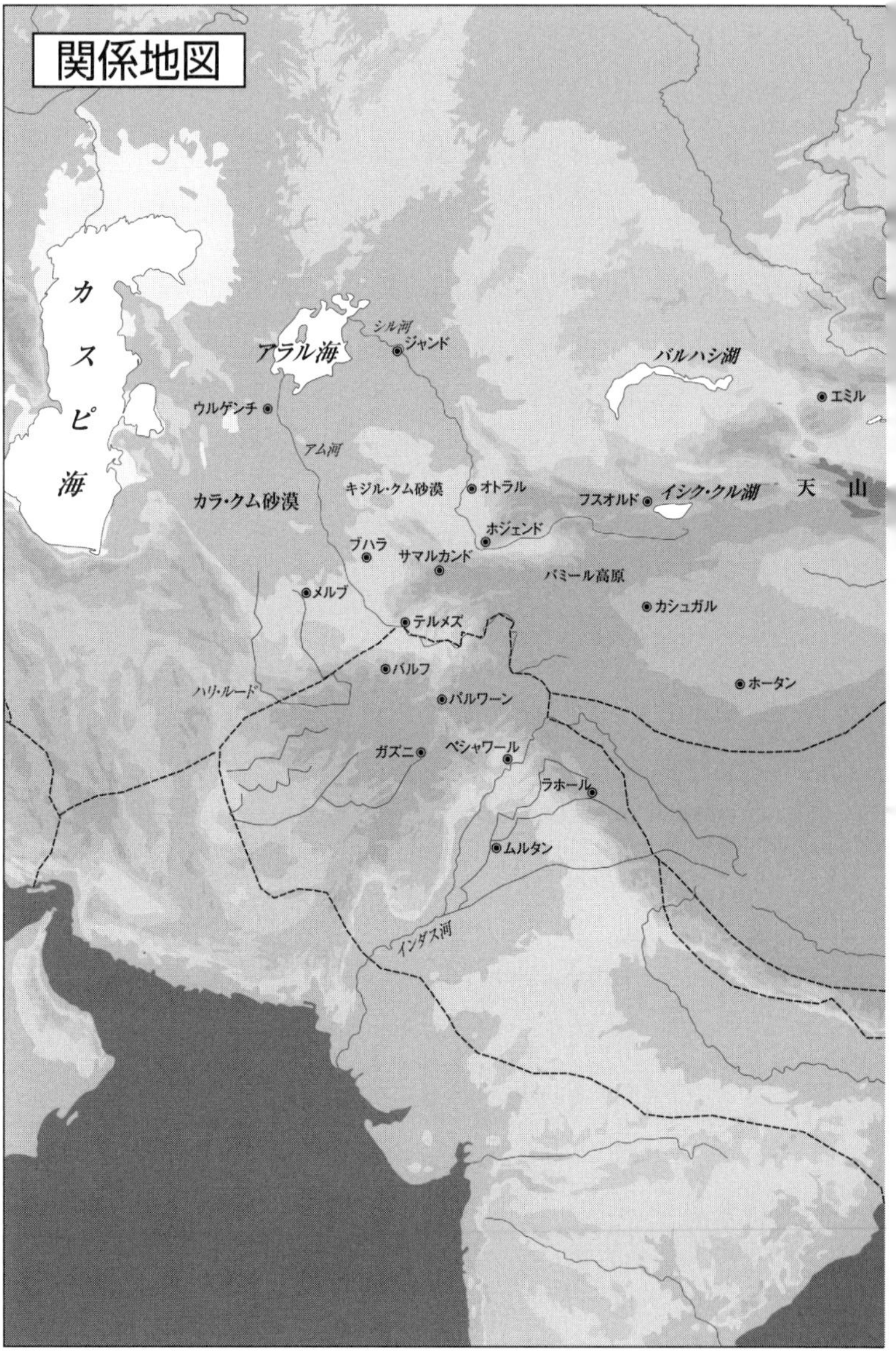
カスピ海
アラル海
シル河
ジャンド
バルハシ湖
エミル
ウルゲンチ
アム河
キジル・クム砂漠
オトラル
フスオルド
イシク・クル湖
天　山
カラ・クム砂漠
ホジェンド
ブハラ
サマルカンド
パミール高原
メルブ
カシュガル
テルメズ
バルフ
ホータン
ハリ・ルード
パルワーン
ガズニ
ペシャワール
ラホール
ムルタン
インダス河

モンゴル国

チンギス・カン……（モンゴル族の長）
テムゲ…………（チンギスの弟、四子）
テムルン………（チンギスの妹でボオルチュの妻）
ボルテ…………（チンギスの妻）
ジョチ…………（チンギスの長男）
トルイ…………（チンギスの四男）
ヤルダム………（チンギスの娘コアジン・ベキの息子）
ボオルチュ……（幼少よりチンギスと交わり、主に内政を司る）
ボロルタイ……（ボオルチュとテムルンの息子で将軍）
ジェルメ………（槍の達人で将軍）
スブタイ………（モンゴル国の将軍）
ジェベ…………（モンゴル国の将軍）
シギ・クトク…（モンゴル国の将軍）
ナルス…………（工兵隊を率いる将軍）
チェスラス……（兵站部隊の指揮を担う将軍）

ソルタホーン……（チンギスの副官）
ツォーライ………（ジョチの副官）
トゥザン…………（ジェベの副官）
ケンゲル…………（ボロルタイの副官）
チンカイ…………（鎮海城を建設した文官）
耶《や》律《りつ》楚《そ》材《ざい》…………（元金国の文官で、モンゴル国の内政に携わる）
武《ぶ》健《けん》成《せい》…………（耶律楚材の従者）
陳《ちん》高《こう》錬《れん》…………（モンゴル国の街道や駅を統轄する）
オルギル…………（陳高錬のもとで駅を統べる）
華了《かりょう》……………（医師で養方所を仕切る）
ケシュア…………（亡き父から医術を学んだ女医師）
李元《りげん》……………（李順《りじゅん》の息子でコデエ・アラルを差配する）
バラクハジ………（元ホラズム・シャー国の文官）
サムラ……………（狗眼《くがん》一族を率いていたヤクの長男で長）
タエン……………（ヤクの次男）
哈敦《ハトン》……………（チンギスに嫁いだ金国の王女）

その他

ジャラールッディーン……（ホラズム・シャー国の皇子で後継となりチンギスと戦う）
テムル・メリク……（ホラズム・シャー国の将校。鉄笛を吹く）
イナルチュク……（ホラズム・シャー国に仕えたカンクリ族の傭兵隊長）
マルガーシ……（チンギスに討たれたジャムカの息子）
ユキアニ……（マルガーシの隊の将校）
流れ矢……（マルガーシの部下で弓隊を率いる）
カルアシン……（水心《すいしん》を率いる女頭領）
ホシノゴ……（バルグト族の長だった初老の男）
リャンホア……（ホシノゴの妹で交易を生業とする）
タルガ……（バルグト族の青年）
ラシャーン……（モンゴル族の故タルグダイの妻。礼忠館を所有する）
トーリオ……（ラシャーンの養子で礼忠館を統べる）
鄭孫《ていそん》……（トーリオの商いの師）
袁清《えんせい》……（トーリオの従者）
張英《ちょうえい》……（トーリオの従者）
タュビアン……（商いを学び、物資と兵糧を扱う）
アサン……（ムスリムの商人）
泥胞子《でいほうし》……（大同府で妓楼を営んでいた男）
侯春《こうしゅん》……（大同府の妓楼と書肆を受け継ぎ、沙州楡柳館《ゆりゅうかん》を手伝う）
秦広《しんこう》……（南の地で甘蔗糖の生産を統轄する男）
完顔従恪《かんがんじゅうかく》……（哈敦の弟）
ウキ……（黒水城の謎の主）

冬に見る夢

一

軽く、馬を駈《か》けさせた。

この状態だと、馬は丸一日駈け通しても大丈夫なのだという。しっかりと、塩と秣《まぐさ》を与え、ひと晩休ませると、力を取り戻している。

トーリオは、草原の民のように、馬に乗って暮らしてきたわけではない。それでも、両親が馬に乗っていて、幼いころから自分の馬を与えられていた。

一行は、百騎余になる。耶律楚材《やりつそざい》の従者と部下が五騎、トーリオが三騎である。

駅があっても、そこに泊ることはしなかった。百名以上が泊れば、こぼれ落ちる旅人がいるかもしれない。自分が行けば、駅で働く人間たちに迷惑をかけるかもしれない。耶律楚材は、そんなことを考えているのだろう。

アウラガを出て、カラコルムに到着し、耶律楚材に挨拶《あいさつ》をした。

さらに西へむかうのなら、一緒に行こう、と耶律楚材は言った。

鎮海《ちんかい》城で、やらなければならないことがあるのだという。

百騎の兵が警固につくと、トーリオは考えていなかったので、ちょっと驚いた。

仰々しい旅になりそうだ、とトーリオは思ったが、野営地で、百騎の兵は離れたところにいた。

部下たちも動き回っていて、耶律楚材のそばには武健成《ぶけんせい》という従者が、ひとりでついていることが多い。

「南船北馬と言うが、馬の方も実によく乗りこなすのだな」

馬の手入れを終えて焚火《たきび》のそばに座ると、耶律楚材が言った。馬の手入れは、部下に任せているようだ。馬のことをよく知らない、と一度、ぽろりと言った。

「俺はもともと、草原の出なのだよ。そのころのことは、まったく憶《おぼ》えていないけれども」

耶律楚材は、トーリオの出自について、大して関心を持っているようではなかった。

海の話や、トーリオが行った南の国のことなどは、熱心に知りたがった。

耶律楚材は、もともと金国《きんこく》の役人の家系で、代々、燕京《えんけい》で暮らしていたという。

思った以上に、自分のこともよく喋《しゃべ》った。

カラコルムの宿舎にいる時、夜は必ずやってきて話をしたのだ。旅に出て夜営をすると、寝るまでなにかしら喋っていた。

「西の戦《いくさ》については、情報は入ってくるのかな、耶律楚材殿」

ヤルダムやチェスラスなどとは、はじめから呼び捨てでやっている。そうはできない雰囲気が、耶律楚材にはあった。

「ほぼ、結着はついたようだよ。長い戦だったが、殿は急いではおられなかったと、ソルタホーン殿は言ってきた」

「敵地に、長く駐留しておられたのに、それほどお疲れにならなかったのかな」

「敵などという考えが、殿にはないのかもしれないね、トーリオ」

「しかし、現実に戦をされているわけだしな」

「そこのあたりの現実が、われらとはまるで違うという気がするね」

それから耶律楚材は、物品の値踏みについて訊《き》いてきた。

幼いころから、鄭孫《ていそん》に丁寧に教えられた。母には、一喝された。知識を持つこと、いろいろなものを見ること。最後はそれしかない、とトーリオは思っている。

物を動かすことはやるが、買い付けはそれを専従にしている者がいる。トーリオが見る品物は、結局、買い集めた物だけだった。

それでも、普段から物を見る時、漫然とならないようにしていた。

「南から入れる甘蔗糖《かんしょとう》など、ただ受け取るだけか」

「なにを言う。湿気の多い土地だ。水を吸ったものなど、除外しなければならない。小梁山《しょうりょうざん》は、自らかなり管理をしている。だから、除外するものは少ないのだがな」

「商いは、面白そうだな。民政は、その場その場が面白い、というところがないのだ」

「俺は、水運を受け持っているのだ。物流の大きなもののひとつだ、と思っている」

「商いとは、少し違うのだな。海には潮流というものがあり、波があり、風がある。そういうものが組み合わさっているのなら、航海は賭けみたいなものではないのか？」

「すべてを読み切れないと、賭けになる。読み切って、それでも違うことが起きたら、対処のしようはある。俺など、経験が浅いが、古い船頭の読みは驚くほどだよ」

耶律楚材は、こういう話題が好きだ。政事や税や法の話は、するにはするが、つまらなそうだ。戦は、自分とは遠いところで行われている、と思っているようだが、だからこそ深い関心を持っている。

人についての関心は、ボオルチュと似たところがある。どこか貪欲だった。

「ヤルダムは、戦のことからは離れて、保州《ほしゆう》に腰を据えられないものかな？」

「それは難しいな、耶律楚材殿。自分は軍指揮をしているべきだという思いが、まだ半分近くあるよ」

「場合によっては、大定《だいてい》でも燕京でもいいのだ。物流そのものから、陸運、海運まで、すべて総轄するという気持になれないのか」

「慌てず、時を待てよ。いずれ、そうなると思う。もう、すでに半分以上、そうなっているさ」

「そうか。軍でも、ジェルメ殿が退《ひ》かれ、若い人間が後継に入るし」

「いま、軍でも、と言ったな」

「うん。軍では、ジェルメ大将軍が、退かれる。その代りに、シギ・クトクという若い将軍が入る」

「そうか。シギ・クトクとは、なかなかな男なのだろうな」

「長く、殿の麾下《きか》の指揮をしていた」

「そうか。ならば、ですね」

「軍指揮では、考えすぎるという傾向があるらしい。考えすぎるところが、ジェルメ大将軍の後継にぴったりだと、殿は思っておられるようだ」

　アウラガで、トーリオは軍の本営へ行き、ジェルメに挨拶した。歳を重ね、小さくかたまってしまった印象だったが、茫洋《ぼうよう》とした計り知れないものも、同時に感じた。

「シギ・クトク将軍は、殿の麾下の指揮なのでしょう？」

「そうだが、それだけとは言い切れないところもある。麾下の指揮から、一軍の指揮をするようになっているよ」

「そんなことを、どこで？」

「ソルタホーン殿さ。会ったことがあるか？」

「いや、ないよ」

「ならば、その名を頭に刻みこんでおけ。いずれ会うことになる」

「わかった」

「ヤルダムは、多分、軍全体の指揮をする者を育てなければなどと、生意気なことを考えているのだな」

「確かに。生意気かどうかは、別として」

「もういいのだ。ボロルタイという、若い将軍がいる。このたびの戦で、将校から将軍に昇格した男だ。テムルン様とボオルチュ殿の、ひとり息子でもある」

ボロルタイという名は、ヤルダムから聞いたことがある。父親はボオルチュで、母はチンギス・カンの妹のテムルンである。

モンゴルの中では、ヤルダムと並ぶ名門だろう、とトーリオは思っていた。

もっとも、四人いるチンギス・カンの息子たちについて、トーリオはなにも知らない。そちらの方にも、名門の子はいるはずだった。

自分がチンギス・カンの臣下であるのかどうか、トーリオはあまり考えたことがない。

海の上では、いつも自由だ。そして、タルグダイとラシャーンの息子だった。

ただ、船隊はチンギス・カンの下で働くのが、最も目的に沿っていると思えた。目的とはただひとつで、人の世の役に立つということである。

ヤルダムやチェスラスや侯春《こうしゅん》と、親しくなった。それは、海門寨《かいもんさい》にいる友人とは、まるで違っていたのだ。陳高錬《ちんこうれん》ともオルギルとも知り合いになり、タュビアンとは会った時から友人のようだった。

そしていま、耶律楚材とともに旅をしている。

「秦広《しんこう》という人は、草原の旅などしないのかな」

「したがっている。しかし、自由に旅ができる立場ではなくなっているな」

「そうか。私も、せいぜい鎮海城へ行くぐらいの旅だな」

「小梁山など、とても行けないか」

「行ってみたいな。しかし、動きにくくなっている。おまえが羨《うらやま》しいよ、トーリオ」

「海門寨で、俺はまだ若造なんだよ。そして、若造のうちに、いろんなものを見ておきたいと思う」

「ボオルチュ殿に会ったのが、私の運の尽きということかな」

「ずっと西への旅を、やってるじゃないか」

「殿に会いに行ったのだ。ボオルチュ殿の仕事を、少しずつ引き継ぎます、という報告をするために。各地の民政を担う部下たちを、数十名作ってもいたしな」

「その時から、もう気楽ではなかった、ということだな。ちょっと同情する」

「よしてくれ。おまえも、いまにそうなる」

「考えたくない。俺は、なにも考えずに、海の上を航走《はし》っていたい」

「もう遅いな。考えるようになってしまっている。保州から西へ西への旅というのは、充分にこの世の趨勢《すうせい》と関わろうとしていることを意味する」

「いやなことを言うよな、耶律楚材殿」

「眼をそむけているから、それは間違いだと指摘している。おまえも、チンギス・カンの魔力に、吸いこまれようとしているのさ」

「魔力？」

「そうとしか言えないのだ。私も、はじめは信じ難かった。ボオルチュ殿に説得されて、持っている力を出そうとした、と思いこみたかった。ボオルチュ殿は、どれほど面倒でも、言葉で理解できる。殿は、言葉などどうでもいいと思わせるところがある。そう思うところで、もう魔力に引きずりこまれているのさ。一度、拝謁《はいえつ》しただけで、私は終った。私が、私でなくなったのだ」

「そんなにか」

「そんなになんだよ」

「なんだか、チンギス・カンという人に会うのが、愉《たの》しみになってきた。俺は、そのための旅をしているわけではないが」

「会わない方がいい、と私は思う。しかし、西へむかう旅をはじめた時から、行先はチンギス・カンさ。自分の心の内側を見つめれば、それがわかると思うよ」

俺の父はタルグダイで、草原の覇権をチンギス・カンと争ったのだ、と心の中で思い返した。口には出さない。タルグダイと言ったところで、耶律楚材にはわからないかもしれないのだ。

「俺は、ヤルダムとも、これほど語ってはいないな、耶律楚材殿。海の上にいても、国というものを考えなければならないのだと、なんとなく感じていますよ」

「なんとなくか」

「すべてが、なんとなく。人生もね」

「利いたふうなことを」

耶律楚材が、屈託のない笑い声をあげた。

旅の間、塞《ふさ》ぎこんでいる、と感じることがしばしばあった。この笑い声を聞くと、気のせいだったとも思えてくる。

焚火のそばで、眠った。

その特権があるのは、耶律楚材とトーリオの二人だけである。

それが申し訳ないような気分にトーリオはなったが、耶律楚材はまったく構ってはいなかった。この男が気にするのは、もっと別の大きなことだ、と思った。

寒い季節になっているが、雪はまだ積もっていない。もともと、雪の少ないところなのだろう。

三日進むと、鎮海城が近づいてきたようだ。

伝令が、盛んに行き交っている。

丘の間に、城が見えてきた。離れたところからでも、全貌は見てとれない。

高い城壁というわけではなかった。ただ、南宋の城郭《まち》と較べても、ずっと広大だという気がする。城の周囲に、民家や商賈《しょうこ》が拡《ひろ》がっていた。

中央の城門から、耶律楚材とトーリオの一行だけが入った。

民家は城外なので、どこまでも倉庫が並んでいるだけのように見えた。その倉庫に挟まれた大きな通りをしばらく歩くと、広場があり、明らかに倉庫ではない建物が並んでいた。民家とも、どこか違う。

ここが、鎮海城の本営なのだ、とトーリオは思った。人も少なくない。

「耶律楚材、待っていたぞ」

建物のひとつから、痩《や》せた男が出てきて、声をかけてきた。

「チンカイ殿、海門寨礼忠館《れいちゅうかん》の、トーリオです。西への旅の途次で、最後は殿に会いたいのでしょう」

「入れよ、二人とも」

耶律楚材が、一瞬、逡巡《しゅんじゅん》する様子を見せた。自分が一緒であることを、いまは避けたいのかもしれない、とトーリオは思った。

「トーリオ、来い」

建物の中でふりむき、チンカイが言った。

トーリオは、耶律楚材に続いて、中に入った。

チンカイの執務室のようだ。大きな卓には、書類が山積みになっている。

「おまえのことは、チェスラスや陳高錬から聞いている。礼忠館船隊の荷は、相当な量に達しているな」

座れと言われ、トーリオは耶律楚材と並んで椅子に腰かけた。

チンカイが船隊のことを訊いてくるので、トーリオは短く説明した。

「チンカイ殿、申し上げたいことがあるのです」

「だろうな。耶律楚材が、自らやってきたのだから。言ってみろ。おまえは気にするな。誰か、少し離れたところにいる人間が、立ち会った方がいい話だろう、という気がしている。だから、おまえも呼び入れた」

　耶律楚材は、しばらくうつむいていた。

　それからいきなり、音をたてて立ちあがった。チンカイが、じっと見上げている。

「申し上げます。チンカイ殿に、ここを退いていただきたいのです」

「もう俺はいらぬ、ということか」

「いらぬなどと、申し上げてはおりません。退いていただきたいと」

「退くのはいいさ。俺はこのところ、躰《からだ》の具合が覚束《おぼつか》なくて、城内の見回りさえ、部下に任せてしまっている。任務が、つらいのは確かだ。楽になるとも思えん。だから、指揮を執る者に、意見を言うぐらいでいいかもしれんと、実際、思いはじめている」

「ここは、若い者の中で選ばれた指揮官が、自分のやり方でやります」

「窮することもあるさ」

「それを克服するのも、若い者の仕事のうちです。チンカイ殿には、アウラガ府へ戻っていただきたいのです」

「アウラガに帰れだと」

「はい」

「それは、ボオルチュ殿の命令か？」

「いいえ、私が考えたことです。ボオルチュ殿に具申し、何日も経《た》ってから、許可を頂戴しました」

「そうか。では、アウラガに戻ったりはしない。どこぞの山中で、隠棲《いんせい》するだけのことだ。それで文句はないのだろう、耶律楚材」

「あります。隠棲など、私には認められません。アウラガ府で、まだ力を発揮していただきたいのです」

「そんな場が、どこにある？」

チンカイが、暗い笑みを浮かべた。

トーリオは、こういう場に立ち会ったことに、戸惑っていた。それは、いたたまれない、という気持と重なっている。それでも、拳《こぶし》を握りしめて耐えた。

「あるのですよ。黄文殿《こうぶんでん》の後任です」

「学問所の？」

「黄文殿は、退きたいと切望しておられます。お歳がお歳ですし。しかし、後任が務まるような、碩学《せきがく》の方がおられません。私は、チンカイ殿の名を挙げるという、不遜なことをボオルチュ殿にしてしまいました」

「そして、ボオルチュ殿は、膝を叩かれたのか。喜ばれたであろう」

「いえ、泣いておられました。ボオルチュ殿の頰に流れる涙を見て、私はどうしていいかわからない気分に襲われました」

「泣き虫と言われていた人だ」

チンカイは、うつむいていた。

「俺は、ここを動かぬ。そう言うだけの資格があると、ボオルチュ殿は認めてくれる」

「そういうことではないのです。チンカイ殿のやってこられたことの評価は、ボオルチュ殿だけでなく、殿も認めておられることです。いや、誰もが仰ぎ見ています」

「俺は、ここを動きたくない」

「動いてください。お願い申し上げます」

「おまえ」

「そうしていただくしかない、と私は思っています」

「おまえがそう思うだけの理由を、俺にわかるように言ってみろ、耶律楚材」

耶律楚材が、椅子に腰を戻した。

ちょっと荒々しいことをしたように、息が乱れている。

「申し上げます。西での戦は、ほぼ結着がついております」

「そんなことは、わかっている」

「各部署に、帰還の命令が出ました。養方所にも。ケシュア先生も、ここへ戻られます」

「だからどうした。俺を診てくれる医師が戻ってくる、ということではないか」

「アウラガに移ってもらえというのは、命令に近いものです」

「おかしいな。ボオルチュ殿は、命令に近いなどとは、決して言わない。命令は命令として伝えるよ、あの人は」

「養方所の総裁、華了《かりよう》先生が、言われたことなのです」

「なぜ、華了先生が？」

「チンカイ殿の後任は、陳高錬です。陳高錬は、チンカイ殿という重石《おもし》を抱えて、ここの経営をすることになります」

「陳高錬が、ここへ？」

「陳高錬の遣い方を考えろとは、殿がボオルチュ殿に言われていたことです。街道の差配は、オルギル駅長が担われます」

「俺の居所が、ここにはない、と言っているのだな、耶律楚材」

「有り体に申し上げて、そうです」

聞いてはいけないことを、聞かされている、とトーリオは感じた。しかし、腰はあげられず、ただうつむいていた。

「どうか、アウラガ府の学問所の総裁を。将軍の格は同じです。そして鎮海城の差配より、ずっと長くできるはずです」

チンカイが、低い笑い声を上げた。耶律楚材が、もう一度立ちあがり、深く拝礼した。

チンカイが承知した、と感じたようだ。下げた頭を、いつまでもあげない。

「総裁は、いやだな。気ままに若い者たちに教える、講師がいい」

「いかようにも。学問所がお気に召されないのなら、アウラガ府庁で、ボオルチュ殿とともに仕事をする、という道もあります。ボオルチュ殿は、その方を望んでおられますが、華了先生が止められました」

「ボオルチュ殿と一緒なら、俺は長く生きられんよ」

耶律楚材が、腰を降ろした。額に、びっしりと汗の粒を浮かべている。

「ひとつだけ、考えを言え、耶律楚材。ケシュアについて、俺はなぜ陳高錬に負けたと思う？」

「それは」

耶律楚材の声が、かすれていた。

「陳高錬は、無謀でありました。チンカイ殿は、必要以上に節度を持たれていた、と私は感じています」

「そうか、俺には節度があったのか」

チンカイが、また笑い声をあげた。

自分がなぜここに立ち会っているのか、トーリオはいくら考えてもわからなかった。

二

若い医師が、寝台のそばに立った。

「この若者が、これからジョチ殿を診ます。私は、ここの撤収命令を受け、鎮海城へ帰ります」

「そうか。撤収という噂《うわさ》は聞いていたが、俺を鎮海城へ連れて行くことはできないのか、ケシュア先生」

「無理ですね。先日、血を喀《は》かれたばかりではありませんか。大出血でなかったので、なんとか止まりましたが、いつ大出血を起こしても不思議はありません」

「起こさない、とも考えられる」

「医師の選択肢に、それはありません」

「父は、まだブハラ近くの宮殿だ」

「あそこで、冬を越される、と聞きました。ここから宮殿への移動も、できません。それが、医師としての判断です」

「わかった」

「養方所は、新しい建物に移り、この壮大な幕舎は、取り払われます。新しい建物への移動は、寝台をそのまま動かして行います」

「放っておいてくれればいい。早晩、死ぬるであろうからな」

「それも、医師にはできないことです」

顔立ちのきれいな女だが、声はどこか硬質である。ジョチは、好きではなかった。

若い者と結婚するというので、養方所の中が騒ぎになっていたことがあるが、相手がどういう男なのかと、考えてみることさえジョチはしなかった。

ただ、相手がジョチのところに挨拶に来た。

チンギス・カンの長男だということを知ってだろうが、怪我《けが》をして養方所に入っていた陳高錬というその青年を、ジョチは嫌いにならなかった。

以前に、謙謙州《ケムケムジュート》に五千騎を率いて進攻したことがあった。族長を陳双脚《そうきやく》と言ったが、陳高錬はその息子だという。

自分が与えられた領地については、古くからの家臣団に任せきりにして、ほとんど顧みることがなかった。

謙謙州も、大きく言えばジョチの領地だった。陳高錬が現われた時、それを言うのさえ忘れていた。

陳高錬は、いまはモンゴル国兵站《へいたん》の中枢にいる。

ジョチの日々は、どこか刺激に満ちていた。

寝たまま、ぼんやりしていれば、味気なさが心を蝕《むしば》んでくる。だから、戦をした。頭の中で、強敵を思い起こし、さまざまな闘い方を想定するのだ。自軍の動きについて、敵がどう対応してくるのか。

そんなことを想定しているうちに、頭が冴《さ》え、興奮してきて、躰の方々が思わず動いてしまうほどだった。

そして疲れきって、五刻（二時間半）か六刻、眠る。

敵はいくらでも思い起こせたので、毎日それをやった。

戦を続けてきた、自分の姿も見えてくる。

ホラズム進攻では、かなりの闘いをこなしてきた。特に初期のシル河沿いの攻略戦では、苦労しながら、会心の戦をしてきた気もする。

ジャンドという城郭の攻防戦での、敵の大将の顔も、鮮やかに思い出せた。

数日後、六名の看護の者がやってきて、ジョチの寝台を持ちあげ、新しく建てられた養方所の建物に移した。

屋根があり、天井も張られた建物で、病が定着したのだと、いやな気分になった。

治しようもなく篤《あつ》くなった病だとは、とうに認識している。それでも、どこかでほんのひと時だけ回復し、戦場に立てるかもしれない、という気は捨てなかった。

自分が死ぬのだと思い定めて死ねるのは、そこしか思い浮かばなかったのだ。

病床の死を拒みたい。その思いがジョチの躰の底にわずかに残った、力のようなものになっている。立って闘って死にたいと切望することで、病床から滑り出して行きそうな生を摑《つか》み、止める。

「殿、幕舎が取り払われ、撤収がはじまりました」

ツォーライが、病室へやってきた。

「ここは、明るくていいです。風通しがよくて、部屋に瘴気《しょうき》が籠《こも》りません」

「閉じこめられている、という気分も強くなっている」

「そこです、殿。あの若い医師が認めたら、輿《こし》に乗って、一刻は歩き回っていいそうです。俺が、ケシュア先生と話して、了解を取ったのです」

「一刻半にのばして貰《もら》え」

「同じようなものです、一刻も一刻半も。どうせ、遠くへは行けないのですから」

「いやな言い方をするなよ、ツォーライ。輿での外出の許可を取った手柄は、それで帳消しだ」

「もともと、手柄などと考えてはおりません。戦場でもないのに」

「そうだな」

夜は戸が閉《た》てられるが、昼間は開け放ってあり、光と風が入ってくる。骸炭《がいたん》（コークス）で暖を取りながらそんなことをするのは、どこか無駄という感じもするが、快適なのでなにも言わなかった。

ホラズムの地での戦は、終ってしまっていた。いつも、間に合わない。なにもかも遅れて、父の顔色を窺《うかが》う。そんな生き方しかできなかった、と思う。

あの父に間に合ってしまうのがおかしいのだ、といまならば言えるかもしれない。

言ってみても、なんの意味もありはしなかった。

ジョチが指揮していた軍は、シギ・クトクが継ぎ、さらにその次がボロルタイということになっている。

ボロルタイは、叔母のテムルンの息子で、従弟になる。そしてなにより、ボオルチュのひとり息子だった。

モンゴル国では、ボオルチュと言えば、ジョチでさえ腰をあげるような存在だった。

物流の要にいるヤルダムは父の孫で、自分の甥《おい》になる。若い者たちが、あらゆることの中心に立ちはじめた。ボオルチュの代りは、やがて耶律楚材がやることになる。

ただ、父の代りだけはいないのだった。

養方所の幕舎が消えると、そこは資材の置き場所になった。人の姿が、きわめて少なくなったのだ。

丘の上は、もともと城砦《じようさい》があったところで、オトラル攻めでは眼障りな位置だったはずだ。堅牢《けんろう》に築かれていた砦《とりで》は、縮小されて、いまは見張り台と営舎になっている。

若い医師は毎日回ってくるが、なにかを言うことはなかった。ただ、食事が、薄い粥《かゆ》と温《ぬる》い汁ものや野菜の煮汁を出されるだけで、硬いものを食うのを禁じられていた。

口から腹を繋《つな》ぐ管の途中に、血が張りつめた瘤《こぶ》があるのだという。

ジョチにも、胸のあたりに異物を抱えている、という感じはあったが、それは塊《かたまり》のようなものだという気がした。硬いものに触れたら破れ、激しく吐血するのだ、とケシュアに説明をされた。だから、瘤のところをそっと通り過ぎる食物しか口にしてはならない、と言われた。酒も、瘤を刺激するので駄目である。

食べ物も飲み物も、ほとんど軍人のものだとは思えなかった。

戦場での兵糧を、ジョチは特に好きだったわけではない。しかしいまは、かぎりないほど懐かしい。

ジョチの躰は瘦せたが、極端なほどではなかった。久しぶりに会う人間が息を呑《の》むのは、多分、顔色についてだ。黒っぽい粘土のような色だと、ツォーライは言っていた。

自分の顔を、ジョチはなにかに映して見ることはしなかった。

新しい養方所に移っても、ジョチの戦は続いていた。同じ敵と、何日も闘いをくり返すこともある。

ある日、病室の外の露台へ出ると、腰を降ろしている間に、雪が降ってきた。

「今年の雪は、遅いそうです。こういう時は、深く積もるようですよ」

そばにいたツォーライが言った。

「俺は、ヌオ隊長に選んで貰った最初の馬で、裸にして手綱《たづな》もつけず、雪の中を乗れ、と言われたことがある。それで、人馬の気持が、さらに通い合うようになると」

「ヌオ隊長か。懐かしいな。ホエルン様の営地の子供で、十一歳になると、自分の馬としてヌオ隊長からみんな一頭ずつ貰いました」

「なぜ十一歳なのだ？」

「わかりませんが、十一歳になるのを、心待ちにしていたものです」

ヌオ隊長には、自分なりの決まりがあって、十一歳だったのだろう。孤児たちは、子供のころから馬を手に入れる、ということはできない。

ヌオ隊長は、そんな気遣いをしていてくれたのだろう。やがて草原の男になる子供たちが、幼いころから馬に乗っている姿を、あたり前のこととして、ジョチは見ていた。

「今度、裸馬に乗ってみますか、殿」

「俺は無理だよ、ツォーライ。この間、髀肉《ひにく》が、すっかり落ちてしまっていることに、気づいたよ。いや、落ちたというより、なくなってしまっていた」

「髀肉など、すぐにつきます」

「病でなければな」

「本気で、そう思われてはなりません。このあたりにも、ホラズム軍の残党が出没することがあるそうです。そんなやつらが現われたら、叩き斬りましょう」

「ああ、斬ろう。そして、見事に死んでみせよう」

「また、死ぬのですか」

ツォーライが笑った。その笑顔を見ていると、切なさに似たものがこみあげてくる。

ジョチは、舞い落ちてくる雪に眼をやった。

銀色の空から落ちてくる、白い花びらのような雪は、地に落ちても消えず、草原は薄い地衣をまといはじめていた。

この雪が積もり、そして消える時まで、自分は生きていられるのか。

このところ、たまに襲ってくる感慨が、ひどく凡庸なものになっている。

露台からは、眼下のオトラルの街や、その先に続く原野を見渡すことができる。

原野では、しばしば軍が移動していた。それが戦闘部隊でなく、この周辺の守備を担っている軍だと、動きを見ただけでジョチにはわかった。

オトラルの谷を中心にして、ここは激戦の舞台だった。

櫓《やぐら》や石塁、土塁が方々にあり、城壁も巡らされていた。

城壁はかなりの部分が取り壊され、そこで出た石材などは、新しい建物のために遣われていた。見たかぎり、軍の気配は感じられず、商いをなしている集落というふうに思える。

商賈などが並んでいる通りもあり、そこは特に人が多かった。

小さな市場があったが、それが大きく拡げられ、ジョチが知らない場所になっていた。

晴れた日、ひとりで露台に出て腰を降ろした。

静かな原野に、なにかが近づいてくる。不穏なものではないが、その持つ気配と迫力が、ジョチの躰にしっかり伝わってきた。

騎馬隊である。二千騎ほどだ、とジョチは見当をつけた。

躰の底で、なにかがうごめく。いや、心を動かされているのか。

二千騎の騎馬隊なら、遠望できる土煙があるが、いまは雪がそれを抑えこんでいる。

しかし、伝わってくるこの気の鮮やかとも思える強さは、一体なんなのか。自分が率いて、あんな騎馬隊になるのか。

それから、矢で胸を射貫《いぬ》かれたような気分になった。

立ちあがった。全身に、粟《あわ》が生じてきた。

病室に入り、いつも置いてある軍袍《ぐんぽう》に着替え、寝台の上に座った。

ツォーライが飛びこんできたが、ジョチの姿を見るとうつむいた。

待ったのは、半刻ほどのものだった。

人の気配が近づき、ツォーライが直立した。

最初に部屋に入ってきたのは、ソルタホーンだった。

「ジョチ様、お加減はいかがです。いま、殿が来られますので」

ツォーライは、直立を続けている。

父が、部屋に入ってきた。

弾き飛ばされるような衝撃に襲われるという気がしたが、意外に、なにか暖かいものに包みこまれた。

「父上」

「おう、軍袍など着おって。戦にでも行くつもりか」

「俺は」

「戦は、とうに終ったぞ。いまは、たまに残党狩がなされているだけだ」

「それは、知っておりますが、父上が自ら出動なされたのですか？」

「冬の家にいると、気持が沈む。馬も元気を失う。兵も馬も、そして俺も、思うさま駈け回ることで、元気を取り戻す」

「いつもこの調子なのですよ、ジョチ様。薪《まき》が燃やされた、暖かい宮殿の部屋より、雪に埋もれて眠ることの方を好まれます。苦労するのは、俺ですね」

「出動されたわけではないのですね、父上」

「目的を持って、家を出てきた。だから、出動と言っていいであろう」

「父上の目的とは？」

「おまえに会おうと思ったのだ、ジョチ。しばらく戦から離れたところにいたおまえと、俺の戦について喋り合おうと思った」

語るではなく、喋るだった。それを喜んでいいのかどうか、ジョチにはよくわからなかったが、言った父の表情は柔和だった。

それだけで、父は出ていった。

ツォーライが、ソルタホーンと話して戻ってきた。

「数日、オトラルに滞陣されるそうです。巻狩をやろうとされていて、ボロルタイ将軍も、麾下だけ率いて来ます」

「そうか。父上の麾下の指揮は、シギ・クトクだな」

二人が、ジョチの軍を引き継いだ。その二人がオトラルにいるのは、父がそうしたからなのか。

「殿、しばらくお休みください」

「そうしよう。できれば、俺も狩に出たい」

「それは、大殿がお許しになりません」

「俺と、戦について喋りたい、と言われた」

「狩をしようと、言われてはおりません」

「巻狩は、戦に似ている」

「殿」

「わかっている、ツォーライ。これぐらい言わせてくれ。言うだけさ」

「そうですね」

ツォーライが笑う。ジョチは、それ以上言う気を失った。

夜になったが、昂《たかぶ》って眠れなかった。

土煙もあげず、静かに近づいてくる騎馬隊。それが何度も浮かんだ。

翌日、待っていたが、父は現われなかった。

代りにソルタホーンが来て、しばらく話しこんだ。

「父上は？」

「明日、来られるはずです。昨夜、巻狩の準備を整えられ、丸一日かけて輪を縮められたようです。夜明けに、はじめられるのでしょう。馬回りも麾下も、出動しています」

「副官殿は？」

「狩では、俺は無情にはずされてしまうのです。声をあげてはならない時に、声をあげるなどと馬鹿にされて」

ソルタホーンは、父の長年の副官である。それ以前に、副官を置いていたのかどうか、記憶にない。

ジョチは、ソルタホーンを副官と思えない時があった。父と二重になってしまうことがあるのだ。

その日は、待つつもりにならなかった。

自分も狩をしている、と思いこもうとした。

待つつもりにもならなければ、狩をしていると思うこともできなかった。

時が、ただ過ぎていく。いまのジョチにとっては、命そのものの時である。命は、どこにこぼれ落ちていくのか。あてどなく、ただ消えていくだけなのか。

夜になった。

窓に戸が閉てられ、部屋に炭が入れられた。

眼を閉じる。

誰かが廊下を歩いてきて、部屋の前に立ち止まった。そして部屋に入ってきた。

「父上」

近づいてくる時から、それが父であることは、わかっていたような気がした。

「おう、猪《しし》が獲《と》れた。それは、俺が射倒した。最も大きな一頭をな。大鹿も群で獲れた。獲物は、いま解体している。ここにも運ばれてくるな」

「父上が射られた猪を、俺は頂戴しますよ」

ジョチは、寝たまま喋っていた。起きあがらなければならない、とは一度も考えなかった。

部屋には灯台がひとつあり、父が燭台《しよくだい》を持っていたので、ずいぶんと明るくなった。

燭台を卓に置き、寝台のそばに椅子を動かして、父は腰を降ろした。

燭台の炎が揺れて、父の表情もわずかに動いた。

「戦はもう終ったので、俺は草原に帰ろうと思う。おまえは、ここに残れ」

「というより、移動することはできない、と医師たちに言われています」

「ふむ。病はそこまで篤いか」

「のようです。申し訳ありません」

「シル河流域の制圧が、最も難しい戦のひとつになる、と俺は思っていた。しかし俺は、シル河の戦場に行く必要はなかった」

城を陥《おと》すより、流域という広さのあるところを制圧することが難しい。それはジョチにもよくわかっていて、流域の制圧を命じられた時は、オトラル攻囲戦よりつらい戦を命じられたと思い、それが喜びになった。

時はかかってしまったが、問題なく流域の制圧はやった、と思っていた。

「シル河は、おまえの弟たちには制圧できなかっただろうな」

「人には、それぞれむいた戦がある、と俺は思っています。俺のように、凡庸な武将は特に」

父は、拳にした両の手を、膝の上に置いていた。

「おまえに、負けた戦の話をしようと思う。負けながら、命だけは失わなかった戦の話を。勝った時、俺は生きなかった。負けて、ほんとうの命を知り続けてきたという気がする」

「はい」

父の話がなんだかはわからないが、自分にむかって語られるのだ、とジョチは思った。

「俺は、タイチウト氏に負け、キャトの力は家族のみになった。俺は弟を殺し、負けて南へ逃げたのだ」

「父上」

「喋らせろ、ジョチ。俺は、別れに来たのだ。俺の命をおまえに語り、おまえという息子がいたことを、心に刻みたい」

別れという言葉だけが、心に響いた。抗《あらが》いようもなく、人の生の中にある別れ。それは死で、自分が近くそれを迎えるのだということを、自然に受け入れていた。生まれた時から、遠かろうと近かろうと、自分の行手にはあったはずだ。

それは父も同じで、戦で負けるというかたちで、自分とは較べものにならないほど、死のそばには何度も立ったのだろう。

「弟を殺して南へ逃げ、大同府《だいどうふ》で一年ほど暮らして、草原に戻った。そこからは、日々が負けのようなものだった」

負けは、人がそう言うのではなく、父がそう自覚している、ということだろう。そして、人が思うより遥かに多い、という気がした。

横たわったまま、ジョチは父の声を聞いた。息を感じた。肌の温もりに包まれた。

なぜか、それが死を受け入れることだった。ジョチは頭ではなく、自分の存在とでもいうようなもので、それを理解した。

恐怖も喜びも、絶望も希望もなかった。自分は存在し、やがて消えていく。必ず明日が来るように、それがわかった。

父は、膝に両手を置いたまま、身動《みじろ》ぎもせず喋り続けている。

部屋の中には二人の人間がいるのに、燭台の蠟燭《ろうそく》の炎は、ほとんど静止して見えた。

「父上、こんなことをお訊きして、お怒りになるかもしれませんが、後継は誰にされるのですか？」

「そんなことを、おまえが訊くか」

「申し訳ありません」

それ以上、父はなにも言わなかった。

しばらく、ジョチを見つめてくる。眼の光の中に、ジョチはなにかを見つけようとした。なにかあるが、それは悲しみの光であるような気がする。

「狩は、終った」

父が言う。

「俺は、明朝、帰還する」

燭台の炎が、揺れた。

立った父は、しばらくジョチを見降ろすと、背中をむけた。

「おすこやかに」

ジョチは言った。父の背中は、部屋から消えた。

灯台の油の燃える音が、地虫の鳴き声のように聞えた。

三

陽《ひ》が出ている日は、草原は眩《まぶ》しいだけだった。眼を見開いていると、雪眼というものになる。暗がりに入った時、闇の中のようになってしまうのだ。

チンギスは、遠駈けでは、薄い絹を頭から被《かぶ》った。それで、雪の照り返しはいくらか弱くなる。

ソルタホーンが考え出したことだった。

ジャムカが、雪が好きだった。それをよく思い出した。雪の中で、黒貂《くろてん》の帽子が、実に鮮やかな艶を見せたものだ。

草原に降る雪は、大地のすべてを覆うことは少なかった。風のせいなのか、吹き溜《だま》って深いところもあれば、枯れた色の草が剝《む》き出しているところもあった。

雪中の野営に入った。

麾下の兵たちは、雪洞などを作っているようだが、チンギスは幕舎で、寝台があって、炭火なども入れられている。

そういうものを受け入れるという条件で、野営もやる遠駈けを認められる。好きなことだけをやる立場からは、かなり離れている。

ブハラ近郊の、周囲の者たちが宮殿と呼ぶ建物も、部屋は暖かく快適だった。

「先日の巻狩の鹿肉が、いい具合になっております、殿」

ソルタホーンが、そばに来て言った。

「干して、硬くなってはいますが、じっくりと焼くと、うまいのではないかと思います」

「それは、おまえの好きな食い方だな、ソルタホーン」

オトラルの森の周辺の原野で、巻狩をやった。それほど獲物が期待できる場所ではなかったが、猪や鹿は手に入った。その獲物が、いい具合に熟《こな》れている、ということだ。

「よし、焼くぞ。麾下にも、そうさせろ」

「シギ・クトクを呼んでありますが」

「麾下から隊長が離れるのか、ソルタホーン」

「離れるのではなく、こちらもシギ・クトクの指揮下に入るのです」

「俺もか」

「すべては殿のためです。殿が誰かの指揮下に入ることは、あり得ません。警固下に入ることは、あるかもしれませんが」

シギ・クトクには、アウラガのジェルメの後任を命じてあった。雪が消える前に、アウラガにむかい、一年半か二年、ジェルメとともに総帥《そうすい》の任に当たる。戦場にいるより、その方がむいている、とかなり前に判断した。

西部の実戦部隊の総帥はスブタイで、本営はエミルに置く。東部は、ジェベを起用するが、それはまだチンギスの頭の中にあることだった。

ジョチを除く息子たちは、それぞれの領地へ帰る。領地の経営を、モンゴル国の一部としてできるかどうかを、ボオルチュが見ることになっている。

実戦が控えているわけではないので、野営にはどこかのんびりした雰囲気が漂っている。麾下の軍では、雪を集めて風避《かぜよ》けぐらいは作るかもしれない。

「俺は、三日後、五騎を連れて、アウラガにむかいます。それほど時は要しません。あちらで、殿の御帰還を待つ、ということになります」

ジェルメは、あと二年ほどで、ようやく退役できる。

流れ歩くことが好きだったジェルメに、軍というものを押しつけた。はじめは指揮官だったが、やがて軍全体を統轄するようになった。

クビライ・ノヤンもジェルメとともに軍の統轄をする任務に就いたが、数年前、病に倒れた。いろいろな人間の人生を、丸ごと戴《いただ》いている、という気がすることがあった。しかし、自分のものとしているわけではない。

「ボロルタイは、短い間に、俺よりも優れた指揮官になってきました」

「俺はまだ、ボロルタイは生き切ってはいない、と思っているよ」

「いずれ、誰にもできないようなことを、やってのける男になる、と俺は思っています」

自分の次の世代では、ボロルタイは必要とされる軍人だろう。勇猛というのではなく、安定した力量を部下に示すことになるはずだ。

チンギスは、そういう軍人に、あまり魅力を感じてはいなかった。

ボオルチュを継ぐ者として、耶律楚材がいるが、頭で考えることを、真実だと思っているようだ。ボオルチュは、頭で考えず、勘としか思えないものに従って、真実を摑んでしまう。

自分がなにを望んでいるか、チンギスは時々、考えこむことがあった。

ジェルメにもボオルチュにも、不満を持ったことは少なくないが、それがどういうものだったのか、思い出せない。

「俺は、生涯、殿の麾下でいるのだ、と思っていました」

「俺も、それがよかったと、心の底では考えていたかもしれん」

「殿」

「言うべきことではなかったな。それに、シギ・クトク、生涯などと気安く言うな。生涯はどうなるかわからんよ。俺など、負け犬として草原を駈け回っている夢を、いまでも見てしまう」

「ソルタホーン殿は、自分は生涯、殿の副官と思い定めておられます」

「あの男はいい。なにしろ、あの男は俺自身のようなものだ。自分が疎《うと》ましくなるように、あの男が疎ましくなる」

「殿は、お幸せです」

「そうかな」

「人生で、もうひとりの自分という存在を、お持ちになっているのですから。俺など、いつもひとりきりです」

「言葉の遣い方を、間違ったかな」

シギ・クトクが、声をあげて笑った。

薄く切った鹿肉を、木の皿の上に盛って、ソルタホーンが兵に運ばせてきた。

「殿はやはり、御自身の香料を遣われるのでしょうが、シギ・クトク将軍、俺が持ち歩いているタレを遣わないか?」

「俺が、遣ってもいいのですか、副官殿?」

「おい、ソルタホーン」

「殿も、お遣いになりたければ、どうぞ。ただのタレですから」

「そんなもの、俺は必要としない。肉は香料だ。タレなどと言い出すやつは、ただ節操がない、というだけのことだ」

「そんなことを言われながら、実は気になって仕方がないでしょう、殿。これまで、殿の横で肉を焼いたのは、数えきれないほどです。俺は、決して殿に気づかれないようにしてきましたから」

「おまえの意地の悪さには、磨きがかかってきたな、ソルタホーン」

シギ・クトクが、肉を焼きはじめた。塩を薄くふりかけてあるだけだ。

チンギスは、自分の肉に串を刺し、遠火の位置に固定した。

陽が落ちて、炎に照らされると、脂がてらてらと輝いて、いい匂いも漂ってくる。

チンギスは、香料の袋を出し、まぶしはじめた。横眼で見ていると、シギ・クトクは小さな水筒のようなものから、濃密な感じのする液体を数滴かけた。すごい匂いでも漂ってくるのかと思ったが、大した変化はない。

シギ・クトクは、棒の先で液体をのばしているようだ。三片の肉を焼いている。ソルタホーンは二片で、チンギスは一片だけだ。

匂いは入り混じっている。チンギスは、ただ自分が決めた通りの順番で、香料をふりかけた。

焼きあがった。

何日か置いたものなので、肉は熟れてやわらかくなっていた。夏は、二日置くのがせいぜいだが、冬は五日は置ける。

焼けた肉は、普通にうまいと思った。時間がかかるので、戦の最中にはできない。

従者に片手を挙げたが、酒は持ってこない。ソルタホーンが制しているのだろう。革袋をソルタホーンが渡してくる。木の飲み口がついているものだった。

木の栓を抜き、チンギスは中身を口に入れた。飲み馴《な》れた酒ではない。葡萄酒《シャラーブ》と呼ばれるものだ。肉に合っている、という気がした。

「気が利くではないか、ソルタホーン」

「一昨日、殿がお会いくださった酒を売る商人たちの元締めが、拝謁の礼にと持参したものです」

「ソルタホーン、おまえはそんなものを受けつけないのではなかったのか」

「はい。だから受け取りは拒み、ひと樽《たる》を、銭を払って購《あがな》いました」

「面倒な男だな」

「はい。性格です。ただその商人は、身の置きどころがない、という様子でした」

シギ・クトクが笑っている。チンギスは、残りの肉を口に入れると、シャラーブを呷《あお》った。

「これは、根もとのところで違う酒だ。南で飲んだ、糯米《もちごめ》の酒に似ている」

「造り方が、似ているのかもしれません」

シギ・クトクが言う。

「殿、肉の味が引き立ちます。これを食いながら、飲んでください」

シギ・クトクが差し出した串の肉を、チンギスはそれほど考えず、口に入れた。

口の中に拡がったのは、なんとも言えない味だった。これまで、口にしたことがないものだったのだ。同じ肉なのかと、チンギスは思わず見直したほどだった。

これが、おまえの言うタレなのか、とチンギスは口にしかけ、肉と一緒に言葉を呑みこんだ。

シャラーブの革袋を、シギ・クトクに渡す。

それ以上のことはなにも言わず、夜が更けてから、自分のために張られた幕舎に、チンギスは入った。

翌日、もう少しだけ前進をした。

三日の行程で、調練を重ねながら帰還するという計画だった。

行軍中、ソルタホーンが先頭の方へ駈け、しばらくして戻ってきた。

「正体のわからない三名が、前方にいて、殿に会いたいと言っています」

「正体を明かさないのか？」

「自分が何者か、殿に直接言いたいのだそうです」

ソルタホーンが言ってくるのは、怪しい相手ではなく、会ってみるのも面白いと伝えてきているのだろう。

「あと二刻で、休息に入る。それまで、後尾からついてこさせろ」

駈けはじめる。すぐに、そのことは忘れた。

休息に入って最初にやったのは、馬に水を飲ませることだった。

胡床《こしょう》に腰を降ろしていると、三名が連れられてきた。二名は従者のようだ。

「トーリオと言います、テムジン様」

「ほうトーリオ。なぜ、俺をその名で呼ぶのだ？」

「俺の父は、その名の方と闘い、負けたのです」

「それだけの理由で、俺に会いたかっただと？」

「父の名を告げれば、多分認められるはずだ、と母は言いました」

トーリオは、チンギスにむけた眼を、動かそうとしない。

「無礼者が。首を打て」

言ったのは、ソルタホーンだった。

トーリオは、チンギスを見たまま、その場に腰を降ろした。

「モンゴル族、タイチウト氏の長《おさ》、タルグダイ・キリルトク。それが、父の名です。母は、ラシャーンと言います」

不意を打たれた、という気持にはならなかった。うまく摑みようがないが、懐かしさのようなものが、チンギスを包みこんだ。

「ソルタホーン、タルグダイ殿の息子に、胡床を」

チンギスの前に置かれた胡床はひとつだけで、従者の二名は後方に退《さ》がって控えた。

「父は、八年ほど前に亡くなりました」

「そうか。病か？」

「いえ、斬り死にでした。片腕でしたが、多数の賊徒と闘ったのです」

「俺と闘ったのは相当、昔のことだった。賊徒相手に斬り死にすることが、らしい死に方なのかどうか、わからない」

「俺は、らしいと思いました。俺はなにもできませんでしたが、その死を心に刻みこんで、いまも誇りだと思えます」

「いい親父殿を持ったではないか」

「トーリオ殿という名は、聞いたことがある。潮州《ちょうしゅう》海門寨の」

そばに立った、ソルタホーンが言った。

「はい。礼忠館船隊であります。さまざまな物資を扱っています。モンゴル国に張り巡らされた街道や、南の甘蔗糖を作る国とも、海路で繋がっています」

「礼忠館船隊は、しばしばチェスラスからその名を聞く」

「ありがとうございます。この旅では、海門寨から船で保州へ行き、それからひたすら西へむかってきました」

「ほう、保州からの旅か。長いな」

「すべてが、モンゴル国の領土でした」

「人に会ったか?」

「保州では、ヤルダム殿と。アウラガ府では、ボオルチュ殿」

「そしてカラコルムで耶律楚材、鎮海城でチンカイ、エミルでタュビアンか」

「それは、ヤルダム殿ほか、多くの人に御配慮をいただきました」

礼忠館船隊については、チンギスはよく把握していた。兵站を担っていて、その量は相当なものなのだ。ただその輸送は、あくまでも商いなのだという。

モンゴル国船隊は、まだない。作ろうという試みも、していない。チンギスが、頭の隅で考えただけだろう。

東へ東へとむかうと、呆気《あっけ》なく海にぶつかる。その海の先には、大小の島があることは知っていた。その東の先には、海しかないという者もいるほどだ。

西へむかえば、果てないほどの大地だった。

闘っても闘っても、海にぶつかることはない。

チンギスは、どこかで海を希求していた。進軍を止めてくれるのは、最後は海なのだ。それは、東へ進攻した時、身に沁《し》みて感じたことだった。

西には、海がなかった。そして、大海《カスピ》に到達したところで、軍の限界を感じたのだ。

大海は、海ではない。馬で駈ければ、日数はかかっても、一周はできる。

「おい、トーリオ、保州から南へ航海して、甘蔗糖を作る国まで、どれほどの時がかかるのだ?」

「風と潮流の具合によりますが、ふた月はかかりません」

「では、保州からひたすら東へ進んだら?」

「いずれ、どこかの地に行き着く、とも言われていますが、行ったという人間を、俺は知りません。俺自身でも、行ってみようと思ったことはありません」

「いずれ、どこかの地か」

「船で進み、ひと月なのか、一年なのか、わからないのです。でも、一年であろうが、十年であろうが、ひたすら東へ進めば、壮大な陸地がある、と俺には信じられます」

「どういう根拠でだ？」

「南へひたすら進めば、すさまじい長さがあっても、陸に行き着くことはわかっていて、行って戻ってきた人間も、俺が知るだけでも十人はいるのです」

「どんなところに、行き着いたのかな」

「潮流があるので、それほど変ってはおりませんが、とにかく奥深い大地に行き着くことは確かなようです」

「おまえは行こうとは思わないのか、トーリオ？」

「思いません。南へ行けば、島々にぶつかります。その島々でさえ、遠景を知っているだけなのですから。ひとつひとつ踏査しなければ、南へは進めません」

「だよな」

ひとつひとつ征服しなければ、と言い換えてもいい。そうやってきて、大海に到ったのだ。大海の西に、さらに小さな国が多くあるが、いまそこへ進むことはできない。

越冬のための陣を作りあげても、兵たちは何度もそれに耐えられないだろう。それぞれの故郷は持っていて、敵地にいてそれから離れていると、心のどこかを蝕んでくるのだ。

チンギスは、兵たちのその気持のありようを、いつも兵站と同じように、戦では大事なことだと思ってきた。

「東は、いつも未知か」

「いつもではありません、テムジン様。百年後には、東の海の果てになにがあるのか、みんな知っていると思います」

「俺は、戦を重ねてきた。西へ、西へと。そして南へも。東は、呆気なく海にぶつかってしまったな」

「わかりました」

「なにがだ？」

「チンギス・カンとして闘い続けてこられたのに、また新しい敵が生まれています。海という敵が」

「おい、若造、利いたふうなことは言うな。海は敵ではなく、その底知れなさで、俺を魅了するというだけだ」

「その底知れなさについて、俺はかなり深いところまで知ると思います。それでも、海に対しては、畏怖しかありません」

「俺の臣下になれ、トーリオ」

「お断りいたします。いまモンゴル国の物資を運ぶのも、それが際立って、なにかの役に立つからではありません。ただ、量が多いというのは、商人にとっては大事なことなのです」

「わかった。海でなにか変ったことがあれば、俺に知らせよ、トーリオ」

「臣下には、なりません。いや、なれません。海で生きる者にとっては、海は母なるものです」

「おまえ、小さくかたまるなよ」

「どこがですか？」

チンギスは、低い声で笑った。

「俺は、ただ領地を拡げようと思っている、度し難い武将だ。そんなふうにしか、見えないのだろう」

「広いです。かぎりないほどに拡がっているのは、確かだと、旅をしてきて感じました。ただ、征服とは違う気がしました。ひとつになっているだけだ、という気がしたのです。不思議だという思いを抱いて、旅を続けていました」

「そしていま、どう思っている？」

「ほかに見なければならないものが多く、旅の興味の中で、曖昧《あいまい》になってしまいました」

「やはり、小さくかたまっているぞ、トーリオ」

「俺は、タルグダイの息子として、テムジン様に会いたかったわけではありません。父が生きて、闘いを続けたことを、忘れて欲しくなかったのです」

「忘れるどころか、あの草原の日々は、俺の中でいっそ鮮やかになっている」

「そうなのですか」

「負けが多かったが、それも忘れられん」

「俺は、チンギス・カンが旅の目的地でした。そして、会えました。旅は、到着したのです」

トーリオが、頭を下げた。

「御母堂は？」

「健勝にしております。肥《ふと》っていたのですが、いまではすっかり痩せ、そして物流を通して、この世を見つめております」

「そうか、ラシャーン殿は、御健勝であられたか」

「俺は、タルグダイとラシャーンの、実の子ではありません。父はタルグダイの下にいた長のひとりで、ソルガフというそうです。まったく記憶はないのですが」

「いい両親を持った。実であろうとなかろうと」

「ありがとうございます。テムジン様とこうして話をしたと、父にも伝えられたらよかったのですが」

「おまえ、俺が旅の目的地だ、と言ったな。ならば、しばらく滞在せよ」

「臣下になるつもりは、ありません」

「だから、小さくかたまるな、と言っている」

チンギスが笑うと、トーリオはうつむいた。

「いまから、俺をテムジンと呼ぶことは禁ずる。そう呼ぶ人間たちは、みんな死んでいるのだ」

トーリオが、うつむいたまま頭を動かした。

四

山中だった。

ここに運ばれた時の記憶は、途切れ途切れだ。

小さな家に寝かされた。

傷は思いのほか深く、血が止まらなければ、命は危なかった。傷を縫ったのはユキアニで、指がふるえるのを、マルガーシは叱咤《しった》し続けた。

斬られたのである。しかも斬ったのは、チンギス・カンなのだ。

剣を交えるという場所に、踏みこんだ。そして、剣と剣がぶつかった。

そこまで行ったが、首を奪《と》れるという思いは、少しも湧いていなかった。なにか途方のないものにぶつかっている、という思いに包みこまれた時、剣ごと斬られたのだ。

剣など役にも立たない相手だ、とその時、思っていたような気がする。

気づいた時は、馬が泳いで、河を渡りかけていた。

河岸に駈けあがっても、マルガーシは鞍《くら》につかまっているだけで、手綱はユキアニが曳《ひ》いていた。

モンゴル軍は、渡渉して追ってくることはしなかったようだ。

砂漠の中の岩陰で、二日過ごした。しっかり縫ったので、出血は止まった。

そこに留《とど》まるのは危険だったのか、馬に縛りつけられ、数日、移動して山中に入ったようだ。

近くに集落があり、マルガーシの世話をするために、女がひとり通ってきていた。

マルガーシは、清潔に暮らすことができて、ようやく起きあがり、そして少しずつ躰を動かしはじめた。

傷は、脇腹に深く刻まれている。

マルガーシがいるのは、廃屋に手を入れたもので、二軒並んでいるうちの、小さな方の家だった。

もう一軒の方には、ユキアニと流れ矢と六人の部下がいた。生き残ったのは、これだけということだ。

ジャラールッディーンとテムル・メリクは無事で、砂漠のどこかにいて、連絡はつけられるのだという。

カルアシンという、トルケン太后についていた忍びの頭領がいた。ホラズム軍の敗走の中で、カルアシンの力が発揮されたようだ。近くの集落は、カルアシンにゆかりの場所らしい。

カルアシン自身が、この地方の高山の出身のようだ。

マルガーシは、裏の仕事をする者と、関りを持ったことはなかった。ジャラールッディーンは遣っていただろうし、トルケン太后とイナルチュクも遣っていた。

カルアシンと直接会ったのは、数日前だった。

マルガーシが、家の外に出て陽に当たっていた時、荷を背負った老女がひとり近づいてきた。かけられた声は若いもので、すぐに裏の仕事をしている者だ、とわかった。

その時は、現状の話をしただけだった。ジャラールッディーン、イナルチュクの現状、マルガーシ自身の現状。

カルアシンは、別れる時、次は明日の話をしたい、と言った。

マルガーシは、どこかで待つような気分になっていた。

八人の部下は、運よく生き延びたところもあるが、それなりの実力を持っていて、マルガーシを救出しながら脱出したのだ。

「ここの高山地帯の村からも、傭兵《ようへい》で暮らしを支えている者がいるそうです」

傭兵の国と言ってもいいカンクリ族の地は、もっとずっと北の寿海《アラル》の近くだった。どこにいようと、傭兵にはなれる。カンクリ族のように国と同様の規模を持っているところもあれば、ひとりきりで雇われる場合もあるかもしれない。

「傭兵はいいな、と俺は思いますよ。戦のことだけ、考えていればいいのですから」

皇子軍は、傭兵に似ていた、と思う。上からの命令は受けなかったが、動きは傭兵に近かったかもしれない。

「もし俺たちが傭兵になったとして、どこに雇われるのかという話になりますが、実はどこでもいいのですよね。傭兵なのだから。貰った分だけ、働けばいいのですから」

ユキアニと流れ矢は、六人の部下をどう鍛えればいいのか、わからなくなっているようだ。せめて十名ずつ部下がいれば、戦を想定した調練もできる。

そろそろ、カルアシンが現われるような予感があった。

マルガーシは外に出て、軽く棒を振っていた。右腕は、肩の高さにまでしか上がらない。無理に上げず、一日一日、ほんのわずかずつ、動く領域を拡げていた。

牛に荷車を曳かせて、農夫が通りかかった。

山中では、狭い耕地で野菜を育て、丘陵には麦を播《ま》く。山中で採れるものもあるが、おおむね貧しい家のようだ。

気づくと、農夫がそばに立っていた。

「カルアシンか」

マルガーシは、苦笑した。

「ある方からの贈り物を届けに参りました」

「ある方とは？」

「それはいま、申しあげることはできません。マルガーシ様の剣が折れたと話したのは、私です」

あれは折れたのではなく、斬られたのだとマルガーシは思っていた。腕の差ではなく、剣の差だったという気がする。

「荷車には、ほかに具足などが入っております。数日後には、若い馬が十頭」

「俺に戦をやらせようというのか、カルアシン」

「私がやらせなくても、マルガーシ様は戦をなさいます」

ユキアニも流れ矢も、近づいてこない。カルアシンは、すでに二人には話を通しているのかもしれない。

「馬十頭とはな。ここにも、四頭はいるが」

この山中まで逃げてくる時、数頭は潰《つぶ》したようだ。

「人は、もっと集まります、マルガーシ様」

「興味はない」

「でも、集まってくる二百名が、これからの部下なのです」

「もう、放っておいてくれないか」

カルアシンは、布で包んだ剣を差し出してきた。柄《つか》に手をかけた時、掌《てのひら》から全身になにかが走った。それはすぐ消えたので、錯覚かもしれない。

鞘《さや》を払った。見事な剣だった。言葉ではそう言うしかないだろうが、気のようなものがたちのぼってくる。

「貰えないな、これは」

「この剣に関しては、受け取ったからといって、なにか引き受けなければならないことが、あるわけではないのです。剣が、持主を求めている。それだけのことだそうです」

掌と柄が、吸い合っているような感じだった。そして剣は、自分に寄り添ってくる。

「置いて行きます、マルガーシ様。それから、身のまわりの世話をさせていただいている娘は、わが一族の者です」

躰が楽になったのを見計らったように、娘はマルガーシにのしかかってきた。ただ女体を愉しむように、媾合《まぐわ》いを重ねてきた。

「だから、なんだ？」

「お教えしているだけです。お気に召さないと言われるなら、連れ戻します」

「別に。あの娘には、世話になった」

「そうですか。ならば、剣と一緒に残しておきます」

カルアシンは、拝礼して、農夫に戻ると、牛に声をかけながら去っていった。

その夜から、娘はマルガーシの傷に触れはじめた。撫《な》でるようだが、時に指先が傷に食いこみ、痛みが走った。

どこかに治療という感じがあり、面白がってマルガーシは娘に身を任せた。

翌日、わずかだが、腕が前日より上がるようになっていた。自分が動かしただけでなく、治療の効果がいくらか出ているのがわかった。

マルガーシは、剣を持って立つようになった。腕があがるぎりぎりのところで、剣を構える。決して振らないが、動くようになったところを、自分のものにできた。

躰が、自分のものではないことは、しばしばある。

十日で、動く範囲は元に戻った。そこでようやく、剣を振った。はじめは三百回である。一日、百回ずつ増やした。

剣を振っていると、自分の躰のどこが弱っているのか見えてくる。

「隊長、俺たちに、剣の稽古をつけてくれませんか」

流れ矢が言った。

「いいぞ。やろう。中途半端は許さないからな。覚悟した者だけ、稽古をつけてやる」

八名が、棒を持って並んだ。二撃まで打ちこませ、三撃目は許さず、打ち倒した。八名でそれを続け、また同じことをくり返す。十度それをくり返していると、全身から汗が噴き出してきた。汗ではない、溜った毒が流れ出しているという気もした。

あるところから、マルガーシは手加減せずに、むかい合うと打ち倒した。ひとり二人と動けなくなり、五人動けなくなったところで、その日の稽古は終りにした。

部下たちの眼が、輝きを帯びてきた。自分の眼を映しているのだ、とマルガーシは思った。

ある時、娘がいなくなった。

もう必要ないと、誰かが判断したのか。

ここへ来た時は、まだ雪が来る前だった。

寝台に横たわって、マルガーシは雪が降り積もるのを見た。そしていま、雪は消えかかっている。平地は、すでに雪解けが過ぎ、草が芽吹いているはずだ。

食料を手に入れに行っていた部下が、駈け戻ってきた。二百騎の軍が、こちらにむかっているという。

しかし軍は家まで来ることはなく、少し下の木立のそばで、野営をはじめた。

「いかがでしょう、マルガーシ様」

夜、寝台のそばに、カルアシンが立った。

いきなりではなく、呼吸ひとつ前に、気配が伝わってくる。それは、カルアシンが伝えてきたとも、自分の中のなにかが研ぎ澄まされたからだとも思えた。

「剣は、気に入っているよ」

「ならば、それを贈った人も」

「わからんな。会ってみなければ」

「軍を、必要としておられます。あの二百騎は、いつでも傭兵になれるのです」

「傭兵隊の隊長を、俺にやらせるつもりか」

「いけませんか？」

「強引な女だな」

「太后様が亡くなられてから、私は女など捨てております」

どういう意味か考えたが、よくわからなかった。

「どこで、戦があるのだ？」

「お引き受けいただくまで、それも申しあげられないのです」

鼻先で笑ってしまうには、カルアシンの眼の光はひたむき過ぎた。

「水心《すいしん》の者は、イナルチュク殿の配下にいるのではないのか？」

「太后様の配下です。ゆえに、いまは誰の配下でもありません」

「金が必要だろう。おまえたちも、傭兵と同じではないのか」

「いまは、誰にも雇われておりません。ただ、いま話をしている方と、ともに動くということになるかもしれません。マルガーシ様に、剣を贈られた方です」

「なぜ俺に、と考えてしまうがな」

「かつてチンギス・カンと草原の覇権を争った、ジャムカ様の御子息だからです」

虚を衝《つ》かれた。自分はジャムカの息子だ、と思った。忘れていたわけではないが、改めてそう思った。

「マルガーシ様を、御存知ではありません。その剣は、ジャムカ様に贈られたつもりなのでしょう。私は、そう思っています」

「それがわかっていて、はじめは言わなかったのだな、カルアシン」

「それは、マルガーシ様が蘇《よみがえ》られるかどうか、わかりませんでしたから」

「あの娘か」

「私の眼でもあります」

「せめて、闘うべき相手ぐらい、教えて貰えぬか」

「できません。マルガーシ様は、あの二百騎を、これまでにないほどの精兵に仕立てあげられればよろしいのです」

「おまえは、俺のなにをそれほど買ったのだ？」

「皇子軍の、実績です」

「それはない。チンギス・カンの首を奪るのだけを、目的にしていたのだからな」

「何度も、肉薄されました」

そう見えただけだ。チンギス・カンの首は、うつむきたくなるほど遠かった。

「俺の愚かさで、ほとんどの兵を死なせてしまった。皇子軍という言葉は、聞きたくないな」

「申し訳ありませんでした」

「正直、傭兵は面白そうだ、と思っている」

「徹底的に、残酷になれます。御自分にも、敵にも」

「おまえは、どこで関わってくる？」

「マルガーシ様が、傭兵となることを承知されたら、同じ目的を持つことになります」

「金ではなく、目的か」

「そうです」

「わかった。二百騎がどれほどの兵か、まず試してみようか」

「どんなふうにして？」

「野戦だ。こちらは十騎に満たない」

「みんな若く、そこそこの兵でございますよ」

「おまえの一族か」

「郷里の者ですが、私の一族ではありません。ただ、カンクリ族の兵と較べても、それほど遜色はありません」

「条件がひとつある」

「はい」

「調練で死者が出るかもしれん。補充のために、あと百名用意してくれ」

「なんとしても」

「まったく別に、あと百名」

「どこまで言われます」

「そこそこの兵でなくていい。膂力《りょりょく》が強い者を百名だ。流れ矢に、弓隊を作らせる。それから、矢を数万本」

「そこまでです、マルガーシ様。言われたことまでは、可能だと思います」

マルガーシが笑うと、兵の身なりをしたカルアシンは、具足の中で身を硬くしたようだった。人間なのだ、と思った。

「ひとつ言っておく。一緒になにかをやる時は、お互いに秘密はなしだ」

「当然でございます」

「二百騎の力量を試して、俺が駄目だと思ったら、この話はなしだ」

「指揮をしてみたい、とマルガーシ様が感じられるような兵ばかりです。兵の選抜に、私はこれまでの自分のすべてを、賭けておりますから」

「調練は明日。おまえはもう消えろ。これからは、俺の頭越しにユキアニや流れ矢と接することを禁ずる」

「マルガーシ様、まだ言葉ではっきりと承知していただいてはおりません」

「二百騎が、俺が思う以上の力量を持っていたら、引き受けよう」

「わかりました、マルガーシ様。私は、最後の命を、燃やせます」

マルガーシは、朝になってユキアニと流れ矢を呼んだ。

とうに、カルアシンは姿を消している。

外の焚火のそばに行った。

二人はすぐに駈けてきた。

「二人とも、肚《はら》を決めろ。俺たちは、これから傭兵だ」

二人の顔に、喜色が浮かぶのがわかった。

「俺は、生き返ったからな」

「カルアシン殿が、ここにいる者たちに、具足を残していかれました」

「それを着けろ。いまからは軍だ。下にいる二百騎をよく見て、編制を決めよう。流れ矢、おまえは別に弓隊を作れ。それ用の兵が到着したら、そっちへ回れ」

弓隊と補充用の兵を加えれば、四百になる。

マルガーシにとっては、大軍だった。

五

滞在中である。

ブハラから、パミールと呼ばれる高原を抜けて、カシュガルに入った。

それでも、滞在である、とトーリオは思った。

宮殿でも陣でもなく、自分に滞在しろと、チンギス・カンは言った。

雪解けが間近というころ、チンギス・カンはアウラガへの帰還をはじめた。

馬回り二百騎と、麾下二千騎である。

ほかに、東へ行くジェベの一万騎が近くを進んでいるようだ。

もう敵もいないので、伝令のやり取りもあまりない。

高原には、躰が埋まるほどの雪が、まだ残っている。しかしもう、雪が降る季節ではなくなっているので、移動には適しているようだ。

高山地帯より、こちらの方が距離はあっても動きやすい、とソルタホーンは言っていた。

トーリオは、チンギス・カンの馬回りの最後方で移動し、野営になるとチンギス・カンの焚火に呼ばれた。

軍には、兵站の大きな馬車が二台ついてきていて、野営地にはかなり大きな幕舎が建てられる。そこを行宮《あんぐう》と呼ぶ者もいたが、チンギス・カンはいつも、俺のねぐらと言っていた。

いくつかある、馬回りのための幕舎のひとつに潜りこんで、トーリオは眠る。

野営地は、挨拶に来る地元の族長たちでいつも賑《にぎ》わう。夜更けになって、ようやく静かになるのだ。

チンギス・カンは、死んだタルグダイの日々を、知りたがった。それも、日々の細々としたものだ。

海門寨の屋敷の様子。楼台と母屋の間に残してある、答満林度《タマリンド》の木。それがどれほどの大きさで、どういう枝や葉かも知りたがった。

海門寨は、相当南になる。したがって暑く、日陰を作るのに最適な木だと説明すると、北にそ

れを植えることができないかと、しばらく真剣に考えたようだ。それについては、トーリオには
わからないが、北で答満林度を見かけたことはない。

答満林度の下にある、二つの椅子について、チンギス・カンはその形状まで知りたがった。

腰かけていると、そこから海が見えるのか。海は季節によって、どんなふうに色を変えるのか。

そんな椅子を持てたタルグダイが羨しいと言ったが、どういう意味かわからなかった。

片腕で、いつも丸太を振り回していたこと。遣っている剣が普通よりいくらか短く、だから速
く振れたことを喋った時は、破顔して喜んだ。

行軍は、ゆったりしたものだった。

カシュガルへの道だから、かなりの遠回りになるが、この高原には、天山《てんざん》山系のような険しさ
はない。

旅をしてきた道程をふり返ると、唖《あ》然《ぜん》とするほどだった。

船で、南へ北へと航走《はし》り回っている。その距離を考えると、それの二倍ほどではないかと思え
るが、馬と船とはまるで違う旅だった。

いまは、見るものを見て、わかるものをわかろうとしている。

旅を終えたあと、見えるもの、わかるものの方が、はるかに多いに違いないとも思う。

「おまえ、船の物流を担うことで、この世の暮らしを支えたいと言ったが、その考えはまだ変ら
ないのか？」

幕舎の前の焚火で、そう言われた。

「もとにあるのは、その考えです。物流はそのためにあると、変らず思っています。ただ、街道ひとつとっても、複雑です」

「海は、複雑ではないな」

「潮流があり、波があり、風がある。その変化は、ひとつとして同じものがなく、その意味では複雑かもしれません。しかし海の上には、いくらでも人がいるというわけではありません」

「人がいない、というのがいいな。俺には、それがいいと思える」

「草原には、人が多かったとは言えません。旧金国、南宋の城郭《まち》など、どこも人が溢《あふ》れています」

「あれだけ人が溢れていると、いないのと同じだ。そう思わんか」

「わかりません、俺には」

野営地にも、人は来る。チンギス・カンの、長い遠征からの帰還の旅なのである。凱旋《がいせん》の旅でもあるが、その華やかさは感じられない、とトーリオは思った。

近くにいられるので、トーリオは全身全霊でチンギス・カンを見つめてきた。

いくら見つめても、ほんとうの姿を見たという気がしなかった。

チンギス・カンには、ほんとうの姿がない、と思うほど傲慢ではなかった。

自分にはそれを見てとるだけの力がないのだ、とトーリオは率直に思った。

「これほど殿のそばにいたというのは、ボロルタイとおまえだけではないかな。ほかの連中に話すと、羨しがられるぞ」

ある夜、ソルタホーンが言った。

野営地を訪ねてくる者たちは、従者が数人で選別し、幕舎の中の広い部屋でチンギス・カンに会わせる。時にはその人間たちが列をなしていて、面会が終るまでは、ソルタホーンは暇なのだ。

よく、焚火のそばでトーリオと話をした。

「秦広という、南の国の棟梁に、俺は関心があるなあ」

「秦広こそ、草原や、さらにその西にある国まで見て回りたがっています。ただ、小梁山を動くのは、大変なようです」

「それで、おまえがまた羨しがられるか。甘蔗糖は、大海《カスピ》のほとりまで、満遍なく流れてきている。よほど緻密な商いをしているのだろうな」

「それは、沙州楡柳館《さしゅうゆりゅうかん》とも近い、大同府の侯春が受け、アサンというムスリムの商人が西へ流すのです。それで運ばれてくる甘蔗糖の半分に達するほどです」

「かつて轟交賈《ごうこうこ》と呼ばれた交易路が、いまも網目のように拡がっている。大きなところは同じで、小さなところは各地域に任されているそうだ。そして一部は、モンゴル国で作った街道と重なる」

「侯春やアサン殿が遣っているのは、まさにかつての轟交賈です。いまは、自浄ができるかどうかというところに、轟交賈の力は注がれています。人が多く集まるところです。そういうところは、腐ります」

「おまえも、結構なことを言うのだな、トーリオ」

「聞き齧《かじ》りのようなものです」

「いいさ。みんな生意気だが、それでいいのかもしれん」

「副官殿が若いころは、生意気が許されたのですか？」

「そうなれないほど、懸命に走っていた」

「いまは、余裕があるのですか？」

「余裕というのかな。とにかく、途方もなく大きくなった。いまは、どうしていいか、戸惑っているだけだ」

「チンギス・カンも？」

「殿が、途方もないのだ。途方もないわけだから、俺にはよくわからん」

「誰か、わかっている人もいるのですか？」

「ボオルチュ殿だろう」

やはりと思ったが、どこか違うような気もする。すべてが、チンギス・カンが測り難いというところに行き着き、それでよしとしてしまう。

チンギス・カンのそばにいると、自分が自分でなくなる。それは、はっきりと感じるのだが、取り戻すべき自分も見えない。

一生かければ、わかることがあるのだろうか。

「俺は、そろそろチンギス・カン滞在を打ち切ります」

「ほう、なぜ？」

「予定の日数は、かなり超過してしまっています。やらなければならない仕事は、山積しているはずなのです」

「それだけか？」

「チンギス・カンのそばに居続ければ、なにかに巻きこまれます。そのなにかが、見えません。俺は、俺の生き方の中にいるしかない、と思います」

「いいな、若い連中は」

「副官殿、俺たちは、生き方を与えられていないのです。生き方など、与えられるものではないかもしれないのですが」

「いや、俺たちは生き方を考えた時、遠かろうが近かろうが、戦というものがいつも見えていた」

「戦ですか」

「いまでは信じられないほど、戦はあたり前のものだった、という気がする」

「つまり、わかりやすく決めやすいのですね」

「頭が回るなあ、おまえら」

耶律楚材をはじめ、ヤルダムなどがおまえらなのだろう。

いくら頭を回しても、チンギス・カンは見えてこない。

夜が更けると、馬回りの兵がいる幕舎のひとつに潜りこみ、眠る。

明日はカシュガルに入るという日、トーリオは会見を終えたチンギス・カンに、幕舎に呼ばれた。何度か、表の大きな部屋には入ったことがあるが、奥の居室らしいところに通された。

「おい、酒をつき合えよ、船頭」

「はい」

従者が、卓を用意した。燭台が二つ足され、部屋の中は明るくなった。

「俺はこわそうに見えるか、船頭。それとも、暴虐な蛮族の長に見えるか？」

「なぜ、そのようなことを言われるのですか？」

「ふと、そう思うことがある。そんなふうに思われているのだろうと」

「俺は、街道を旅してきました。申しあげたかもしれませんが、いくつもの国を通ったのに、どこでも違う国というものを感じなかったのです」

「なぜそうか、わからないのだな」

「はい」

「俺も、わからんのだ」

言って、チンギス・カンは声をあげて笑った。

従者二人が、酒と肴《さかな》を持ってきた。杯が三つあり、当然という顔をして、ソルタホーンが入ってきた。

「この船頭は、俺に関心がないようだぞ。いやもう見捨てられたか」

「殿、船頭は、やはり海の方がいいのでしょう」

「そうか」

トーリオは立ちあがった。

「チンギス・カン滞在を、ここで切りあげさせていただきたいのです」

「負けか」

「えっ」

「俺に負けたと、認めるのか」

「勝負など」

「俺はしたさ。俺がどういう男か、知りたがっていた。だから俺は、日々違う顔を見せて、混乱させてやった」

杯に酒が注《つ》がれた。チンギス・カンは、酒をひと息で呷ると、笑い声をあげた。ソルタホーンは、杯を持って横を見ている。

「俺のような者を、そばに置いていていただき、ほんとうに心がふるえるほどでした」

「おい、こいつはどうしたのだ、ソルタホーン。いつもの船頭ではないぞ」

「まあ、別れの挨拶のつもりなのでしょう。おい、とにかく飲め」

トーリオは腰を降ろし、杯を手に持った。

「よく、話していただきました。一緒に何度か酒も飲んでいただきました」

「おまえが、そうするだけの男だと思っていたから、そうしただけさ」

「タルグダイの息子だったから」

「それはない。タルグダイ殿の息子が、喋りたくなるような男で、よかった。いろいろと、タルグダイ殿のことが聞けた」

「語ることで、父はもう一度生きてくれました」

「はじめから、死んではいない。俺の中に、タルグダイ殿がいる。草原のタルグダイ殿だったが、新しいタルグダイ殿を、知ることができた。船頭、おまえの中でも、父親は生きている。そうやって、それぞれの心の中で生きていれば、その人は死んでいない」

「はい」

「礼忠館船隊、一千艘《そう》か」

「百艘です」

「あと十年経てばだ。一千艘でも、海の上ではただの点だろう」

ソルタホーンに促されて、トーリオは杯を呷った。立っている従者が、すぐに注いだ。

飲み続けることになった。なにを喋っているのか、わからなくなってくる。さすがに、チンギス・カンに対して無礼なことをやっているのではないか、という気がして立ちあがったが、ソルタホーンに腕を引かれ、座った。

気づくと、外に出ていた。

チンギス・カンの幕舎の前には、五名の衛兵がいるのが見えた。

トーリオは、小さな幕舎のひとつに潜りこんだ。

翌朝、全軍の進発の前に、チンギス・カンの前に立った。またな、とチンギス・カンは短く言っただけだった。

カシュガルへむかう本隊に先行し、張英《ちょうえい》と袁清《えんせい》の三騎で駈けた。本隊はカシュガルから砂漠に入り、東へむかうという。

トーリオは、カシュガルから山に入った。

わざわざ避けてパミールの高原を来たのに、結局は天山山系を越えることになった。ただ、カシュガルからは山中の道がある。そこを陽の出から陽が落ちるまで駈けて、十日でエミルに入った。

「さすがに、馬を休ませましょう、トーリオ殿。袁清も参ってますが」

「厩《うまや》を見つけて、馬の手入れをしてやろう。それから、宿を見つける」

声をかけながら、馬の手入れをした。

別の声が、かけられてきた。

従者をひとり連れた、タュビアンだった。

馬を手入れする間は立ち話をしていて、それから城の客用の営舎に連れていかれた。

タュビアンと二人で、営舎の食堂に入った。張英と袁清は、別に席が用意してあるようだった。

「結構、長く西にいたのだな」

「まあ、そうだが」

「西の戦が終ったので、軍は方々へ展開することになった。兵站のやり方を、チェスラスは根本から変えると思う」

「もう変っているかもしれない。西では、そんな感じだった」

「殿はアウラガへ帰還されるわけだし、文官の便宜を図れと、耶律楚材から、通達が届いている」

西にいて、いや、多分この旅全部を通して、トーリオを驚かせたのは、兵站の綿密さだった。

戦時は終ったというのに、大変な速さで兵糧が動いていた。

もうひとつ驚かされたのが、大きな集落には、必ずアウラガから来た文官がいるということだった。

税は、安くなったのだという。それだけで、民は幸福を感じる。民政のありようを、トーリオははじめて見た気がした。

酒を飲みはじめた。

なにか、もの足りない。飲んでいるうちに、それがなんだかわかったような気がしてきた。

頭の冴えわたったタュビアンは、会って喋っても、脅威でしかなかった。それに負けないように、トーリオも全身に力を入れた。ヤルダムも耶律楚材もチンカイも、なにかしらでトーリオに脅威を感じさせた。

タュビアンと飲んでいると、頭がいいと感じさせはしたが、脅威が感じられないのだ。自分と同じような小物だ、と思えてくる。これから街道を東進すると、次々に脅威と出会う。しかしいま、ほんとうに脅威と感じるのだろうか。

ボオルチュは、変らないだろう。アウラガ府で会った時から、脅威などは感じなかった。

ソルタホーンにも、脅威を感じなかった。

いや、チンギス・カンに脅威など感じはしなかったのだ。あたり前の人間としてそこにいて、ごく普通に接してくれた。

チンギス・カンには、畏怖のようなものがあって当然、という気がするが、それもなかった。ただ、わけのわからない大きさを、いまも思い浮かべることができる。

途方もない、とソルタホーンは言った。そのソルタホーンも、大きかったとトーリオは思った。ボオルチュは、なんでも話し、教えてくれた。いいおじさんではないか、という印象があるが、それだけではないなにかも間違いなくある。

「で、なにが面白かったのだ。殿の頭からは、もう戦のことは消えていたのだろう？」

「多分な。俺は、船頭と呼ばれたが、なんと言うのだろう、忘れられはしなかったよ」

「そうか。それほどそばにいた、ということでもないのか」

トーリオの言葉を、タュビアンは勝手に解釈したようだ。

「人の大きさについて、いま考えてしまうな」

「俺らは、小さいのか？」

「まあ、並みというところか」

「飲もうか、トーリオ」

「ああ、いくらでも」

「酔い潰れるわけにはいかない。戦が終ると、なぜか肩の荷が重たくなった」

自分は臣下ではない、と言おうとして、すでに臣下の気分でしかないことに、トーリオは気づいた。

ちょっと、笑った。

狼燧《ろうすい》

一

眠っていた。

束の間《つかま》かも知れず、かなりの時をそうやって過ごしたとも思える。

行軍中に眠ることがある、と知っているのは、チンギス自身と、ソルタホーンだけだった。ただ、並足での行軍の時だ。

姿勢など、まったく変っていない、とソルタホーンは言った。姑息《こそく》な技で、自分にはできないと嗤《わら》った。嗤われても、眠れる方がいい、とチンギスは思った。馬上で眠ったりする時、その夜もよく眠れるのだ。

眠っている間も、なにかを見ている。そばを駈ける、ヤルダムがいる。あるいは、トーリオという青年がいる。そして、声をかけたりしている。

自分の声で、眼醒《めざ》めたりするのだ。

その声も、ソルタホーンは二度、聞いたという。

馬上で眠るようになったのは、ホラズムの戦がほぼ終った、と思ったころだ。

ブハラ近郊の、宮殿と呼ばれるところに戻ってからも、遠駈けはよくやった。その途中で、眠る技を身につけてしまったのかもしれない。

「殿、四半刻は経っていますぞ。まったく、狡《ずる》い話です。行軍がはじまれば、俺は八刻も眠ることが許されません」

ソルタホーンが、馬を寄せてきて言う。

「なにか、眼を開けていた時の続きの地面を、見ていたような気がする」

「そこが、姑息な技たるゆえんなのですよ。それで、虹の根もとは見えたのですか？」

あそこが虹の根もとだ、とソルタホーンに言ったらしい。そして駈けようとした時、眼を醒ました。

「虹に、根もとなどがあると思うのか」

「人の、思いの中だけのものですか」

ソルタホーンが、大きく溜息《ためいき》をついた。

「俺たちは、殿の虹の根もとを、捜し続けてきたのですよ」

チンギスが眼を閉じると、ソルタホーンは馬を離した。

眠ったふりをしたわけではなかった。眠りながら見えていたものが、見えるような気になったのだ。しかし、闇とも呼べない薄明るさが、続くだけだった。

なだらかで、大きな丘にさしかかった。

視界が遠くまでとれないところでは、斥候《せっこう》の動きがめまぐるしくなる。

数年前は、モンゴル国が作りあげた街道を、西にむかって行軍した。これからが戦という時で、全軍に緊張が漲《みなぎ》っていた。

違う道を通って帰還することにした。知らない土地を、チンギスは通ってみたかった。

敵はおらず、戦の緊迫感はないが、兵を埋伏できるような場所では、ソルタホーンはかなり神経質になる。

丘の稜線に出た。前方にさらにいくつか丘が連なっているが、次の次の丘の頂の上に、城郭《まち》があるのが見えた。

丘の斜面を、うまく利用して築いているように思える。

それより、城の姿が秀麗だ、と思った。

集落が城郭というかたちになっているのは、中華で顕著だった。古来、北の異民族に対する警戒があり、外敵を防ぐという発想で築かれている。

西域《さいいき》の城はさまざまだった。城を中心にして集落が作られているところもあれば、集落まで包みこんで、城壁をめぐらせているところもある。

山地の城は、それだけで独立して険しい山中にあり、集落は離れたところにあったりする。戦の時だけ、城に軍が籠るのだ。

いま遠くに見えている城郭は、壁の中にかなりの集落を抱えこんでいるようだが、その規模は、中華のものと較べると小さい。

それでも、隙がない、とチンギスは思った。

「ソルタホーン、野営だ」

「まだ、陽は高いのですが」

「あの城の近くで、俺は野営したくなった。あそこにどれだけの兵がいても、せいぜい三、四千であろう」

「確かに、そうですが」

「ここにきてまで、戦をするかと言っているのだな。まあ、戦にはなるまい。二日、ここにいるだけだからな」

「二日も。ここよりもう少し東進すると、北寄りに行軍路を変え、アウラガに到るのですが」

「だから、ゆっくりしてもよかろう」

「副官の俺は、一日でも早く殿に帰還していただき、ボオルチュ殿やジェルメ将軍に報告したいのです」

「俺は、いないと思え」

「殿、言ってはならないことを、言われましたぞ。殿のために力を尽した者たちが、これほどいるのに、いないと思えですすと」

「わかった。このところ俺は、思ってもいないことを、口に出す。あとで意味を考え、率然とするだけだ」

「しかし、二日の野営はされるのですね？」

「ひとりでも、やる」

「いま、全軍を停めます。野営の準備をさせますが、どこがよろしいでしょうか？」

「あの城が、よく見える場所だ」

「それだと、黒水城《こくすい》を挑発しすぎる、という気もいたしますが」

「あれは、黒水城というのか？」

「ここは、西夏《せいか》の領内ではあるのですが、このあたりは部族の力が強く、西夏王朝の力はそれほど及んでいない、と思われます」

西夏は、スブタイが長年対峙《たいじ》し、弱らせ、腐って倒れるしかないところまで追いこみ、放置した。ひと押しすれば倒れるが、その時はそばにいない方がいい、と考えていた。

ふりまかれる腐臭を、兵たちが浴びることになる。

ここは砂漠が多く、中興府《ちゅうこうふ》から見ると、辺境だろう。それでもなにか、他国の手に染まっていないたたずまいを、眼前の城は感じさせた。

麾下の兵が、野営に適した場所を見つけ出してきたようだ。

前進の指示を、ソルタホーンが出した。

すぐに、野営地に到着した。幕舎が張られようとしている。

黒水城にむかい合うような位置の、なだらかな丘の上だった。

幕舎とは別に天幕が張られ、卓や胡床が並べられた。まだ、陽射《ひざ》しは強い。

チンギスは、胡床に腰を降ろした。

斜めからの光を浴びて、黒水城は別のもののように浮かびあがって見えた。

「見事なものだな」

「殿、朝、あの城を眺めると、逆光の中で黒々と見えるそうです」

「光と影の城か」

「あまり気配は伝わってきませんが、城内は慄然としているのではないかと思います」

チンギスが感じる闘気は、城の上にはなかった。

「城内から出撃してくる気配は、まったくないそうです」

「もう狗眼《くがん》が入っているのか」

「殿の行軍路にある城ですから、すでにどこへも入っています」

「ふん、くそ面白くもないな」

「殿の人生は、今後、面白いものなどまるでない、と俺は思います」

「残酷なことを言うではないか」

「殿が、これまでの人生で、作りあげられたものがあり、その結果です」

「俺は、もう終ったのか」

「なにを言われます。世はすべて、殿のものではありませんか」

「この世が俺のものだと？」

「モンゴルの人間はみな、そうするために、命を懸けてきました。その数」

「よせ、ソルタホーン」

「そのことを、殿に忘れていただきたくないのです」

「やけに俺にからむではないか、ソルタホーン。おまえこそ、忘れなければいいのだ」

従者が、水を運んできた。特に欲しかったわけではない。いまは、ひとりにさせて欲しいとチンギスは思った。それさえも、許されない立場になったのか。

自分がいま、どんなものを欲しがっているのか、チンギスはよくわからなかった。

ボロルタイは、いつもなにかを差し出した。いつの間にか、ボロルタイが差し出すものが、自分が欲しいものだ、と思うようになったのかもしれない。

だから、ボロルタイは従者としては危険な存在だったに違いない。

そのあたりを、しっかり読んでいたのは、ソルタホーンだけだろう。ソルタホーンはいつか、ボロルタイを一軍を率いる将軍に就けるように、動くようになったのだ。

ソルタホーンは、正しいと思うしかなかった。ほぼ、言うことも聞いてきた。ソルタホーンは、自分のために生きているのだ、とチンギスは思っていた。

だとしても、すべてをソルタホーンに乗っ取られていないのか。ここにいるチンギスは、ソルタホーンではないのか。

「おい。日没まで、俺はひとりであの城を眺めていたい」

「日没まで、誰も近づけないようにいたします」

「おまえはいろ」

「しかし、おひとりで」

おまえがいても、俺はひとりのままだ。そう言いかけたが、チンギスは口を噤《つぐ》んだ。ソルタホーンがチンギスだと感じさせるのは、お互いの心をひどく掻《か》き乱すだろう。ただの副官が、いつの間にか、自分と重なり合ってしまっている。そんなことがあるだろうかと思っても、水面に映った自分を見ていると、しばしば思ってしまう。

「殿、あの城は、この世から消しましょう」

「なんということを言う」

「なにか、魔的な気を放っている、と俺には感じられるのです」

「だとしても、邪悪ではない」

「だから消すのをためらってしまう。そこが魔的なのです。魔的でなぜ悪いと殿は言われるでしょうが、正体が摑めぬ不気味さはあるではありませんか」

「俺は不気味さなど恐れはせぬよ。むしろ、面白いと感じる。それで、おまえが嫌がる城の主《あるじ》は誰なのだ?」

「ウキという名で、西夏の貴族のようです。もともとは、金国から流れてきた、と言われていますが、はっきりしません」

「ふむ」

「いずれにせよ、殿に恨みを持っていて、なんの不思議もないわけです」

「これまで通ってきた土地でも、俺は恨まれていたはずだ」

「制圧直後は、恨みは醸成されはしないのでしょう。金国や西夏の恨みが、ようやくいやな熟れ具合になっていたとしたら」

「もうよせ、ソルタホーン」

ソルタホーンの言うことは、微妙だがチンギスの心にあるものと同じだった。ただ、恨みという感情が、取るに足りないものだ、とチンギスは思っている。

「民草が俺を恨んでいるなら、俺は黙って受け入れよう。民草のほとんどは、すでにモンゴル国の民、と思っているのではないかな」

「そのあたり、ボオルチュ殿です。民政が以前よりよくなるのですから、これは征服などとは言えません。ボオルチュ殿の民政は、どこの国にも見られなかったものです」

苦労が多いと口では嘆きながら、いい加減にしろと言いたくなるほど、民のことばかりを考えてきた。

チンギスが、外にむかっていつまでも戦を続けられたのは、ボオルチュがいたからだ。いくら激しい闘いをしようと、制圧すれば以前よりよくなっている。

民草の暮らしを見て、チンギスはしばしばそう思い、どこかで救われた。

戦には、さまざまなものがつきまとう。

二男と三男の軍が、一度、略奪に及んだ。

略奪は、戦の悲劇である。昔から、チンギスはほとんどの場合、強く禁じてきた。それを、息子がやったというのが衝撃で、二人を処断しようとして、ソルタホーンに止められた。

それから、略奪は厳重に禁じてきたが、モンゴル軍が来ると、皆殺しと並んで、略奪と破壊が恐れられた。風評とはそういうもので、皆殺しなどむしろチンギスは利用してきた。

「俺ははじめて、帰還の途次で、城のそばを通ったような気がする」

「これまでに、何度も通りました。殿は、一瞥《いちべつ》をくれることもなさいませんでした」

ソルタホーンの口調が不平気味だったので、チンギスは苦笑した。

「見えなかった。あの城だけが、なぜか見えてしまったのだな」

ソルタホーンも、あの城を気にしている。気にし過ぎるほどだ。

「あそこに触れるなよ」

「はい。ただウキという人物が、ほんとうは誰なのかだけは調べさせています」

それにしても、城内で騒いでいる気配はない。こちらからは城内が見えないが、城からはこの陣はつぶさに見える。

こちらの闘気のなさを感じているのか、それとも城の防備に自信を持っているのか。

陽が落ちてきた。砂漠が薄暗さに包まれるまで、城はわずかな光で、やはり白く浮かんでいるように見えた。

天幕のそばに、篝《かがり》がいくつか置かれた。

ぼんやりだが、城にも光がある。

麾下の兵たちは、丘の反対側の斜面にいるので、チンギスのところからは見えなかった。馬回りの者たちも、後方に控えて、ほとんど声も出さない。

チンギスのいる丘と城の間には、濃い闇があるだけだった。

「いつもよりは密に、壁の守兵は出ているようです」

内部にいる狗眼の者から、なんらかの方法で連絡が届いているのだろう。訊けば、ソルタホーンはまだ言いそうだった。

深夜、月の光がまた城を浮かびあがらせた。

不思議に、砂漠は鈍い色で、城だけが明るさを帯びて見える。石の質によるのかもしれない、とチンギスは思った。

満月に近いが、満月ではない。これから満月になるのか、それとも細っていくのか、チンギスは考えた。前に月を見たのがいつだったのか、思い出せない。

「殿、あれを奪ろうなどと、考えてはなりませんぞ」

ソルタホーンに言われ、チンギスはあの城が欲しいと思いはじめている自分に、なんとなく気づいた。

「自分の欲望で、味方であろうが敵であろうが、兵を死なせるのか。俺は、そんな戦をしてきたかな」

「なにかを欲しいとも、思われませんでしたよ」

「俺は、なんのために戦をしてきたのだ」

「それは、御自分で、よくおわかりのはずです。戦をしていいのかどうかと、殿は考えられませんでした。人の世の、腐ったものをただ打ちこわす。人の世に対して、殿はそれをおできになったのです」

「そんな面倒なことを、考えるものか」

「いや、打ちこわしたあとの民草の暮らしに、殿はことのほか気を遣われました」

戦が、殺戮《さつりく》であるのは、あたり前のことだった。戦だけではない。圧政や暴政も、殺戮だと、チンギスは思っていた。

殺戮でないものが、この世にあるのか。それはいまだ、わかっていない。

死なせた兵の数を考える。死なせた敵の数は、それより遥かに多い。

自分の周囲にいる者を、何人も死なせたが、チンギスが死ぬことはなかった。

厳しい戦は、もう終ってしまっている、と誰もが思っている。これからなにかあるとしても、将軍をひとりかふたり、派遣すれば済むことだ。思い通りに人の世は打ちこわされ、そして再生をしている。ほんとうは、なにも変らなかったのか。ふと、そう思う瞬間もあった。

誰に問うこともできない。自分で、答を見つけるしかないことだ。ボオルチュやソルタホーンですら、それは考えることではないのだ。

チンギスは、何度か大きく息をついた。

「あの城の石が、どういう種類のものか調べよ、とナルスに命じろ」

「ナルス将軍は、すでに石の一部を得て、それがどういうものか、見きわめていると思います」

「ナルスも、あの城に関心を持ったか」

月の光の中で際立つ石。どう見ても、浮かびあがって見えるのは、城全体を作りあげている石による、としか思えない。

月が少し傾いてから、チンギスは幕舎に入り、寝台に横たわった。

翌日も、同じようなものだった。

チンギスは馬回りを連れて、城と陣の間の、低地を駈け回った。城の反応はまったくなく、麾下が気を遣って動きはじめたので、チンギスは陣に戻った。

夜も、同じ月が出ていた。満月に近づいているのか遠ざかっているのか、やはりわからなかった。

払暁《ふつぎょう》、チンギスは寝台から身を起こし、従者を呼んで具足をつけた。

外に出ると、馬回りはすでに進発の準備を整え、馬を曳いて並んでいた。

チンギスは、それに眼をくれただけで、黙って馬に乗った。

東にむかって半日進み、それから北へ方向を変えた。

普通に行軍すれば、ほぼ十日でアウラガに到着する。その、方向の見当はついた。

かなりの斥候を出し、方向に間違いがないかどうか、ソルタホーンは確認しているようだ。

実際に、地図を見なくなって、どれほどの時が過ぎているのだろうか。地図を見、何度も確認し、ソルタホーンや将軍たちは、チンギスにあげてくる。それが、間違っていたことはない。

チンバイがいた。チンギスが十三歳のころに出会ったが、いつか地図を作るのが人生になった。

チンバイは、このあたりの地図も作ったのだろうか。少なくとも、ホラズム国の地図はなかった。東は海まで、地図を完成させている。

「殿、あれを」

ソルタホーンが、前方を指さした。

数百騎の騎馬隊が、土煙をあげている。

「ボオルチュか」

「わかりますか」

「一騎だけ、年寄の乗り方だ。それで全隊を遅らせている」

言ってはみたが、ボオルチュに会えるのだ、とチンギスは高揚していた。

二

主がいない家は、活気がない。

アウラガの宮殿を見るたびに、テムゲはそう思っていた。

宮殿を家と呼んでいいかは別として、中にチンギス・カンがいるというだけで、建物全体が放つ気が違った。

テムゲの屋敷は、燕京にある。そこに妻子もいるが、軍の本営で暮らすことが多く、月に一度も、屋敷に帰らなかった。

テムゲは、燕京からしばしばアウラガに来たが、そこで泊るのは軍の本営だった。軍が居心地がいいというのは、昔からのことで、それはチンギス・カンも同じなのかもしれない。カサルも同じで、兄弟はみんな、軍の単純な暮らしが好きだったのだ。

息子たちの世代になると、いくらか違う。

繁華なところを好むし、遊牧の民らしくない屋敷を、そういうところに構えている。軍における、人と人の単純な関係については、軽蔑しているかもしれない、とさえ感じてしまう。

テムゲは、自分の息子にも、カサルの遺児である甥たちにも、淡白に接してきていた。それぞれが、それぞれの生き方で、男になっていくしかない、と思ってきた。

チンギスの息子たちも甥になるが、テムゲはいつも、距離を置いていた。

ただ、そう言っていられない事態になった。

オトラルの養方所で、ジョチがひっそりと息を引き取ったのである。

つまり、チンギス・カンが、嫡男を失った。

チンギス・カンの後継はジョチだろう、とテムゲは一時、考えたことがある。ジョチに対して、扱いの厳しさがあり、それがテムゲになにかを感じさせた。

だからテムゲも、対金国戦の戦場では、ジョチと、末弟のトルイを、特に厳しく扱い、難しい任務を与えた。ジョチとトルイは、ともに率直で、気が合うようだった。

ジョチの病が篤いとは、以前から聞いていた。それがどの程度のものか、あえて知ろうとしてこなかったが、ホラズム戦の最終局面で、ジョチの名が出てくることはなくなった。

アウラガは、ジョチという嫡男などいなかったように、人で賑わっていた。

テムゲはそれを避け、北への道を進んだ。

アウラガの南は、ヘルレン河まで平地が拡がり、建物が途切れることもない。

北へむかうと、やがて畠《はたけ》になり、農夫の姿などが多くなる。しかし、周辺に張りめぐらされた道は、どれも荷車が擦《す》れ違えるほどで、さまざまなところへむかう。

たとえば、学問所の建物がいくつかある。

養方所もある。そこへは、近隣の人間が多く通ってくる。ほかに、大規模な工房などもある。

テムゲがむかっているのは、そこからはずれたところである。畠の中に立っている人影は、少なくない。しかし、農耕地というだけでもないのだ。

やがて、長屋がいくつも見えてくる。

ボルテの営地に入ると、ふたつだけある家帳《ゲル》にむかった。ほかは長屋の建物で、屋根も床もある。広場の端にある、ひときわ大きな建物は、集会所と食堂である。大きな厨房では、五十名ほどの人が働いているという。

もうひとつ、こんな営地があり、そこにはもともと母のホエルンがいた。母が死んでからは、ダイルの妻だったアチが引き継ぎ、主に女児を育てていた。

ともに戦で孤児になってしまった者を、引き受けるところとして出発し、いまは各地からわざわざやってくる子弟も少なくない。

ボルテは家帳が好きで、自分のための大きな建物を作らせようとはしなかった。

二つだけある家帳は、ここで育った孤児たちのふるさとの家のようなものだろう。

二十名ほどのまだ幼い子供を前に、ボルテはなにか喋っていた。

馬を降り、歩いて近づくテムゲに、ボルテはちょっと眼をくれ、子供たちを解散させた。

身なりはいつも質素で、チンギス・カンの正室だということは、言われなければわからないだろう。

ボルテは、テムゲを家帳に請《しよう》じ入れた。

「姉上、このたびは」

不織布《フェルト》に膝をつき、テムゲは言った。

「ジョチのことは、仕方ありません。遠征から戻られた時、殿が一度ここへ来られました。そして、ジョチの話をしました」

「そうだったのですか」

「みんなが思っているより、ずっと細やかでやさしい人なのですよ」

「兄上のところへ行く前に、姉上に会いたいと思っていたのです」

「燕京からですか?」

「はい、到着したばかりで、部下は軍の本営の宿舎に入ったはずです」

テムゲは、従者のほか十騎ばかりを連れているだけだった。

ジョチの話を、少しだけした。それで、テムゲは満足できた。母親としてボルテは傷ついているはずなのに、自分の満足だけをふっと引き寄せてしまったことを、テムゲは束の間、恥じた。

「これから、兄上に会います」

「なにも言わず、ひと晩、一緒にいてあげてください」

「わかりました」

しばらく、営地の話をした。アチの営地にいる女児たちは、養方所で働いたり、厨房で働いたりするらしい。男と同じ数だけ、女の孤児もいるはずだった。

「燕京で、こんな宿舎を作る余裕は、とてもありません。旧金国のどの城郭であろうと、無理ですね」

「中華には、長い歳月で培ったものがあるのでしょう。草原にもいろいろありましたが、みんな因習の色がついていました」

「ここの出身者が増えたことで、軍の将校の質は、以前とは違うものになっています」

テムゲは、拝礼して家帳を出、従者と警固が待っているところへ行った。

ボルテが、家帳の前で見送っている。

子供たちが十数名、どこからか出てきて、ボルテのまわりに立っていた。みんな、行儀はいい。

テムゲはボルテにむかってもう一度拝礼し、馬に乗った。

アウラガの中心にむかって、馬を駈けさせる。

道に人通りはあるが、馬蹄《ばてい》の響きで気づいて、みんな道を空け、お辞儀をしたりしている。チンギス・カンの弟、テムゲだと気づいている者は、多分、いないだろう。

アウラガ府庁舎の前を通った時、ボオルチュが飛び出してきた。

「一緒に行こう、テムゲ殿」

「もしかすると、兄上に会っていないのか、ボオルチュ殿は」

「ジョチ殿が亡くなった知らせは、軍の通信で届いた。だから受け取ったのは、ジェルメ将軍とシギ・クトクだった。二人が、殿に知らせに行った」

「それから、何日経ったのだ」

「妻は、すぐに飛んで行った。泣き腫らした眼で戻ってきたから、私はこわくて行けなくなった」

ボオルチュの妻のテムルンは、テムゲの妹でもある。

「一緒に行こう」

テムゲは言った。ボオルチュは、馬に跳び乗ってついてきた。さすがに人通りが多く、馬を駈けさせることはできない。

「ボオルチュ殿は、兄上の帰還を、出迎えに行っただろう」

「その時、ジョチ殿のことは、まったく頭に浮かばなかった。オトラルに置き去りにした、と殿は思っておられただろう」

「気に病むのが、ボオルチュ殿の悪い癖だよな」

宮殿が近づいてくると、さすがに人の姿は少なくなった。方々に検問所があり、入れる人間がかぎられてくるのだ。

テムゲとボオルチュは、すべての検問所で直立した兵に迎えられたが、最後のところでは自分から馬を降り、恐懼《きょうく》した兵に佩《は》いていた剣を預けて、宮殿に入った。

剣を預けなければならない、と決めたのはボオルチュで、それが悪いとテムゲは思っていなかった。

入口の、小さな部屋に通された。ボオルチュは腰を降ろさず、苛立《いらだ》ったように歩き回った。戦だったら、焦《じ》らされてすぐに突っこみ、自滅するだろう、とテムゲは思った。

一刻ほど待ち、従者が来ると、奥に案内された。兄の居室は、そこにある。テムゲはいつもそこに通されたたし、ボオルチュもそうだろう。

謁見をいくつかこなし、兄は普段の着物に替えていた。

「おう、おう、兄弟三人で、呑み明かすか。ソルタホーンも、文句は言うまいよ」

兄は高笑いをし、従者に酒肴《しゅこう》を命じた。

テムゲは、飾りのついた椅子に腰を降ろした。ボオルチュは、立ったまま壁などを見ている。

チンバイの地図が、壁一面に張られていた。それは東の海から、西は大海《カスピ》まで入っているので、一部はチンバイの死後、部下たちの手で作られたものだろう。

「ボオルチュ、落ち着いて座れ」

「殿、私は」

「なにも言うな。そして泣くな。泣き虫という綽名《あだな》を、復活させるぞ」

「そういうもの言いで、私はくやしくて涙が出そうになるのです」

「そうだ、その調子だ。テムゲ、おまえは俺のところに来る前に、ボルテの営地に行ったのだな」

「はい。姉上は、しっかりしておいででした」

「あたり前だ。俺が慰められた」

それから兄は、南のことを訊いてきた。燕京を中心にして、城郭の連携はうまく行き、民政にはほぼ問題はない。淮水《わいすい》以南の情況が、時々不穏な気配に包まれる。

開封府《かいほうふ》の金王朝は、あってないようなものだが、その分、豪族の力が強くなっていた。そして、しばしば北上しようという姿勢を見せる。

兄は、それを放っておけと言っていた。

大樹が倒れる時は、そばにいない方がいいと考えているのだ。それは、西夏にも言えることだ。

ホラズムは、数年かかったとはいえ、戦の連続で完全制圧まで緩みがなかった。

「燕京には、もともと学問所などいくつもあり、医師も少なくありません。あらゆる商賈が並んでいて、物は豊富です」

「だから？」

「腐らないようにするために、なにか方法を講じようと思います」

「物が溢れると腐るか。アウラガでは程遠いことだな」

「アウラガには、別のものがありますよ。国が、自分たちの拠《よ》って立つ場所だ、という気概を、民は持っています」

「そう思える時もあるな。金王朝には、別の気概があるはずだが、それが、腐りかけているのだ」

「腐ったものは、自分で倒れてしまう、でいいのですね」

兄が、ちょっと頷《うなず》いた。ボオルチュが口を出しそうな話題だが、肴を箸《はし》でつまんでは戻すようなことを、くり返している。

「もどかしいやつだ。食うなら食え。食わないなら、箸をのばすな」

「箸なんて、どうでもいいのです、私は。こんな肴など。私は、くやしいだけなのです」

「いいぞ。許す。泣いてみろ」

「泣けと言われて泣けるほど、私の涙は安っぽくはありません」

「泣き虫ボオルチュが」

「ああ、とうとう、その名を言われましたか」

「何度でも言ってやる。宮殿の外でも、大声で呼んでやろうか」

ボオルチュの眼に水滴が盛りあがり、すぐに顔に流れ落ちてきた。

「嗤ってやれ、テムゲ。こいつは、昔からなにも変っておらん」

「俺も、泣きたいですよ」

「そうか、二人ともか」

「兄上、ほんのひと時だけ、三人で泣きませんか。それから、酒肴を愉しみましょう」

言いながら、テムゲは涙がこぼれ落ちてくるのを感じた。

ジョチのために、泣いているのではない。ジョチを失った兄のために、泣いているのだ。

兄は、しばらく、ほんとうに涙を流した。

「ボオルチュの涙が、呼び水になった」

掌で頬を拭《ぬぐ》いながら、兄は笑った。

ボオルチュは、それで安心したようだ。

箸につままれた肴は、そのまま口に運ばれた。それから、別のことを言って笑いはじめる。

ボオルチュは、はじめはぎこちなかったが、しばらくして元に戻った。

他愛ない酒になった。

途中から、めずらしく具足を脱いで私服姿になった、ソルタホーンが加わり、話題が多くなった。ソルタホーンは、海と船の話をした。

礼忠館《れいちゅうかん》船隊の、トーリオという青年から聞いたらしい。

「驚くなよ、二人とも。トーリオは、タルグダイとラシャーンの子だ」

ボオルチュが声をあげる。テムゲも驚いたが、冷静にあのころを思い返した。

「タルグダイ殿に、子はいなかったと思いますが」

「タイチウト氏の長のひとりで、タルグダイがかわいがっていた者の、息子らしい。孤児になっていたのを、養子にしたのだ」

「そうですか。あのタルグダイの」

「魂を受け継いでいる。俺は、そう感じた。しばらく、そばに置いてみたよ」

「商人ではなく、水師《すいし》でもない。そう思っていましたが、なにか持っていたのですね」

ボオルチュが言った。テムゲはその話題はもういいと思った。

兄が、床の毛皮に座りこんで、飲みはじめる。テムゲも、そばに座った。

ボオルチュは、毛皮の上で腹這《はらば》いになっている。めずらしく、ソルタホーンが手酌で飲んでいた。従者が次々に持ってくる酒のひと瓶《かめ》を抱えこんでいた。

この副官が、テムゲはいささか苦手だった。

時として、兄自身に見えてしまうことがあるのだ。そして、なにを喋ればいいかわからなくなり、つまらぬことを言ってしまいそうな気がする。

兄がこの男を重用している理由は、よくわかった。テムゲと、直接なにかをやる局面はあまりないが、だから離れて見ていられるというところはあった。

カサルが死んだ時、部下の将校を三名送りこんできて、カサル軍のありようをきちんと守り、そして息子たちに伝えた。ボオルチュも文官を二名派遣して、カサル領の民政が乱れないようにした。

そんなことを、兄は知らないだろう。

「おい、ソルタホーン、飲み過ぎだろう」

兄が、燻《いぶ》した肉を口に入れながら、大きな声で言った。確かに、ソルタホーンはまったく肴を口にしていない。

従者たちが、部屋の燭台に灯を入れていった。焰《ほのお》は、かすかに揺れている。外に通じているところは、戸が閉《た》てられた。

「おい、副官殿。飲みすぎて、殿に悪態でもついてみるか」

「そんなことができれば、俺の人生はもっと楽なものだったと思います、ボオルチュ殿。殿で苦労していることについては、ボオルチュ殿には負けてしまうのですが」

「私は、殿で苦労したという思いはないよ」

ボオルチュは、腹這いになったまま言った。

兄は胡座《あぐら》をかき、燻した肉を嚙《か》み続けている。テムゲは、自分の碗《わん》を手にとり、ちょっと光に翳《かざ》した。

ソルタホーンは、なにも言わず飲み続けている。従者が、また酒を運んできた。

テムゲは、毛皮の上で両手を投げ出し、仰むけに寝た。手に触れる毛皮は、すっかりやわらかくなっていて、心地よかった。兄が座りこんでいる虎の皮も、やわらかそうだった。

床は、木ではなく、石で作られている。艶があり、ちょっと引きこまれそうな光を放つ石だった。

燕京の、かつての金王朝の宮殿にも、そういう石の床の部屋がある。

テムゲは、その宮殿が嫌いで、保守をする者を七名ほど残しただけで、閉鎖していた。

「おい、ソルタホーン、ソルタホーン」

兄は呟《つぶや》くようにそう言い、焼いた魚の干物に手をのばした。

食らいつき、口に残った骨を指さきでつまみ出すと、虎の皮に擦《なす》りつけている。翌日、従者たちが毛皮を丁寧に拭《ふ》き、陽に干すのだろう。

ソルタホーンが、また碗の酒を飲み干したようだ。

「戦は終ったのですよ、ボオルチュ殿。長い戦の時でしたが、終ってしまったのです。だから、俺の役目も、終ったのでしょう」

「おっ、副官殿が、自分はもういらない、と言っているのか」

「ソルタホーン、もうひとつ、俺は戦をしたいのだ」

兄が言うと、ボオルチュとソルタホーンの躰が、静止し、硬直した。テムゲは、無意識に上体を起こしていた。

「この魚は、なかなかいいぞ。骨を出さなければならんので、ほかのことは考えず、無心になれる」

「殿、なんと言われたのですか」

ボオルチュは、四ツ這いになり、上体だけ起こした。

「なにも言っていない」

「またこれだ。副官殿、私を立たせてくれ」

ソルタホーンは、横をむいたまま動かなかった。ボオルチュは立ちあがろうとして、うまくいかず、毛皮の上に尻を落とした。

「ボオルチュ殿、俺はなにも聞いていませんよ。殿に誑《たぶら》かされてはなりませんぞ。この人は、心の底を掻き回すやり方を、よく知っているのです」

吐き出すように言って、ソルタホーンはまた酒を呷りはじめた。

兄は、魚の骨を虎の皮に擦り続けている。

テムゲは立ちあがり、二人を指さして、低く言った。

「ここを出ていけ、ボオルチュ、ソルタホーン。おまえら、兄上の気持の中から、なにかひとつ抜き出したな。それも、抜き出してはならないものをだ」

「なにを言われる、泣き虫ボオルチュとしてはですね」

「弟だからと言って、俺たちに出て行けと言われたことが許されるのか。殿に訊いてみようではないか」

「テムゲ殿は、殿が苦しい時、幼なすぎたのだ。なにがなんだか、私にはわからなくなってきたが」

兄は、魚の骨を虎の皮に擦り続けている。

兄以外は、みんな酔い潰れる寸前なのかもしれない。

テムゲは、眼を閉じた。

眠ったつもりはなかったが、眼を開くと兄ひとりが脇で寝ていた。

「どれぐらい、俺は眠っていたでしょうか？」

兄が眠っていないことは、よくわかった。

「テムゲ、俺をどこかに繫ぎ留めてくれ」

兄の声は、低く落ち着いていたが、いやになるほどテムゲの気持に食いこんできた。

「俺は、いつでも兄上のそばにいます」

「大地が、俺を呼ぶのだ」

「兄上」

「大抵のものなら、俺は踏ん張って抗える。しかし、大地の呼び声には、逆らえぬ気がしている」

「大地は、いつもあります」

兄は、それ以上なにも言わなかった。

眠ったわけではない、とテムゲは思った。

三

東部方面を統轄することになった。

もともと桓州《かんしゆう》に東部方面司令部というものがあり、チンギス・カンの孫のヤルダムが差配しているが、保州が交易・物流の司令所になるようだった。

ジェベは、軍の統轄を命じられた。

スブタイは西部方面の統轄で、エミルに本営を置いている。チンギス・カンの弟のテムゲが、南部方面の統轄。重要な配置はそうなり、ほかの将軍たちの軍は、遊軍のようなかたちで、各地に駐屯している。

本営は、扶余《ふよ》近郊にある。

扶余は、大して面白い城郭ではなかった。

しかもジェベは、扶余から北へ眼をむけていなければならない。南へは、燕京からテムゲが眼をむけている。

ジェベは、もともと沙州《さしゅう》の賞金稼ぎだった。

あそこでチンギス・カンに会うことがなければ、まったく別の人生を歩いていたかもしれない。軍人になってよかったのは、スブタイに会ったことだ。軍がなにかということだけでなく、闘うことの意味まで教えられたような気がする。しかし将軍に上ってからは、会える機会がきわめて少なくなった。

スブタイの部下の将校、もしくは副官。そんなところが、自分に合っているという気がする。軍の暮らしは嫌いではないが、いたいと思うところにいられない、というつらさはある。そして将軍になってしまうと、ひとりきりと感じることが少なくないのだ。

「親父殿、出発しますぜ」

副官のトゥザンが、そばに立って言った。

何年もジェベの副官だが、苦労をさせたという思いは、ジェベにはない。

ただ、難しい仕事をやらせると、軍袍の洗濯の枚数が多くなる。水場で、執拗《しつよう》に洗うのである。

そういう時は、冬でもほとんど裸で、はじめて見た人間は、躰の傷の多さに驚かされる。

神経質できれい好きかと思うと、戦場で血にまみれている姿に、また驚かされる。

大胆で、勇猛なところが多い男だった。ただ、ジェベは勇猛さは自分で充分というところがあり、副官には慎重さも求めてきた。

「引き馬を、連れていくぞ」

馬の力が鈍る、という理由だが、ジェベは限界まで疾駆をさせたかった。

「馬匹《ばひつ》の爺《じじい》どもが、文句を言っていましたぜ。疾駆をさせればいい、というものでもないと」

「言わせておけ」

馬が、時々、怪我をする。馬匹の者は、それを嫌っているのだ。

「きちんと引き馬の鍛練をやっている、というのを、見ていただかなければならん」

「いまは、戦時じゃありません」

「なにが起きるか、わからん。だから、備えは必要なのだ」

やり取りが、面倒になってきた。

チンギス・カンが、大興安嶺《だいこうあんれい》を越えてやってくる。麓までボロルタイが警固してくるようで、そこで交替するように、アウラガの本営から命じられていた。

戦でないので、気が重い。

戦では、いくらでも暴れてやろうという気持が先に来るが、平時となると、チンギス・カンの前では、なんとなく萎縮してしまうのだ。昔は、そんなことはなかった。しかもチンギス・カンは茫洋としてはいるが、若いころよりずっと温厚になっている。それなのに、圧倒してくるようななにかが、ジェベの眼には見えてしまう。それがなにか考える前に、見えるものが、年々、強烈になっていくと感じてしまうのだ。

「具足の点検はさせたか。脚を傷めているような馬はいないか」

「両方とも、あるはずがありません。点検しなければならないとしたら、親父殿だけです」

「おまえ、洗いすぎて擦り切れた軍袍を着ているな」

「新品を。しかも、替えを二枚持っています。戦の間じゅう、一枚で過ごす親父殿とは、俺はまるで違う人間なのですから」

「女のようなやつだ」

ジェベは、曳かれてきた馬に跳び乗り、麾下の前に出た。

百騎である。チンギス・カンは、いつものように二千二百騎でいるので、百騎はいてもいなくてもいいようなものだ。

旗。後ろに付かせた。ジェベ軍の旗は紺色で、いつも自分の後方に旗手が一騎だけである。

疾駆した。風が、顔を打つ。それは、いつも好きだった。駈ける先に、戦場がある。しかし、いまはない。

馬が限界を迎える前に、脚を落とした。

それでも、馬を替えた。そして、疾駆する。

「やっぱり、疾駆になりませんな。馬にも、戦が感じられておりませんぞ、親父殿」

「そうだな」

馬には、必ず乗り手の思いが伝わる。そんなものだった。

並足で、合流地点に到着した。

「あと半刻かな」

すでに、斥候は姿を現わしていた。

伝令が駈けてきて、トゥザンに報告した。

部下たちが、馬をそばに置いて整列した。

旗手は、ジェベの後ろで立っている。ジェベは、少しずつ緊張しはじめていた。チンギス・カンは、アウラガから街道を通らず、小径《こみち》で山越えをしてくる。

山越えの小径が、大興安嶺の山なみには数えきれないほどある。馬で通れる道も、人が這い登らなければならない道もある。

馬ではかなり難しい道を、進んできているチンギス・カンが、なにを考えているかわからなかった。チンギス・カンのことを、ほんとうにわかったことはない、という気もする。

ボロルタイが、五十騎を率いて岩陰から出てきた。一軍を率いている将軍であるが、百騎でチンギス・カンの警固を命じられている。

ボロルタイの後方から、二百騎が現われた。

チンギス・カンとその馬回りで、放っている気に、ジェベは圧倒された。

あと二千騎の麾下がいるはずだが、チンギス・カンは、それに構った様子ではなかった。そのまま駈け続ける。後方から、ボロルタイの隊の残りの五十騎が現われた。

ジェベは、その五十騎と入れ替った。

十里（約五キロ）ほど駈けたところで、チンギス・カンは馬を停めた。

馬回りが、野営の準備に入る。ジェベは、馬をそばに置き、直立して野営の準備を見守った。

チンギス・カンが近づいてくる。

「引き馬か。戦でもするつもりだったのか、ジェベ」

「なんとなくです」

「戦をしたいか」

「いまモンゴル国となっている土地は、どこも乱れがありません。どこの土地も、そこにいた軍より、相当に少ない軍でいまは秩序が保たれています」

自分はなにを言っているのだ、とジェベは思った。言い出してしまったことだが、これをどこへ落ち着かせるか、考えてさえいなかった。

「それで。次を言え、ジェベ」

「西には、まだ国が多くあります。南にも。それらを、ひとつにし、この大地をモンゴル国にすべきではないのでしょうか」

全身に汗が出てきた。日頃、考えているというより、酒に酔ってこんなことを言ったりするのだ。

「すべきだと」

「そのために、戦が必要です。それをやるべきだと思います」

「戦をやるべき、と言っているのだな」

チンギス・カンが、低い声で笑った。それから、離れていった。

二千騎の麾下が、追いついてきていた。

少し離れたところで、野営するようだ。

ジェベは、ようやく馬の手入れを部下に命じた。ボロルタイが近づいてきて、トゥザンの前で直立した。

いまは一軍の将軍だが、以前はジェベの軍の将校のひとりで、トゥザンにさまざまなことを教えられていた。

将軍だからといって、ボロルタイはそれを笠に着るような男ではない。そしてトゥザンは、将軍に阿《おもね》ったりもしない。

しばらく言葉を交わし、二人が近づいてきた。

「お久しぶりです、ジェベ将軍」

「元気そうだ」

「はい。将軍は、後悔されることはない、と俺は思います」

「なんの後悔だ？」

「聞いてしまったのですが、戦をすべきだと、殿に言われたことです」

「そうか。トゥザン、おまえが言ったのだな、俺が後悔していると」

トゥザンは、しっかりと見ていたのだろう。そして、自分で言うより、ボロルタイに言わせた方がいい、と判断した。

「まったく、おまえら」

「将軍の馬具を磨きます」

「触るな。トゥザンの馬具を磨け」

「いや、副官殿なら、軍袍を洗わせていただきます」

「よせよ。将軍だぞ、おまえ」

トゥザンは、低い声で言っている。

あっという間に、野営の準備はできあがっていた。

といっても、幕舎がひとつ張られ、数カ所で焚火が燃やされただけだ。

チンギス・カンは、幕舎に入った。もう、かなりの年齢であり、行軍もつらい歳だろうという気がする。

陽が落ちかかり、ジェベは正面からはずれた焚火の前で、腰を降ろした。

ボロルタイがそばへ来て頭を下げ、隣に座った。

「おまえ、将軍だぞ」

「ジェベ将軍の前では、ひよっ子の将校でいたいです」

こんな男と接していると、軍の暮らしはいいな、と思えてしまう。

料理の仕度がはじまった。兵糧などを積んだ馬車と料理人は、扶余のジェベの軍営から来ている。戦時ではないので、食材も数種類揃《そろ》えた、とトゥザンは言った。

「おい、ボロルタイ。さっき、後悔することはないと言ったよな。なぜそうなのか、教えてくれないか。おまえは頭がいいから、俺にわかるように説明しろ」

「戦は、どこかで続きます。殿がやめようと思われても、どこかで戦は起きています。モンゴル国ではないところで」

「モンゴル国でも、起きるかもしれん」

「人の性《さが》です。どこかで、戦は起きます。殿は、それをよく御存知ですよ」

「しかし、やめられた」

「お疲れだ、と思います。御自分で感じておられなくても、そうなのだと俺は思いました。ほんの一年ぐらいの間に、疲れが全身から滲《にじ》み出しました」

「おまえが感じたことだよな」

「すべてそうですよ、ジェベ将軍。俺の殿と将軍の殿は、同じところもあり、違うところもある、と思います」

「殿は、もう戦はなされない。俺ら軍人が、いくら願ってもだ。だいぶ前から、俺はそうだと思っているよ」

「殿の戦ではないものは、いくらでも起きます。叛徒《はんと》の蜂起とか、ホラズムの残党の跋扈《ばっこ》だとか、部族の争いとか」

「これだけモンゴル国が大きくなってしまうと、そんな戦は、局地でちょっとした騒ぎになる、という程度だよ」

「ジェベ将軍の言われている戦も、俺にはよくわかります」

「ボロルタイ、おまえはどんな戦をやりたいのだ」

「まだひとつになっていない。ジェベ将軍はそう言われました」

「言ったが、どれほどの広さかも、本気で考えたことはない」

「これだけ広い土地が、ひとつになったのです。残りをひとつにできないわけはありません」

「俺よりずっと若い、おまえらの仕事だよ。命じられることもなく、どこまでも進攻していく。

考えただけでもいいな」

「この国は、途方もなく広いのです。およそ、人が統《す》べることなどできないほどです。しかし、見事に治められています。天が、治めているのですよ」

「天か。すごいことを言う」

「そう思うしかないのです。この途方もなさは、ただごとではないのですよ」

「殿は、天に従っておられるのか」

「天の使徒」

ジェベは、ちょっと頭を抱えた。こんな面倒な話をする男だったか、と思った。

自分がよく理解できなくて、難しい話だと受け取っているが、実は単純なことだという気もする。とにかく、自分は考えこむ人間ではない。

「よそうか、そんな話」

「いいえ、軍人が戦の理由を考え、やり方を組み立て殿に進言すべきなのです。平時の軍人の仕事は、それだと思いますね」

「もうやめたい」

おまえのような、頭のいい男のやることだ、とジェベは言いそうになった。

肉が、煮られている。それを見回ってきたトゥザンが、戻ってきて笑った。

「副官殿は、鍋を回って味を確かめるということを、まだやっておられるのですか？」

「ふん、おかしいか」

「開戦ぎりぎりまで、それをやられる。どの鍋も同じ味でなければならないというのは、俺は戦場における見識だと思ってきました」

「やめてくれ。気になるってだけだ」

トゥザンは、干した棗《なつめ》の実を出し、口に入れた。袋を差し出されたので、ジェベもボロルタイも手をのばした。

「俺が、ここで警固を引き継げ、と言われているのだが」

「はい。それでももうしばらくいろ、と殿に言われました」

トゥザンとボロルタイが、別の話をはじめた。軍袍の傷まない洗い方だった。石などで叩くのはよくない。

そんな話が、ぼんやりと耳に入ってきた。

ジェベは、にやりと笑っている自分に気づいた。腹が減った、と思った。肉を煮るいい匂いが漂ってくる。

夜は、草に寝転んで、ボロルタイと喋った。もう戦の話などせず、死んだ戦友や、遠い地の風景や食いものの話をした。

翌日、払暁に声があがった。

チンギス・カンの動きは、進軍そのままだった。

ジェベは、快く百騎を指揮した。

チンギス・カンを中心にして行軍するのは、戦そのものなのだ、とジェベは思った。

三日、四日と、東にむかった。

そして、海にぶつかった。

チンギス・カンが、岩の鼻に立つ。

馬回りは、後方にいる。ジェベの部下は、さらにその後方である。

しかしジェベは、ボロルタイと二人で、チンギス・カンを挟むようにして、並んで立った。

「何年前に、この海を見たのかな」

チンギス・カンの声は、風の中で千切れていた。話しかけるのではなく、自分に語っているような感じもある。それでもジェベは、ひと言も聞き洩《も》らすまいと思った。

「海も、大地だな。大地と同じだ」

ジェベは、なぜか気持がときめいた。

「空も、大地です、殿」

大声で言ったのは、ボロルタイだった。

チンギス・カンは、ちょっとだけ空を仰ぐように首を動かした。

「空も地も、天の下か」

低い笑い声だった。

それから、チンギス・カンは、一刻以上、そこに立ち尽して、ひと言も発しなかった。

野営は、海岸から五里ほど離れた、高台が選ばれた。遠くに、海が見えた。

数日間の野営が計画されているようで、兵站部隊の馬車が次々に到着した。

ヤルダムが、百騎ほどの供回りでやってきた。

チンギス・カンの行軍の予定に、扶余はもとより、保州も入っていない。直接、チンギス・カンが見たいものがあったのかもしれず、あるいは、できあがったところは改めて知る必要はない、と思ったのかもしれない。

ヤルダムは、交易路の視察など、動く理由はいくらでも見つけられたのだろう。

ジェベは、百騎の部下と一緒にいた。ボロルタイの陣が隣で、焚火は見えている。

会うのは明日にすると言われたらしく、ヤルダムがひとりで現われた。

チンギス・カンの長女、コアジン・ベキの息子である。

軍に入りたがった時、カサルに預けられ、軍人にするか文官にするか、かなり迷ったようだった。最終的に、保州で物流の統轄をさせることは、チンギス・カンが決めたのかもしれない。

「俺は、ジェベ将軍と、一度喋ってみたかったのですよ」

屈託のない男だった。

ジェベはそこに好感を持ったが、軍人とはどこか違うとも思った。軍は、そこにいる人間を縛りつけたりするが、ジェベなどはそれがあるのでまともなところに留まっていられる。

ヤルダムには、軍律の中で暮らさせない方がいいと思える。ジェベには理解できない、大きさのようなものがあった。

久しぶりに、若い者と本気で喋っている、という気分に包みこまれた。

「モンゴル軍は、戦を続けた方がいい、と思われますか？」

「そんなことが、俺にわかるか」

「モンゴル国ではなく、モンゴル軍ということですが」

「軍ということにかぎって言えば、戦はあった方がいい。それと、モンゴル国が戦をするというのは、まるで別のことだ」

「そうですよね」

チンギス・カンの戦が、これからどうなるのか、誰もが知りたがっている。そして、誰にもわからない。

ヤルダムは、それを確認に来たのかもしれなかった。

四

自由でいられた。

それは、まだ戦がないからだ。

四百名の部下を、毎日、苛《いじ》め抜いた。死んだ者が、三名いる。

マルガーシは、二百騎と、補充要員の百名を中心に鍛えあげた。残りの百名は弓隊で、流れ矢が指揮している。

調練の成果を、試す機会はなかった。マルガーシは、その必要はない、と思った。

兵たちがどこから送られてきたのか、マルガーシは知ろうとは思わなかった。水心《すいしん》のカルアシンの出身地だという、高山地帯の村々の青年かもしれない。

ひとりひとり試したが、鍛えあげることができる、と思える者たちばかりだった。

そして、一年で相当精強な兵に仕上がってきた。かつて皇子軍で率いていた兵たちにはまだ及ばないが、実戦を経験することでそこまで育つと思えるのだ。

誰のために、どういう相手と闘うのか、まったくわからなかった。

傭兵のやり方というものがあるらしく、四百名には集まってきた時、すでに決まった金が渡されていた。その砂金の袋は、全員が故郷に送ったようだ。

とにかく二年間の俸給は支払ってあり、命そのものを、マルガーシは四百人分手の中に持っていた。

ユキアニが、兵糧や補給の物資を積んだ馬車を、五台案内してきた。

月に一度、そうやって兵站部隊が現われるが、必ずユキアニが御者だけの馬車を連れてくるのだ。落ち合う場所は、月によって違う。マルガーシは、ほとんど関心を持たなかった。

「移動の指示を受け取っています」

ユキアニが、そばに立って言った。

これまで、移動の指示が三度あった。言われた通りに移動してきたが、山間《やまあい》や砂漠や森というふうに、ずいぶんと場所の様子は変っていた。

さまざまな環境で調練できる、とマルガーシは考えたが、移動の指示そのものに、そういう意味があったのかもしれない。

マルガーシは、移動の指示が書かれた紙片を切り開いて読んだ。

「砂漠だな。旧西遼《せいりよう》の、和田《ホータン》の近郊へ行け、と言ってきた」

「なにか、東へむかっていますよね、隊長」

そうだとしても、アウラガまでは遠い。どこへむかい、どういう相手と闘うのか、マルガーシはまだ考えなかった。

「進発は？」

「明日、早朝。二百の騎馬隊が先行する。戦時の行軍だぞ、ユキアニ」

補充要員と弓隊も同じ傭兵だが、徒《かち》だった。そこにまで馬を回せと、マルガーシは言えなかった。言ったところで、拒絶されただけだろう。

このあたりは、馬の不足があたり前だった。戦で徴発され、それが戻っていないのだ。兵たちが必要としていた、細々としたものも届いているらしく、陣内はいくらか華やいだ空気が流れた。

欲しいものは、註文《ちゆうもん》を出しておけば、全部ではないが、かなりのものが届く。傭兵の覚悟をした者たちは、最低の物だけを必要としていて、それ以上の物が届いていると、声をあげて喜ぶのだ。

傭兵の諦念とでも言うべきものとむき合いながら、マルガーシは調練を続けた。諦念は時として、自分の身を捨てるというような行動に繋がり、戦場では異常な力を発揮するだろう、とマルガーシは思った。

「おまえが二百騎を指揮して、和田まで行け、ユキアニ。俺は、補充要員や弓隊とつき合ってみる」

「わかりました」

ユキアニは、いくらか考えるような表情をしていて、すぐには離れていかなかった。

「俺は、西へ行き、どこかの国の軍の一部として、侵略してくるモンゴル軍と闘うのだ、と思っていました。チンギス・カンはアウラガへ帰り、もう一度、西征という気配はいまはありません」

「そうだな。だが、なにも考えるな。俺たちが考えることではない」

「わかっています」

「ひたすら、兵を鍛えよ。それだけが、俺たちがやるべきことだ」

「行軍は、ある意味、実戦より厳しい調練として、やり抜きます」

移動という目的があるだけでも、ユキアニは救われた気分になるのだろう。調練以外にやることのない日々の、数少ない変化なのだ。

皇子軍から生き残った部下は、それぞれの隊の将校として力を出す場所を得ていた。

翌朝、ユキアニが進発し、二刻ほど遅れて、マルガーシが出た。

自分や将校の馬は後方で曳き、先頭で歩いた。

山をいくつか越え、砂漠に入った。そこだけで、四日を要し、さらに五日歩いて、和田の陣営へ到着した。

水場が確保されていて、周囲の地形にも問題はなかった。

幕舎はなく、天幕が張られるだけだ。

和田の城郭は十五里南で、陣に民が近寄ってくることはないようだった。

ユキアニは戦時の態勢をとっていたが、マルガーシは全軍が揃ったところで、準戦時の態勢に下げた。

五日、調練をくり返した。

突然、夜襲を受けたという想定の調練もくり返されるので、兵はよく眠っていない者が多かった。

五日目、夜襲の調練はないので、見張りを除いて、兵は全員よく眠るように、という通達を出した。

その夜、夜襲の調練がないことを見越したように、カルアシンが姿を現わした。

「できあがっているようですね、マルガーシ殿。以前に率いておられた、皇子軍に勝るとも劣らない、と思います」

「兵の中に、手の者を二名入れているな、カルアシン」

「三名です」

「ほう、一名については、気づかなかった」

「まあ、誰であろうと、マルガーシ殿に対して、害をなすことはありません」

「俺は、退屈してきた。これだけ時を与えられたのは、ありがたかったが」

「まだ、木の人形を削っておられますか？」

「手すさびだからな」

「ひとつ差し上げられればいい、と思います。そういうことを、喜ばれる方です」

「やっと、会わせて貰えるのか」

「おひと方だけ」

「何人かに、俺たちは雇われているのか？」

「そういうことになります」

老人の身なりをしていて、顔も老いていた。その皺《しわ》だらけの顔から、笑うと若さが浮き出してくる。

「これからも、ひたすら東へおむかいください。青海《せいかい》という湖に行き当たります」

「かなりの山中に踏み入るのだな。美しい湖だと書かれていた」

大地のすべてについて、記述があるわけではないが、古来、旅人はいたのだ。その書き記したものは、貴重な情報になる。

「時には、霧が隠してしまう湖です」

「霧がな」

「来られるのは、草原の北の、ある族長です。この人は、故ジャムカ将軍とゆかりの方です。いまは、それだけ申しあげます」

父と縁があった人。草原の族長。

「しかし、草原はかなり前に、モンゴル族に統一されている。そして、叛乱勢力がある、とも聞いていない」

「叛乱勢力ではありません。ある一族から分離した、と考えていただけますか」

なにかが、頭に浮かぶことはなかった。

草原で、独立、あるいは孤立した一部の勢力がある。そういうことなのだろう。父とゆかりであることは、この際、頭の片隅に押しやることにした。

「これ以上のことを、言う気はないのだな、カルアシン」

「私に、権限はないのですよ。全体を見て、動くようにしているのですが」

「そうか。カルアシンのことを訊きたいが、それなら喋れるよな。水心という組織は、以前のままか？」

「同じままで、ここまで来ております」

「そうか。雇っているのが誰かまで訊かないが、傭兵と通ずるところはあるのだな」

カルアシンは、あるかなきかだが、頷いた。

「和田の城郭に、モンゴル軍はいるのかな」

「三百名の兵が。しかし、マルガーシ殿の隊の動きは、捕捉されてはおりません。守兵ですので、警邏《けいら》隊の性格が強いのです」

「わかった。次には、青海で会うのかな」

「はい。青海との中間地点のいくらか北に、青海と同じほどの湖の跡があります。そこには、近づかないでください」

カルアシンは、軽く頭を下げて、立ち去っていった。ごく普通に、兵が陣中を歩くような後ろ姿だった。

消えてしまった湖、あるいはどこかへ行った湖、とマルガーシが読んだ書には書かれていた。カルアシンの口調によると、それはほんとうのことのようだ。

ならば、岩塩の産地かもしれず、塩商人がいる。塩の道は、情報の道でもあるのだ。

「騎馬隊の指揮は、俺と交替だ、ユキアニ」

「ほっとしました」

「途中から、先行する。多分、二日早く、青海に到着する」

「わかりました。通常の行軍で、隊長を追います。兵を、眠らせてもいいですか？」

「眠らせろ。眠った分だけ、速く行軍させろ」

「それも、残酷ですけど」

ユキアニは、その気になったようだ。

翌朝、マルガーシは、二百騎を率いて進発した。それから四日は並足で進み、五日目から馬の脚を上げた。

四日、進んだ。

山間の湖である。周辺は、岩と木立のように見えた。

丘が重なっていて、それに囲まれたようにして、湖がある。遠近はあるが、四囲は山なみに囲まれていた。

丘を登ると見え、降りると消える。そのくり返しだった。

広大な湖である。ただ、大海《カスピ》や寿海《アラル》とは、較べものにならない。豊海《バイカル》と較べても、小さいと感じられた。

丘を登ると、むこう側の稜線に、五騎いるのがわかった。遠眼だが、立っている姿に隙はない。

丘を降りると、五騎もむこう側の斜面を降りてきた。谷間で、行き合った。

「マルガーシ将軍、ホシノゴの部下で、タルガと言います。お久しぶりです」

「会ったことが、あるのか」

「はい。名乗り合いました。俺は、マルガーシ殿に、命を救っていただいたのです」

「憶えがない」

「バルグト族で、巻狩の途中で熊にやられました。その熊を一撃で倒し、俺の傷を縫ってくれたのです。ホシノゴの妹で、リャンホアという者が駈けつけてきました」

「バルグト族。靴」

「そうです。靴の商いの途中で、巻狩をしたのです」

「あの靴が、履き心地がよく、丈夫だったのは、思い出した」

そういう縁か、とマルガーシは思った。

擦れ違ったようなものだが、トクトアの森を出て、はじめて口を利いた人たちだった、という気がする。

「ホシノゴ様のところへ、御案内します、マルガーシ殿」

タルガが、頬を濡《ぬ》らしている。泣いているわけではないだろう、とマルガーシは思った。すぐ泣く男は好きではない。森を出る時、トクトアがなぜか泣いていた。それで、顔を見ないようにして、別れた。あれも、涙ではなかったのだ、とマルガーシは思っている。

「俺は、弓と剣をどう組み合わせるか、マルガーシ殿に教えていただきました」

タルガが馬を寄せてきて言った。

径は、谷間の草原を通っていた。遊牧をしている者など、見つからない。

「リャンホア様が、数日経って、あれはジャムカ様だった、と天を仰いで言っておられるのを、俺は聞きました」

「確かに、俺はジャムカの息子だが」

父子だと知っているのが、自然なことだとは思えない。カルアシンが喋ったのか。だとしたら、意外に口が軽い。

擦れ違った。話した。それだけで、ジャムカの息子だとわかるわけがない。

「ジャムカ様の足だったと、リャンホア様は何度か呟かれました」

靴を作って貰った。その時、寸法を採るためなのか、両の掌で足を包みこまれた。やすらぐようなものが、足にあったことをまざまざと思い出した。足が、ひと時だが、いとおしさに包まれた、と感じたのだ。

リャンホアは、父の靴も作った、ということになる。

「ホシノゴ殿の妹にあたる人とも、俺は会えるのか？」

「いずれは。別のところにいますので。わが殿もまた、ジャムカ様をよく知っています。そして、妹が会ったのがマルガーシ殿だったというのは、男の夢を見過ぎたたわ言だと笑っていました。リャンホア様は、正しかったのですよ。はやく、お知らせしたいです」

谷の道を辿《たど》り、それから丘を二つ越えた。

幕舎を並べた、野営の陣があった。

そこの近くで、マルガーシは部下に野営の準備を命じた。

「幕舎を運ばせますので、それを張ってください。このあたりは、お気づきでしょうが、かなりの高地なのです。夜は、ひどく寒くなります」

「きのうあたりから、兵たちは毛皮を巻くだけでは、いくらかつらい思いをしたようだ」

「マルガーシ殿は」

「兵が、俺には幕舎を張ってくれた。三人ほどしか入れないので、誰かを入れるというわけにはいかなかった」

部下は、ほとんど高地出身の者たちだった。寒さには馴れている。そして、高地に育った人間特有の、躰の強さを持っていた。

営地には、十名ほどの兵がいて、焚火の準備などをしている。

すぐに、騎馬隊が戻ってきた気配があった。

木立のむこう側に、馬囲いが作られているようだ。しばらくして、初老の男が木立から出てきた。

「ホシノゴと申す、マルガーシ殿」

「はじめて、お目にかかります」

「ジャムカ殿を、自分の兄だと思って暮らした時期があり、それが俺の人生の誇りなのだ」

「俺には、関係のないこととしておくよ」

「そうだな。人生の終り、ジャムカ殿は、冬の間、俺の村で過ごされた、ということにすぎん」

火が入れられた焚火の前に、タルガが胡床を二つ並べた。

「バルグト族だとか」

「いまは違う。一族と離れたのだ。バルグト族は、モンゴル国に同化して、平和に暮らしている」

「離れたというのは？」

「モンゴル国に同化したくなかったので、次の長を育てあげた時、離れた。部族に迷惑をかけたくなくて、離れたのだ。三年前だった。それからは、流浪の軍だよ」

「どれぐらいの数で？」

「二千騎」

「それは立派な軍だな」

「確かにな。巻狩をして獣を獲り、毛皮で細工を作る。妹は靴を作り、それは人気があって高値で売れる。それだけで、流浪の軍を支えることはできた」

「いい靴だ。驚くほど、いい靴だったよ」

ホシノゴは、しばらく沈黙していた。

「それでは、かつて旅の途次で、妹が靴を作ったのは？」

「俺だよ。おかしなめぐり合わせだが」

「そうか。驚いた。しかし、よかった。妹の言ったことを信用しなかった俺は、これから馬鹿にされ続けるだろうが」

「会って、俺は息子だと言っていいのかな」

「いいさ。リャンホアには、結局、子供はできなかった。ジャムカ殿が亡くなったということを知ると、憑《つ》きものが落ちたようになり、縫いものに打ちこんだ。大人の女になってな。ジャムカ殿しか知らない女だ」

「おかしなめぐり合わせ、というだけではないかな」

「そうあるべきことだ。繋がるものが繋がったのだよ、マルガーシ殿。俺はいま、なにか清々《すがすが》しいような気分だな。そして、妹の人生はこれでよかった、と思える」

従者が、酒を運んできた。サマルカンドなどではよく飲んだ、葡萄酒《シャラーブ》だった。ほんとうに、血の色をしている。

「俺は、ただの傭兵にすぎない、ホシノゴ殿。砂金で命を懸ける、戦しか知らない男なのだが」

「ジャムカ殿も、そうだった。戦に生きた生涯の中で、俺の妹は彩りだったと思う」

「そうだな。父の人生も、結構、豊かだったのかもしれない、と思えるような気がする」

「思えよ」

酒は、透明な器に注がれた。その方が、シャラーブの色は引き立つ。

「傭兵と言ったな。俺も二千騎の部下も、雇われているようなものだ」

「誰に？」

「それは、本人がまだ明らかにしたがっていない。ひどく、警戒する心が強い。それに、ほんとうに雇っている人は、別にいるとも思える」

「わかった。その人に会うのが、はじまりだな」

「俺も、同じようなものだった」

傭兵だった。つべこべと詮索などしたりせずに、命を懸けて戦をするのが、傭兵というものだろう。

めぐり合わせは、そういう暮らしの彩りということだ。

「俺は、傭兵としてここへ来た。次には、なにをやればいい？」

「なに、俺が腕を試す。俺の軍を、五百騎連れてきている。まともに闘えるかどうかだな。それを、試させて貰おう」

「いいな。ただし、兵たちに、あらかじめ言い聞かせてやってくれ。この調練は、人を相手にするのではないと」

「まったくだ」

ホシノゴが、笑う仕草をした。顔を上にむけたが、声は出していなかった。

「まあ、配下を死なせないようにしろ、と言われた。笑いながら、同情するとも言われた。命じた人は、やはり疑り深い」

「わかるな。これほど勿体《もったい》をつけて、自分を出そうとしている」

「とにかく手加減をして貰え、とイナルチュク殿には言われた」

「ほう」

カルアシンが暗躍しているのだから、イナルチュクの名が出ても、マルガーシは驚かなかった。

「あの人は、もともと傭兵を生業《なりわい》にしていたわけだし、一番に評価するのは強いことだ。ただ強ければ、それでいいのさ」

「俺も、そう思うよ」

「敵は誰だ、ホシノゴ殿」

マルガーシが怒鳴った。

「思っている相手を、言ってみろ」

「チンギス・カン」

「あんたの親父の、仇敵《きゅうてき》であり、かぎりないほどの友だちだよ」

「もういい、ホシノゴ」

「飲もう、もっと」

ホシノゴが、シャラーブの瓶を持ちあげた。

「この酒には、肉が合う。男同士、肉を食らい合いながら、人がなぜいるのか泣く。そうだ、泣くのさ」

「ホシノゴ、もう酔って泣いているのか」

「涙が、恥ずかしい相手ではないな、マルガーシは」

「よせよ、おい」

「よさない。俺は、俺たちが、少しだけ研ぎ澄まされて、切ないほどの思いで自分を見つめた時、ただ、むかい合った相手がいるだけではないか。俺には、マルガーシという男がいた。それが、いま嬉しい」

マルガーシは、シャラーブを飲み干した。背後に、酒瓶を抱えた従者がいて、杯を干せばすぐ注いでくる。

「ホシノゴ殿、俺はそんな生き方をしてこなかった。めぐり合わせが、人生の意味になるなどと」

「考えなかった。だから、眼をむけはしなかった」

「もういい。めしはなにが出るのだ?」

「羊。大鍋で、塩だけで煮た、羊肉」

「草原だな、ここは」

「なにしろ、あのジャムカがいる」

マルガーシは、また杯を呷った。

透明な器は、はじめて見るものだ、とマルガーシは思った。

五

冬でも、草は眠っているわけではない。

雪の中に、草の一部が残っていれば、羊たちは蹄《ひづめ》で掘り返したり、鼻先で雪を押し分けながら、自分で捜すのである。

それでも厳しい冬では、死ぬ羊も少なくない。人も草も枯れてしまう冬もあるのだ。

そういう中でも、厖大《ぼうだい》な干し草は作られていて、軍馬の秣《まぐさ》が不足することはない。

アウラガ府の下級の役人たちが、ボオルチュの命令を受けて、徹底した石酪《せきらく》収集を行い、最も寒い時期には民草のもとに届くような仕組みを作っていた。

チンギスの知らないところで、そういうことはいろいろとなされているのだろう。

役人と話をしてみても、わからないことの方が多い。

軍では、頂点にいたジェルメから、シギ・クトクへの権限の委譲が、少しずつ行われている。

シギ・クトクは、それをひとりで受けるのではなく、十二名の幕僚で構成される会議で扱うようにした。責任はシギ・クトクにあるというかたちで、それがいいのかどうかも、チンギスには判断できなかった。

アウラガの宮殿での暮らしは、面白いものではなかった。華美なものが増えたという気がするが、質素だと言う者もいるようだ。

アウラガは、人が多い。巡視などをすると、大きな混乱さえ起こりかねないので、チンギスはほとんど宮殿にいた。

そして、人と会い続けるのである。

かつて、人が好きだから、とにかく人を集めろと、ボオルチュに命じたりした。しかし好きなのは、チンギスが持っていないものを持っている人間だった。

いま会うのは、自分のことだけを考えている人間だ、という気がする。

居室には酒瓶を並べさせたが、なぜか多く飲もうという気は、起きてこないのだった。

時には、遠乗りでコデエ・アラルへ出かけ、二日ほど過ごすことがあった。

いまコデエ・アラルは、李元《りげん》という男が差配している。かつて白道坂《はくどうはん》というところで広大な牧《まき》を営み、テムジンであったチンギスに、馬を補給し続けた李順《りじゅん》の二男だった。

しかしここも、営舎で十五名ほどの李元の幕僚がいて、それぞれ百名ほどの部下を抱えている。

やることが細かく分かれていて、話をしてもおもしろくない。

それに、アウラガの宮殿を出ると、民の姿などはまるで見えず、五百騎ほどが先行し、その後に馬回り二百に囲まれたチンギスが行く。

アウラガを出ると、麾下の二千騎がついてくる。

ソルタホーンは把握しているはずだが、ほかにも軍はついていると思えた。

ひとりきりで遠乗りなど、考えられる話ではなかった。

養方所や学問所へも一度出かけてみたが、建物からなにから、きれいに磨きあげられているのだ。

宮殿に幽閉されている、という気分にしばしば襲われた。

後宮があるが、そこへ行こうという気分も起きなかった。

孫たちが、次々に挨拶に来る。

自分が何人の孫を持っているのか、チンギスにははっきりわからなくなった。毎日人に会うが、それと同じぐらいの時間をかけて、報告を受ける。

ここにいると、自分はなんという国を作ったのだ、と暗さを伴って思った。すべてがモンゴル国、という思いが強くあったわけではない。

ひとつになっていった。間違った戦をしたつもりはなく、ただ、なにかのために闘った。そのなにかは、時によって変った。

そしていま、なにかはまったく見えない。

いま思うのは、自分のための戦をしてこなかったことだ。自分のための戦がなされるような存在に、チンギスはなりたくもなかった。

ボオルチュは、チンギスが居室にいるところを狙って、しばしばやってきた。二刻話すとうるさく感じるので、一刻で追い出すようにしていた。

ボオルチュの話に、無駄はない。税と物流がどんなふうに絡んでいるかと話したり、老いた人間からは税を取らず、冬には石酪を配るという話もする。

「殿は、おひとりで出かけられることはないのですね？」

「気持としては、ある。しかしひとりは許されん。せいぜい馬回りがいるというのが、ひとりに近いぞ、ボオルチュ」

「私と二人で遠乗りをすることなど、もう無理なのですね。ここから北へ行った村などに行き、民の家に泊っていただくことも、やはり無理か」

「西から帰還した時、俺は林詠《りんえい》の家に行こうとしたが、それだけでも馬回りはついてくる。諦《あきら》めて、林詠を召し出して、ムカリの話をした」

「ジョチ様が亡くなられた時、ボルテ様の営地に行かれました。あれも営地のそばまで、馬回りは行ったのでしたね」

「さすがに、家帳のそばまで来たのは、ソルタホーンひとりだ。ソルタホーンが、かなり強く止めたらしい」

「殿、今後の戦の予定は、どうなっておりますか？」

「ない」

「なにやら、副官殿が動いておりますね。西からの鳩《はと》や通信も、しばしば届いているようですし」

「知らんな。ソルタホーンは、おまえのように頻繁には来ない」

「それはそうでしょう。戦場じゃいつも一緒ですから」

ソルタホーンが顔を見せるのは、三日に一度ぐらいだった。ソルタホーンの話はなにもなく、チンギスの愚痴を聞いているだけだ。

欲しいものは、ない。満ち足りているからではなく、なにも持っていないからだ。欲しいものを見つけよう、としたこともなかった。

食べるものは、うまいのかうまくないのか、よくわからなかった。料理人が変ることがあり、その時は、盛装した料理人が、ひとつひとつ皿の説明をする。

ボオルチュのほかに、宮殿の居室に入ってくるのは、ソルタホーンだけだった。

従者が五名いるが、それは入ってくるのではなく、居室についているのだ。人と会う時は、多人数の場合と数人の場合では部屋が違い、ひとりとむき合うのは秘密の部屋という趣きがあった。

いずれも、チンギスの後方には、衛兵が並んでいたり、警固の者がいたりする。時が過ぎるのが、早かった。

戦場では、一日一日が長く、濃いのに、宮殿では漫然と時が流れている。それはもう漫然と言うしかなく、前日にやったことさえ、チンギスはしばしば忘れた。

昔、草原には字がなかった。だから話を記憶する者がいた。書簡ではなく使者で、一言も違《たが》えず、お互いの言葉が交換できた。

長い一族の歴史でも、それを記憶して語る呪術師がいた。呪術師は占いもやれば、医師もやった。

いまは、様変りしている。

気づくと、冬が終りかけていた。

まず動くのは、遊牧民のはずだが、ほんとうは物流は真冬でも動いていた。街道を遣えば、それほど苦労せず、旅はできた。それも、信じられないほどの距離の旅ができるのだ。

街道は、整備されている。轟交賈《ごうこうこ》という、交易路を統轄している組織があり、その交易路と街道は、重なるところも少なくない。

道は、生きものだった。それによって、民草と大地はひとつになれるのだ。

宮殿には、どれほどの人間がいるのか、チンギスは知ろうとは思わなかった。声をあげれば、あるいは手をちょっと動かせば、必ず従者がそばにいる。

ソルタホーンが現われ、従者を居室から追い出した。こんなことができるのは、ソルタホーンだけで、ボオルチュはできてもやらない。

「何事だ」

「こみ入った話になります。ほんとうは、狗眼のサムラかタエンも同席した方がいいのですが、二人とも、各地を駈け回っています」

「ほう。わが国全域に及ぶ、事件でもあるのか」

「まさしく。大変なものですよ」

「感心しているのか、おまえ」

「一部分は。こんなことを、考える人間がいたのですね」

ソルタホーンは、自分を落ち着かせたいのか、水を飲み、それから語りはじめた。

チンギスも、水を飲みながら聞いた。

ソルタホーンの話は、五刻に及び、かなりの部分は裏付けがある話だが、想像の部分は、なにか現実ではないもののように、拡がっていた。

ソルタホーンが口を噤んでも、チンギスは喋らず、しばらく頭の中を整理した。

チンギスは立ちあがり、寝台の上の紐《ひも》を引いた。従者を呼ぶ方法はいくつかあり、声を出さずに済む。そう思いながら、沈黙はもう意味さえも持っていないという気がした。

「酒を飲む。そして腹が減った。肉を用意せよ。焼いた肉で、俺の香料をかけろ。ソルタホーンの肉には、ソルタホーンのタレをかけてやれ。そして、ボオルチュを呼べ」

従者が退出すると、チンギスはもう一度、頭の中を整理した。

酒瓶と器が三つ、卓に置かれた。卓には敷物があり、酒瓶を置いても、ほとんど音はしない。

ソルタホーンとむき合って、酒を飲みはじめた。

「話は、肉を食ってからだ。ボオルチュも、府庁からすぐに駈けてくる」

「このところ、俺は調べていたのですが、意外なところに行き着きました」

「おまえ、面白がっていただろう。俺のそばにいるより、遥かに恐ろしく面白かったはずだよな。報告にも来なかった」

「まさかという思いが、いつもつきまとって」

「大したことではない、とも思ったか」

「わかりません。しかしこの酒、うまいですね。俺が飲んでいるのと、ずいぶん違うな」

「おまえ、甘蔗糖の搾り滓《かす》の酒、と言っていたな。これは、麦から造ったものだ」

ちびちびと口にし、二杯目を飲み干したころ、焼いた肉が運ばれてきた。羊の肋骨《あばらぼね》のところで、骨を摑んで食うことができる。

「うまいな」

「ほんとうに、腹が減っていたのですか」

骨についた肉を、歯でこそぎ取る。ここが一番うまい、とチンギスは思っていた。

五本目の骨を置いた時、ボオルチュが飛びこんできた。

「また、戦ですか」

「なぜわかる、ボオルチュ？」

「宮殿からアウラガ府に、特別便が来たのです。馬で駈けることを許された便で、私も馬で来ました」

それからボオルチュは、酒と皿に積みあげられた骨に眼をくれた。

「馬から落ちたら、私は死ぬかもしれないのに、宴会のお誘いでしたか」

チンギスは、従者たちに退出を命じた。ボオルチュの杯に、ソルタホーンが酒を注ぐ。

「実は、ブハラに留まっていた、哈敦《ハトン》公主が消えました」

ボオルチュが、ちょっと首を傾《かし》げた。

「哈敦公主は、殿には遅れるが、アウラガへ戻るはずでした」

「それにしても」

「それよりだいぶ前、完顔《かんがん》従恪《じゅうかく》が開封府から消えました」

従恪は、哈敦の弟で、父は衛紹王《えいしょうおう》という金国第七代の皇帝だった。数年前に没した、八代皇帝の次を襲う画策をしたという噂があり、出奔した。そういうことになっている。

「つまり、姉弟でなにか示し合わせていると」

ボオルチュは、金国の事情も細かく知っている。余計な説明は必要なかった。

「ホラズム国の王だったジャラールッディーンが、動きました。それも、草原にむかって。およそ五千の兵力です」

「自殺をするために、むかっているのか？」

「バルグト族から分離した一団が、二千騎ほど、前の族長に率いられています」

「副官殿、私に局地戦のことまで、頭に入れろというのか」

「ボオルチュ殿の頭にならら、いくらでも入るでしょう」

「つまり、局地戦ではないのだな」

「イナルチュクというカンクリ族の傭兵隊長が、数百騎で加わっています。さらに、あのマルガーシも、傭兵として加わるようなのです。それらは全部、ばらばらの動きで、どれをとっても局地戦か叛乱の類いですが」

「ちょっと待て、副官殿」

「そう、殿も、ちょっと待てと一度だけ言われました。そしていま、頭を整理されています」

「それぞれの起点が、モンゴル国の哈敦、金国の従恪、ホラズム国のジャラールッディーン。いやモンゴル国では、バルグトの前族長が別の起点を持つ」

「さすがに、ボオルチュ殿の回転ははやいですね、殿」

「ただ、ボオルチュは、想像が苦手だぞ」

「殿、俺も想像はできます。しかしこうして起点をいくつも並べてみても、繋がりはありませんよ。なにか繋がりがなければ、手を結ぶこともできない者たちです」

「それが想像なのさ」

「殿の想像を、お聞きしましょう。場合によっては、私が現実というもので、打ち砕いて差しあげます」

「なあ、ボオルチュ、人は、なにによって結びつく？」

「人と、銭の力ですな」

「銭などと言えぬ、相当の砂金などは？」

「そんなものが、このモンゴル国で動けば、翌日には私は知っていますよ」

「昔のホラズム国を、おまえは知らん」

「ジャラールッディーンの父親のころ、急激に勢力を強め、最盛期にわれらとぶつかった、と私は解しています」

「アラーウッディーンの母親は、トルケン太后という。サマルカンドではなく、ウルゲンチで権勢を有していた」

「仲の悪い母子ですな」

「それは表面だけのことだった。どう考えても、助け合っていた。そして、トルケン太后の力は、半端なものではなかった、という気がする」

「トルケン太后は、死にましたよね。殿が乗り殺された」

「誰が、そんなことを。そうか、ソルタホーンか。しかし、あの時に殺したのは、心だけだ。まあ、死んだと言えるが」

「トルケン太后はだいぶ前に死に、いま並べた起点を繋ぐという点においても、足りないものが多すぎますよ」

「だから、人だけではない、と言ったろう。砂金は、死にはしないからな」

「潤沢な資金がある、ということですか？」

「トルケン太后のところからは、大量に流れた。俺の想像だ、ボオルチュ。ソルタホーンは、いくらか違うかもしれん」

「俺も、トルケン太后というふうに想像しています。金国八代皇帝は、全体を動かすほどの力は持っていません」

ボオルチュが、皿に残っている冷えた肉を、口に運んだ。

「その人々がひとつに集まり、なんらかの動きをすれば、本来は無に等しいものにすぎない起点が、一斉に力を持ちはじめるかもしれない。それも、考えられなかったような力を。集まるのですか、殿？」

「多分、集まるだろう。黒水城だ。あの城のそばを通った時、はっきりとなにかを感じた。伝わってくるものが、強すぎた」

言って、チンギスは酒を呷った。酒を注ぐボオルチュの手が、かすかにふるえている。

「黒水城と言えば、西夏の北の果ての城ですね。そして、ゴビ砂漠を越えれば、アウラガです」

モンゴル国の中心で、なにかが起きる。

たとえば、黒水城から出撃した軍が、モンゴルの集落を荒らす。アウラガに、脅威を与える。

それは、モンゴル国中に、あっという間に拡がる。

　すると、起点のどのひとつも、蜂起するという意味を持つことになる。

「大変だ、これは」

「トルケン太后とか、砂金とか、いま調べていることで、確かではありませんぞ、ボオルチュ殿」

　旧ホラズムで、二十万の軍が起きる。カンクリ族は、一万騎を出す。バルグト族から離れた前族長は、まだ部族というものが色濃く残っている草原で、民の気持を引きこむかもしれない。草原では、ジャムカの息子の存在が、多分、心に響く。そして金国も、北へ軍をむけることができる。

　モンゴル国の中の勢力が、アウラガひとつにむかってくることを、チンギスは考えていた。それぐらいのことが、あっていい。

　戦で死ぬのだ。やはりという気分で、チンギスは思った。

「なにを決するにしたところで、サムラとタエンの報告を待たなければなりません」

「黒水城というのが、俺は嬉しいぞ、ソルタホーン」

「なぜ黒水城かも含めて、狗眼が調べあげます」

　ソルタホーンが言う。

　ボオルチュが、酒を呷りはじめる。

地一

一

二騎で駈けても、大して目立ちはしなかった。

時々、眼を留める者がいるが、それは一騎が白髪の老女だからだろう。

馬で駈けたいと言ったのは、テムルンだった。体調のいい日が続いていたので、ボオルチュは頷いた。

軽く駈けたのは、ほんの三里ほどで、あとは馬を歩かせただけだ。

アウラガから十里北へ行った、近郊の村で宿を取った。性格のなせることだが、ボオルチュは二里おきに宿を取り、それは二十里先まで続いていた。

十里進んだ時は、気が気ではなかったが、テムルンはそこまででいいと言った。

宿は商人の屋敷だった。使用人の女が二人いるだけで、家の者は気を遣って姿を見せなかった。ボオルチュは、久しぶりにテムルンと手をつないで眠った。眠れないかもしれないと思ったが、テムルンより早く寝入ってしまったようだ。

朝になり、ボオルチュは詫《わ》びた。テムルンは、ただ笑っていた。

帰路は、ゆっくりと馬を歩かせた。

馬を寄せていたので、小さくても声は届いた。

景色について、テムルンは呟くようになにか言う。人の働く姿や、駈け回る子供たちのことなどが多かった。

聞きながら、ボオルチュはどうにもならない気分に包みこまれた。重く、やりきれなく、言葉では言い表わせないほど、複雑なものだった。

それが、次第にひとつになっていった。

たまらず、ボオルチュは馬を降りた。

「私が、轡《くつわ》を取って曳いていく」

「歩くのですか、あなたが」

「自分の足で、おまえのそばを歩いていたいのだよ。いつまでも、そうやって歩いていたい」

言って、ボオルチュは自分が泣いていることに気づいた。

「あなた」

テムルンの声が、頭上からやさしく降りかかってきた。

「私が、いなくなると思ったのですね」

「おまえがどこかへ行くと言うのかい、テムルン」

「いえ、いなくなるのです。どこにも。あなた、それに気づいたのですね」

いま、それに気づいた。

テムルンが、遠乗りをしてみたいと言った時、はしゃいだ気分になった自分を、ボオルチュは苦々しく思い返した。

「おまえが、おまえが」

「多分、いなくなると思うのです、私は。その前に、あなたと轡を並べて、この大地を、人々を見ることができました。そして、自分が豊かに生きることができた、と思いました。特に、あなたと生きることができて、私はかぎりなく豊かだったと思います」

そんなことを、承服できるはずがない。そう叫びたかったが、どこにむかって叫べばいいのか、わからない。

ただ、涙が流れ落ちるだけだった。

近々、死んでしまうということを、なぜかボオルチュは、理由もなくただ信じることができた。こんなことに、理由はいらない。強く感じてしまったら、それだけのことなのだ。

泣きながら、ボオルチュは馬を曳き、自分の屋敷まで歩いた。

家令が、恭しく出迎えてくる。それを無視し、ボオルチュはテムルンの肩を抱くようにして、家の中に入った。

「いま、湯を運ばせる。躰は拭った方がいいから」

「汗もかいていません。このまま横にならせてください」

抱きかかえるようにして、テムルンの躰を寝台に横たえた。

「まだ、泣いているの、あなた」

「止まらないのだ。止まらないままでいい」

「そうですね。あなたは、躰と心一杯で、私を感じてくださいます。これが兄たちなら、気づきもしなかったと思います」

「養方所の医師は、なんと言っている？」

「心のままに、生きるようにと」

無責任な言い方に聞えるが、責める言葉は見つからなかった。

どこがどんなふうに悪いのかも、ボオルチュにはわからない。テムルンの命が、薄く、あてどないものになっているのを、感じるだけだ。

人がどんなふうに死ぬのかは、わかりはしない。しかし、テムルンだけはわかる、という気がした。理屈などない。わかるからわかるのだ。

「あなたは、いつものように振舞ってください。私も、いつもと変らず生きますから」

「どこか苦しかったり、痛かったりはしないのか？」

「痛みや苦しみは、むしろこの世に命を繋いでくれます。それすらも、あやふやなものになってきたのですから」

「そうか」

「遠乗りに出かけられて、ほんとうによかった。私も、草原の女なのですから」

馬の扱いについては、ボオルチュより腕は上だった。ボオルチュが、ただ心もとないだけなのかもしれない。

「兄上は、そろそろ戦に出られますよ、あなた。従軍を命じられるという気がします」

「私は、どこにも行かない。私がいなくなると、アウラガ府の仕事が滞《とどこお》る」

「耶律楚材《やりつそざい》殿が、カラコルムから来られますよ」

テムルンが死んでしまうと、なぜ自分が思っているのか、ボオルチュはくり返し考えた。やはり理由はなく、ただ感じている、強すぎるほど感じている、としか言えないのだった。

「いつもの通りにです、あなた。日々の暮らしも、仕事も、いつもの通りにです。兄がなにか命じたら、それに従ってください」

「おまえ、それで私になにもさせないつもりなのか」

「なにをするのですか。私はあなたの寝顔を見つめながら、ひと晩かけてお別れをしたのですから。眠っている間も、あなたは決して私の手を放そうとしませんでした」

ボオルチュは、床に膝をつき、寝台のテムルンを両腕でそっと抱いた。

「私は、お別れなどしていない。する気もない」

「あなたは、それでいいのですよ。お別れなど、あなたにはありません。私は、あなたの心の中で、生き続けます。あなたが、そうしてくださるのです」

ボオルチュは、もうなにも言わず、ただテムルンの躰を抱いていた。

夕刻前に、一度、アウラガ府の執務室に行った。耶律楚材が来ていて、挨拶に現われた。

「殿が、出動されるそうです。麾下のほかに、トルイ様の軍とボロルタイ将軍の軍、二万騎となります」

「そうか、いつだ」

「三日後」

それすら、知らなかった。自分の役目は、すべて耶律楚材に移ったのか。テムルンが言った通り、耶律楚材はアウラガ府に来た。いつもの通りにしていろ、とテムルンに言われたことを、ボオルチュは思い返していた。

「行軍は大変でしょうが、殿はそれほどお急ぎになってはいません。なぜボオルチュ殿が随行されるのか、私にはわからないのですが」

随行も命じられていない、とボオルチュは思った。直接命じられていないだけで、随行の人員の中には入っているのか。

兄の命令には従え。テムルンはそうも言った。すべて、読めていたのか。死ぬ前の人間には、不思議な力がある、とボオルチュは考えていた。

そして、遠からずテムルンが死ぬだろうということを、自分が受け入れかけていることに気づき、打ち倒されるような気分になった。

「耶律楚材、やらなければならないことは、山積している。それをうまくこなしてくれないかぎり、私は安心してアウラガ府を任せることはできない」

「ボオルチュ殿、私はこの先何年も、ボオルチュ殿の跡を継げるなどと、思っておりません。多分、ボオルチュ殿が、この世からいなくなられるまで、私はボオルチュ殿を頼り続けると思います」

「それはいい。ただな、私がいつ死ぬか、知れたものではないのだ」

「そんな」

「私は、ただ覚悟の話をしている」

「はい」

それ以上、ボオルチュは耶律楚材と話さなかった。ただの挨拶だけだったのか、耶律楚材も一礼して出て行った。

積みあげられた書類の中に、今度の出動で随行する文官の名簿が入っていた。先頭に、自分の名が書かれている。ほかの文官も、優秀だとボオルチュが認めた者たちばかりだった。

行先は黒水城《こくすい》。そこを、チンギス・カンは破壊せず、大事に扱おうとしている。そのための文官だった。

黒水城は、カラコルムの真南にあたる。兵站の基地は、当然、カラコルムだった。耶律楚材は、その話し合いもあって、アウラガ府に来たのかもしれない。

急いで片付けなければならない仕事を終えた時、だいぶ夜更けになっていた。

屋敷へ帰ると、家令と女中頭《がしら》が、並んで出迎えた。

「奥方様は、気分がいいと、湯浴《ゆあ》みをなされました」

女中頭のその言葉だけで、ボオルチュはいやな思いに襲われた。

テムルンの寝室に入った。そっと入ったが、眠ってはおらず、じっとボオルチュを見つめていた。

「起きていたのか」

「あなたが帰ってくるのが、わかりましたよ。あなただけは、よくわかるのです」

「そうか。そんなものなのか」

ボオルチュは、寝台のそばに椅子を運び、腰を降ろして、テムルンの手を握った。瘦せて、皺の目立つ手だったが、以前と同じように温かかった。

「殿の出動に、私は随行することになっていたよ。殿からは、なにも言われていないが」

「すぐわかることでしょう？」

「そうなのだが、殿の口から言われたかった」

テムルンが、小さな声で笑った。

「あなたは、兄のことをほんとうに好きなのですね。そして、自分だけはほかと違う、と思いたいのですね」

「そうかもしれないが、言ってくれてもいいではないか」

「あなたがそう思っているから、兄はわざと言わなかったのだと、私は思いますね」

テムルンは、まだ笑い続けていた。

「そんな意地悪を、これまでに何度もされたでしょう」

「確かにな。そのたびに嫌いになって、私も意地悪を返してやった」

「好きな中の嫌いですね。そして兄は、意地悪をし合える相手がいることが、嬉しいのでしょう」

「副官殿は？」

「長い戦友ですね、ソルタホーン殿は。あなたは、時に兄で、時に弟です」

言われれば、そんな気がした。ソルタホーンに対しては、弟に対するような思いがあるが、ほんとうの戦場は共有してこなかった。

「ボロルタイも、一軍を率いて出動するよ」

「あなたを随行に加えたのは、それがあるからかもしれませんよ」

ボロルタイが軍を指揮するところなど、見たことはない。人に聞かされるだけで、将軍だと言われた時も、にわかには信じられなかった。

女中頭が、夕餉《ゆうげ》を運んできた。テムルンが命じていたのだろう。

テムルンは起きあがって卓につき、ボオルチュが肉を貪《むさぼ》るのを、肉の汁を飲みながら見ていた。

その肉の汁は、濃くも薄くもできて、味もさまざまにつけられる。

薄い肉の汁だ、とボオルチュは思った。それでもテムルンは、愉しむような表情で、肉の汁を口に運んでいた。

出ていた肉を、食い終えた。

「眠った方がいいな、テムルン。私は、ずっとそばでおまえを見ているから」

微笑《ほほえ》んで、テムルンは寝台に移った。

しばらく、ボロルタイの話をした。チンギス・カンの幕僚の将軍として、戦に出る話もした。

テムルンは、息子についても兄についても、あまり心配はしていなかった。

気づくと、朝になっていた。

眠っていた。

テムルンは、ボオルチュを見つめて笑っている。

恥の感覚が、ボオルチュの全身を染めた。

眠ることしか知らない男か。自分を罵《ののし》っていたが、それにも無力感があった。

テムルンに語りかける言葉は見つからない。

強く、眼を閉じた。

「あなた」

テムルンの声が、降りかかってきた。

「あなたが眠っている姿を見るのが、私の癒しでした。私の胸では、なにも考えずに眠ってくれるのだと」

テムルンの手が、ボオルチュの手を握りしめた。握り返すことはできない。

ボオルチュは、また泣いた。

三日後、チンギス・カンを総大将とするモンゴル軍二万騎が、進発した。

ボオルチュは、十数名の文官とともに、チンギス・カンの麾下の後方を進んだ。ボロルタイの軍は先行しているので、その指揮ぶりを見ることはできなかった。見ない方がいい、という気がする。

ボロルタイが軍に入りたいと言った時、テムルンもボオルチュも、二度と帰ってくることはない、と覚悟を決めた。チンギス・カンの甥ということなど関係なく、兵卒として軍に入ることを条件に、ボオルチュは認めたのだ。

忙しすぎて、父と子という日々をあまり送ることができなかった、という悔いはあった。その分、テムルンとは、母と子の日々が、色濃くあったのだ。

軍に入ってからも、テムルン宛てに書簡が届き、ボオルチュはそれを聞かされるだけだった。進軍は、緊張を孕《はら》んでいるが、ゆっくりしたもので、ボオルチュがついて行くのに大した苦労はなかった。

夜営が三日目に入ると、アウラガからずいぶん離れた、という気がした。テムルンは笑って見送ったが、ボオルチュの不安は少しずつ募ってきた。

本陣の、チンギス・カンの幕舎に呼ばれた。呼びにきたのはチンギス・カンの従者で、ボオルチュは単騎で本陣にむかった。途中で、トルイの五騎と会った。

ボロルタイも来るのかもしれない、と期待に似た気持を抱いた。

幕舎の前の衛兵は、直立してボオルチュを通した。

奥の部屋に導かれた。そこはチンギス・カンの居室であり寝室だった。

入ると、ボロルタイが立ちあがるのが見えた。トルイもいるので、期せずして二組の父と子になった。

丸いかたちの卓が置かれていて、従者が椅子を四つ用意した。

「久しぶりにめしだ、ボオルチュ。二人は将軍ではなく、俺とおまえの息子だ」

「そうなのですか」

将軍だったら息子でもないというのは、なんとなくわかる気がした。

「これから、おまえは毎日、俺のそばを駈け、俺とめしを食うことになる。トルイとボロルタイは、今夜だけだ」

「はい」

「ひとつ、ここではっきり言っておく。おまえは、俺のそばを離れるな」

「なぜです、殿？」

「それが、俺の妹の望みだからだ」

「テムルンが、なぜ」

「自分がいなくなった時、おまえがどうなるか心配している。もしかすると、テムルンに頼みごとをされたのは、はじめてかもしれん」

ボロルタイが、低く声をあげた。

「おまえは、母者に別れはしてきたな、ボロルタイ」

「呼ばれました。しかし、あれが別れだったのですか？」

「そうだ」

「叔母上は、亡くなられるのですか、父上」

「養方所から、日に一度、通信を出させている。狗眼《くがん》の者も、報告に来る」

「俺は、叔母上に、兄弟の中で一番かわいがっていただきました」

「だから、おまえも呼んだ。出動におまえたちの軍を選んだのは、まったく別の理由だが」

「父上は、御存知だったのですか？」

ボロルタイが言う。

「いや。いなくなってしまうというようなことを、テムルンは私に言っていた。いなくなるのかもしれない、と私も思った。しかし思っただけで、本当になるとは、思いたくなかったな」

自分の声が、意外に落ち着いていた。

泣かなくても済むかもしれない、とボオルチュは思った。チンギス・カンに涙を見られるのは馴れているが、息子に見られたくなかった。

「テムルンは、すべて覚悟していた。丈夫な質《たち》ではなかった。これだけ長く生きて、大きな不満も抱えなかった。おまえのおかげだと思う、ボオルチュ。おまえとの間に、子まで生《な》したのだ」

「殿」

「俺の妹は、世間でいう幸福というものを、享受したのだ。礼を言う」

涙が、溢れそうになった。ボオルチュは、なんとかそれをこらえた。

「テムルンは、まだ」

「俺がなぜ、おまえを呼んだと思うのだ、ボオルチュ」

「そんな」

「妹は、望んだ通りの最期を迎えた。俺は、悲しまないことにした」

なにかに、打ち倒された。

気づくと、ボロルタイに躰を支えられていた。卓も椅子も倒れている。

「俺を殴ってくれたか、ボオルチュ」

「私が殿を。まさか」

「それで済んでよかった。殴られて、俺は切なかったよ」

ボオルチュは、膝をついた。ボロルタイが、脇に手を回している。

トルイが、倒れた卓や椅子を起こしているのが見えた。

二

冬の間に兵を募りながら、春先には哈密《ハミル》まで来ていたのだという。

ジャラールッディーンからは何度も呼び出されたが、マルガーシは行かなかった。

自軍四百である。その正体はわからないが、雇われているのだ。

ジャラールッディーンは、雪解けから進軍をはじめ、いまは黒水城の西五十里の泉のそばで駐屯している。何度か、黒水城にも行ったという話だった。全軍で三万を超え、四万に達しているという。

東からは、中原《ちゅうげん》に残っていた金軍の兵が集まり、西夏軍とともに五万の軍を組織して、黒水城にむかっていた。

ほかに、草原の軍が集まっていた。バルグト族の前族長が声をかけ、そこではジャムカの息子として、マルガーシの名も出されたらしい。

草原では、不満が蓄積しない民政が行われているというが、それでも各地から二万の軍が集結していた。

動くのをためらっている者たちも多く、戦況によってはさらに集まるという。

それとは別に、傭兵として動いているイナルチュクのもとに、各地のカンクリ族が集まりはじめ、それが一万を超えているという。

「十数万の大軍なのです」

水心《すいしん》のカルアシンが、営地に現われ、マルガーシの小さな焚火の前に座った。調練ではなく、実戦が近づくと、マルガーシは部下と離れて、ひとりでいるようになった。

「モンゴル軍は、どれほどの兵力で、こちらへむかっている？」

「二万騎。トルイとボロルタイの二将軍です。それにチンギス・カンの馬回りと麾下二千二百騎」

「数では、勝負になっていないのだな」

「チンギス・カンの軍です。二万騎が二十万にも勝るかもしれません」

「大袈裟な」

「チンギス・カンをよく知らない者は、数だけで勝ったと思いかねません」

十数万の軍は、ほかに意味があると、マルガーシは考えていた。黒水城は、砂丘の上にあり、異様な姿を見せてはいるが、二万の軍にとっても小さすぎた。

「全体の戦略が、ウキ様を中心にして立てられています」

「ウキという人と、会ったのは誰だ？」

「イナルチュク殿、ホシノゴ殿、テムル・メリク殿がジャラールッディーン陛下の代理として、会おうとされました」

「それで？」

「ウキ様には、三名の幕僚がいます。軍学をきわめた者たちです」

ウキと三名の幕僚たちが、全軍のありように不満を持ち続けてきた、ということだろうか。

「チンギス・カンは、充分に余裕を残して、アウラガを進発してきたのか？」

「ぎりぎりのところでございましょう」

「カルアシン、モンゴル軍の弱点がどこにある、と考えている？」

「弱点があるのですか、あの軍に。逆に、マルガーシ殿は、弱点があると思っておられますか？」

「思っているよ。それは、チンギス・カン自身も、よく承知していることだろうが」

「それは？」

「俺のような一介の傭兵が、言うことではない。俺は、命じられたように闘うだけさ」

「マルガーシ殿。いま考えられている戦略は、卓抜なものではありますが、あてどないとも言えるのです。それをあてどないものではないようにするのが、黒水城軍、本隊のやるべきことなのです」

「それは、拝見しよう」

「モンゴル軍の弱点がどこにあるか、私にだけは語ってくださいませんか？」

「軍そのものに、弱点はない。それは驚くべきことだと思う」

「しかし」

「それ以上は言っていない」

「軍以外のところに、弱点があると思われているのですね。私が見るかぎり、民政にも弱点はありませんが」

「それをチンギス・カンが弱点と自覚していなければ、つけ入る余地があると思うが」

「マルガーシ殿は、女のような意地の悪さを見せられます」

「おまえが、女だからだ」

挑発するようなもの言いで、マルガーシのなにかを動かそうとしたのだろう。笑うと、カルアシンはうつむいた。

「ホシノゴ殿の営地は、どこだ。急に軍が膨らんだようだが」

「どこにおられるのでしょうね」

「おまえの言い方は、男の意地の悪さだ」

マルガーシがもう一度笑うと、カルアシンも口もとを綻《ほころ》ばせた。

「一族を捨ててきたと言われていましたが、捨てられた者たちは、みんなホシノゴ殿を慕っていたようなのです。およそ一万騎」

慕っていたのか、そういうふうに仕組んだのか、どちらもあり得る、とマルガーシは思った。

バルグト族の動きだけで、ほかの部族が起《た》つとは思えなかったが、それに戦況が伴えば、事態は変るかもしれないという気もする。

全体を見るのは、自分の仕事ではなかった。

それをやる存在は、まだマルガーシには見えなかった。

「俺のところに来ても、無駄だ、カルアシン。俺は傭兵の役目を果すだけさ」

「そうですか。私は、マルガーシ殿が、誰よりも情況を把握しておられる、と思っているのですが」

「よせよ。俺の推測など、なんの役にも立たないさ」

「モンゴル軍の弱点と考えられていることだけでも、教えてください」

「版図が、広すぎるのだよ。いかに精鋭といえど、いまのモンゴル軍の規模で、版図のすべてを抑えきれるかな。俺は、そこが弱点と思っているだけだよ」

黒水城に二万騎しか割けないというところにも、それは見てとれる。

いかに民政を充実させたと言っても、征服した土地には、征服された者が必ずいる。

モンゴル国全体から見ると、ホラズム戦でさえ、局地戦である。しかし、いま集結している軍は、モンゴル国全土から集まっている。それぞれの地が、黒水城の戦況と連動すれば、途方もない規模の叛乱になる。

　草原でさえ、滅亡したとされている部族が、それぞれの地で決起するかもしれない。

「マルガーシ殿は、同じことを考えておられます、私と」

「なあ、カルアシン。おまえは死んだトルケン太后と結びついていたのだよな。死後も動いているところを見ると、半端な結びつきではなかったのだろう。そしてこの戦の軍費が、トルケン太后が遺したものだと考えると、そこのところの理解はできる気がする」

「どれほどの戦費がかかる、と思われていますか」

「この軍が、半年、戦を続けるぐらいの砂金を遺したというのは、想像からまったくはずれるというわけではないぞ」

「半年ですね、マルガーシ殿」

「もっとあるのか？」

「いや、半年、闘い続けていたら、なにか起きると思うのですよ。戦費の問題ではなくです」

「もういい。トルケンと言い、カルアシンと言い、男よりもずっと太い女たちがいた。それに、哈敦《ハトン》公主のような曲者《くせもの》も加わっている。この軍は、女の軍だな」

　ホシノゴの妹とは、いずれ会うことができるのか。リャンホアという父の思い人は、この戦で、どういうところに立っているのか。

「俺は、兵力だけの働きはする」

「それでは足りません、マルガーシ殿」

「とりあえず、約束できるのは、そこまでさ」

「わかりました。約束以上のことが起きるのが、戦だろうと思っています、私は」

カルアシンが、立ちあがり、一礼して去っていった。消えるというのではなく、闇に溶けるまで、背中が見える去り方だった。

三日後、テムル・メリクがマルガーシの営地に現われた。

「おまえとは、腐れ縁だ、マルガーシ」

「俺は、友だちだと思っているぞ、テムル・メリク」

「そうか。まだ信用し合える。それは、友だちだな」

「おまえにとって、いやジャラールにとって、信用できないなにかが起きたのか？」

「バラクハジだ」

「あいつは文官だぞ。あてにする方が、間違っている」

「陛下が、まだ太子ですらあられなかった時から、俺と一緒に忠誠を誓ったのだ」

「その誓いは、充分に果したと思う。ホラズムでの戦の間、あいつはチンギス・カンの配下の文官にいながら、ジャラールのためになにかしようとしていた」

「そうだな。しかし、もうホラズム国はないと思っている、と言ってきた」

「俺も、そう思っている。だから、ジャラールを陛下などと呼ぶな」

「陛下という言葉が、俺の拠りどころなのだよ、マルガーシ」

「わかるな、おまえの言うことは。そして、チンギス・カンは、自分を陛下などとは呼ばせない。

カンは、ただ王ということだからな」

「それも、周囲が呼んだ」

「では、チンギス・カンはなんだ？」

「草原の民にとっては、神だろう。ほかの征服地の民にとっては、税を安くしてくれる、願ってもない主だ」

「そのどちらかでも、ジャラールにあるか？」

「そうだな。もうよそうか」

「ジャラールのためにも、そうした方がいい」

テムル・メリクは、しばらくうつむいていた。

率直な男だ。それは、テムル・メリクと出会った時から、変らない。そして、自分がそういうテムル・メリクが好きだったことを、いまさらながらに気づく。

「おまえ、ジャラールに言われたからと、時々、笛を吹いてくれた。俺のために吹いて欲しいと思ったことが、一度か二度あるよ」

テムル・メリクは、またうつむいた。

剣では、非凡なものを持っている。しかし、ジャラールッディーンの臣下であるという思いが、いつもそれに制約をかけていた。ほんとうなら、互角だと思っていた。それが、一枚だけマルガーシが上手だったのだ。

自分を制して余りあるものがある、ということを、テムル・メリクはマルガーシに教えた。忠義というのがそれだ。

　無駄なものだとは思えないが、自分には無縁だった。ただ、忠義に人生を懸けたテムル・メリクに、羨望に似た思いはどこかで抱き続けていた。

「おい、テムル・メリク。この戦の軍費は、どうやら潤沢らしい。俺は、酒を取り寄せたぞ。一緒に飲むか」

「いいな。俺はしばらく、酒とも無縁な生き方をしていた。陛下にはいま、麾下と呼べる軍は、数百しかいない。俺がそばについていなければならん」

「ジャラールは、酒すら飲んでいないのか」

「いまは、四万の軍がいる。それを眺めていると、いまだホラズム国は滅びず、とお信じになれるのだ」

「埒《らち》もない」

「実際に見えているかどうか。大事なことだと思わないか？」

「戦場で、敵を突破して撃滅するのが見えていればな」

「陛下も、闘い方については、あらゆる想定を重ねられている。俺は毎夜、それを聞かされている」

「やはり、埒もないな」

　マルガーシが言うと、テムル・メリクは力なく笑った。

　マルガーシは、馬車に行って自分で酒の袋を運んできた。

この軍の兵站がどうなっているか、あまり気にしていない。兵站を切ろうという動きを、モンゴル軍はまだ見せていない。たとえ切られても、部下には干し肉二つと石酪を持たせている。それで、半月は生きられる。

モンゴル軍の兵站が、切りようもなくしっかりしていることは、闘った者ならいやというほど知っている。それはもう、驚愕《きょうがく》に近いものだった。

物資に、固執しない。物資を動かして、ほかの物を手に入れる。だから、動きが測り難い。通常の兵站だと考えると、戦に大きな齟齬《そご》を生じさせる。それは、馬についても同じだった。

チンギス・カンは、なんという戦闘の集団を作りあげたのだ。父は、この軍団と何度も対等な闘いをしたのか。

ひと晩で、テムル・メリクは自軍の陣へ帰っていった。

マルガーシを、ジャラールッディーンのもとへ連れて行きたかったかどうか、よくわからない。半分諦めながら、一応は来てみたということかもしれなかった。

いま、ジャラールッディーンと会わなければならない理由は、なにもなかった。四万の軍に組みこまれると、ただの四百騎になりかねない。

黒水城から、召集の使者が来た。

軍の指揮をユキアニに任せ、二騎を伝令用に伴って、マルガーシは黒水城に入った。

近づいてみてはじめてわかったことだが、黒水城の周囲は、広大な砂の罠が設けられていた。城壁の兵の姿が認められるあたりまで、砂の罠は拡がっていた。

マルガーシは、道案内に待機していた兵に従って、黒水城に入ったのだ。

城内の広場に面した建物が、本営となっていた。

マルガーシのほかに、イナルチュクとホシノゴが来ているようだった。

ジャラールッディーンや、金国領から来た者たちの代表、西夏の代表は来ていない。

ホシノゴがそばに立った。

「とうとう、ウキという人物に会えるようだ、マルガーシ殿」

「そうらしいな」

「俺は、金国七代皇帝の息子である、従恪《じゅうかく》だと思っていたが、違うようだ」

マルガーシも、従恪という名を頭に浮かべたことはあるが、まったく知らないので、それ以上考えようがなかった。

本営の、謁見の間として遣われているらしい、大部屋に入った。

マルガーシは、イナルチュクとホシノゴに挟まれて立った。衛兵が並び、二名が出座してくる。

女がひとり。蒼白《そうはく》な男がひとり。

ひとりずつ名を呼びあげられ、直立した。

「哈敦である」

「従恪である」

二人が、名乗った。姉と弟ということだ。

「ここに、もうひとりいる」

チンギス紀

十七　天地《てんち》

登場人物

〈モンゴル国〉

チンギス・カン……モンゴル族の長

テムゲ……チンギスの弟、四子

テムルン……チンギスの妹でボオルチュの妻

ボルテ……チンギスの妻

ジョチ……チンギスの長男

トルイ……チンギスの四男

ヤルダム……チンギスの娘コアジン・べキの息子

ボオルチュ……幼少よりチンギスと交わり、主に内政を司る

ボロルタイ……ボオルチュとテムルンの息子で将軍

ジェルメ……槍の達人で将軍

スブタイ……モンゴル国の将軍

ジェベ……モンゴル国の将軍

シギ・クトク……モンゴル国の将軍

ナルス……工兵隊を率いる将軍

〈その他〉

ジャラールッディーン……ホラズム・シャー国の皇子で後継となりチンギスと戦う

テムル・メリク……ホラズム・シャー国の将校。鉄笛を吹く

イナルチュク……ホラズム・シャー国に仕えたカンクリ族の傭兵隊長

マルガーシ……チンギスに討たれたジャムカの息子

ユキアニ……マルガーシの隊の将校

流れ矢……マルガーシの部下で弓隊を率いる

カルアシン……水心《すいしん》を率いる女頭領

ホシノゴ……バルグト族の長だった初老の男

リャンホア……ホシノゴの妹で交易を生業とする

タルガ……バルグト族の青年

ラシャーン……モンゴル族の故タルグダイの妻。礼忠館を所有する

トーリオ……ラシャーンの養子で礼忠館を統べる

鄭孫《ていそん》……トーリオの商いの師

ツォーライ……ジョチの副官
トゥザン……ジェベの副官
ケンゲル……ボロルタイの副官
チンカイ……鎮海城を建設した文官
耶律楚材《やりつそざい》……元金国の文官で、モンゴル国の内政に携わる
武健成《ぶけんせい》……耶律楚材の従者
陳高錬《ちんこうれん》……モンゴル国の街道や駅を統轄する
オルギル……陳高錬のもとで駅を統べる
華了《かりょう》……医師で養方所を仕切る
ケシュア……亡き父から医術を学んだ女医師
李元《りげん》……李順《りじゅん》の息子でコデエ・アラルを差配する
バラクハジ……元ホラズム・シャー国の文官
サムラ……狗眼《くがん》一族を率いていたヤクの長男で長
タエン……ヤクの次男
哈敦《ハトン》……チンギスに嫁いだ金国の王女

タュビアン……商いを学び、物資と兵糧を扱う
アサン……ムスリムの商人
泥胞子《でいほうし》……大同府で妓楼を営んでいた男
侯春《こうしゅん》……大同府の妓楼と書肆を受け継ぎ、沙州楡柳館《ゆりゅうかん》を手伝う
秦広《しんこう》……南の地で甘蔗糖の生産を統轄する男
完顔従恪《かんがんじゅうかく》……哈敦の弟
ウキ……黒水城の謎の主

関係地図

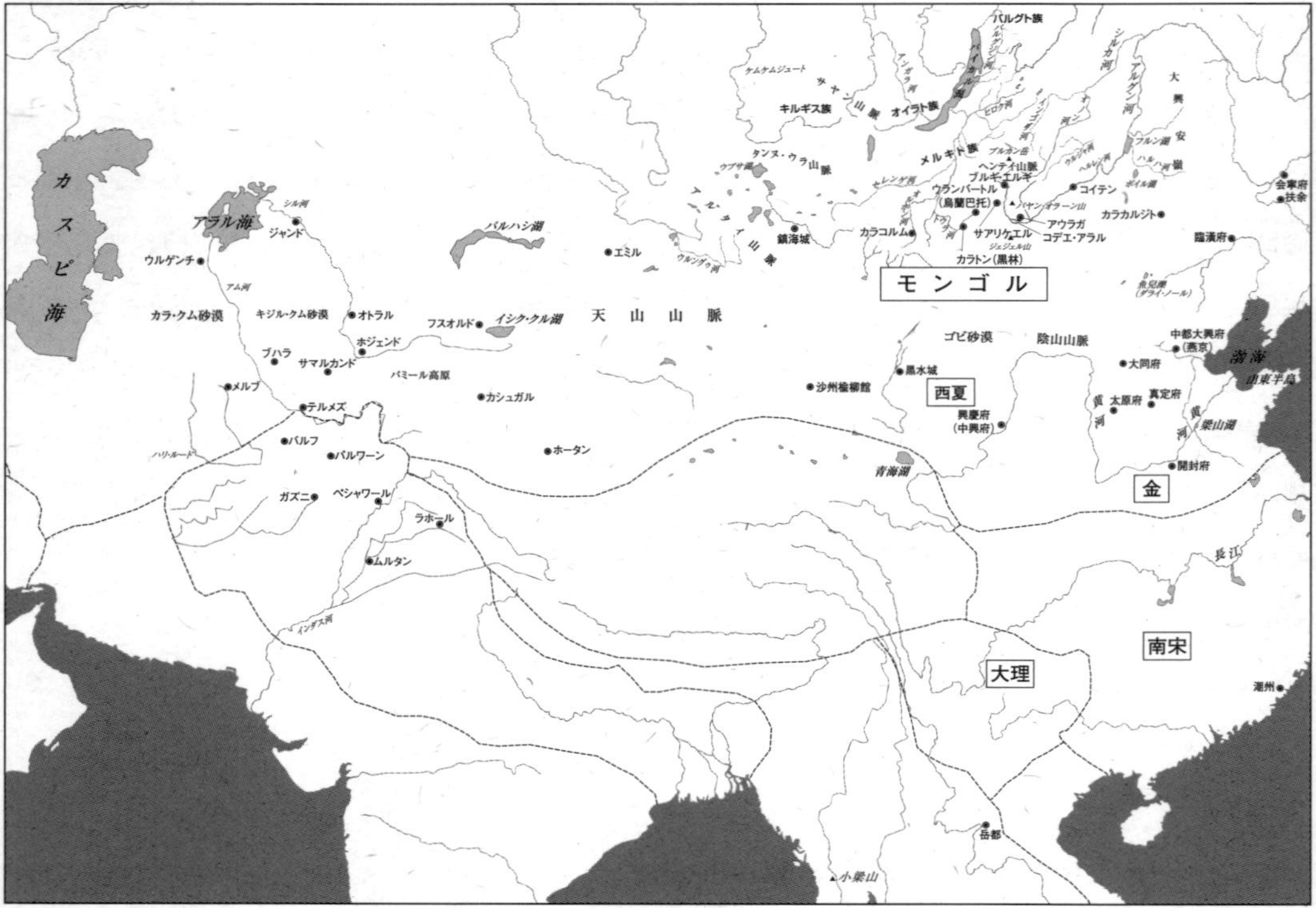
モンゴル
西夏
金
南宋
大理
カスピ海
アラル海
シル河
アム河
ジャンド
ウルゲンチ
カラ・クム砂漠
キジル・クム砂漠
オトラル
ブハラ
サマルカンド
ホジェンド
メルブ
テルメズ
バルフ
パルワーン
ガズニ
ペシャワール
ラホール
ムルタン
インダス河
ハリ・ルード
パミール高原
フスオルド
イシク・クル湖
カシュガル
ホータン
バルハシ湖
エミル
天山山脈
ウルングウ河
アルタイ山脈
鎮海城
タンヌ・ウラ山脈
ウブサ湖
キルギス族
ケムケムジュート
サヤン山脈
オイラト族
アンガラ河
バイカル湖
バルグト族
バルグジン河
メルキト族
セレンゲ河
ヒロク河
インゴダ河
オノン河
ブルカン岳
ヘンテイ山脈
ブルギ・エルギ
ウランバートル
(烏蘭巴托)
バヤン・オラーン山
アウラガ
コデエ・アラル
サアリケエル
カラコルム
トウラ河
オルホン河
ジェジェル山
カラトン(黒林)
コイテン
カラカルジト
シルカ河
アルグン河
大興安嶺
フルン湖
ハルハ河
ボイル湖
臨潢府
会寧府
扶余
魚児濼
(ダライ・ノール)
ゴビ砂漠
陰山山脈
黒水城
沙州楡柳館
興慶府
(中興府)
青海湖
中都大興府
(燕京)
大同府
太原府
真定府
黄河
梁山湖
渤海
山東半島
開封府
長江
潮州
岳都
小梁山

哈敦が言った。

「見えはしないが、私の息子であり、従恪の甥であり、トルケン太后の孫であり、西夏の皇太子でもある。名を、ウキという。そのウキを戴いて、この戦は行われる」

つまり、ウキという名の盟主はいない。しかし野合ではない、と言っているのだろう。

誰かひとりを盟主にすることは、難しかったのかもしれない、とマルガーシは思った。モンゴル領、全土から兵が集まる。チンギス・カンに対するのは、幻の盟主ということだった。

それでいい、とマルガーシは思った。こんな場に、ほんとうにいる人間が出てくると、どこか怪しみたくなる。

チンギス・カンと闘う盟主は、幻であり、便宜上、ウキという名を持っている。

「それは」

ホシノゴが言いかけたのを、イナルチュクが制した。

二人は、退出した。

広い部屋の真中で、ホシノゴが腰を落とし、イナルチュクもマルガーシも座りこんだ。

「誰が出てきても、俺たちはどこか納得できないと思う。幻を仰ぐのが、最もふさわしい戦ではないか」

イナルチュクが言った。

「こういうことだと、イナルチュク殿は知っていたのか?」

「いや。しかし、もしかするとと考えていた。従恪の名以外、どうしても思いつかないのだ。開封府で幽閉されているはずの従恪が、なぜここにいるのかわからんが、あの男が大将でなくてよかったと思う」

「それにしてもな」

「ホシノゴ殿、従恪は極端に用心深い男だという。それが、俺たちの前に出てきた。それでよしとしようではないか」

「たやすいことを言うなよ、イナルチュク」

「そう言うしかない。哈敦公主には息子がいるはずもないが、いたとしたら、チンギス・カンの息子だぞ。そんな幻を、俺たちは推戴して、最後になるかもしれない戦をやるのだ」

「チンギス・カンと一戦交えるのは、俺はやるべきことだと思う。しかし、戦には総大将が、どうしても必要だぞ。幻が総大将というのは、兵にはなにも見えんということではないか」

「おまえ、総大将を、思い浮かべられないか、ホシノゴ」

「あの二人が退出する時、俺はなにかを感じたのだが、はっきりはわからん」

「総大将は、自然に出てくるものだろう。俺も、なにか感じた。そして、鮮やかに見えてきたものがある」

「なにが見えた、イナルチュク」

「黒き旗、玄旗《げんき》が見えた」

「おい、待てよ」

マルガーシは言った。いやな予感に襲われた。

「あのジャムカが総大将なら、納得できる者が多い」

「親父がいないことぐらい、わかっているだろう、イナルチュク殿」

「そうさ、いない。しかし、代りにおまえがいるぞ」

「ふざけるな」

「待て。考えよう」

ホシノゴが、顔をあげて言った。

「五日、考えよう。五日後に、俺たち三人の結論を出そう」

「何日考えても、同じだろう。馬鹿げたことを言うな、二人とも」

「戦場に、玄旗がはためく。マルガーシ、それを想像してみろ」

イナルチュクが言う。

あり得ることではない、とマルガーシは思った。

俺はただの傭兵だ。そう言いたかったが、誰の傭兵なのか問われると、いまも言葉に詰まる。

ホシノゴが、マルガーシの肩に手を置いた。

三

行軍を急ぎはしなかった。

兵站の情況などが、次々に報告されてくるが、それについて心配はしていない。ほとんど、気にすることもなくなっているのだ。以前は、兵站に最も気を配っていた。兵站部隊が、戦闘部隊と並ぶほど多かったこともある。

モンゴル軍の、他軍では考えられないような兵站は、チンギスの戦についての考えから来ていた。

兵糧を運ぶだけではない。武器、武具のほか、肉や酒、兵が着るものまで運ぶことがある。戦地へ行って、チンギスの居室になる、大幕舎も、馬車に積んできて兵站部隊の兵たちが張る。医師や料理人が乗る馬車も、動かしているのは兵站部隊だ。輜重《しちょう》は、兵が曳いたり押したりするものだが、それは二千輛《りょう》はあり、実際に戦場の中まで行く。

その輜重は、戦場で負傷した兵を乗せて後方へ帰る。それを徹底して、これまで死んでいた者たちもかなり助かるようになった。

モンゴルでは、片腕を失った者、足に義足をつけている者たちを、結構見かける。死ぬはずだったが、腕一本で助かったということで、そういう者たちが働く場所も作ってあった。

一日、五十里ほどを進みながら、チンギスは黒水城に近づいていった。

砂の上にある城で、周辺には砂による罠が張りめぐらされているという。

砂上の城などが、保《も》つわけはあるまいと思うが、大きな岩盤が城の下にあり、安定したものになっているようだ。

そういう情報も、狗眼の者たちが届けてくる。どこからどういう兵が参集しているかも、詳しく報告される。野合の軍である、とトルイは見ているし、幕僚たちも考えていた。

ボロルタイだけが、首をひねり、ただの野合ではない、と呟き続けていた。

「まだわかりません、殿。サムラやタエンも、相当深いところまで潜入して探っていますが、いまだ、なにも摑めません」

哈敦と従恪という弟が、一応、頂点に立っている。

哈敦が公然とチンギスの敵に回ったのは、よく理解できることだった。

はじめて会った時に、お互いに殺し合うということになったのだ。

哈敦は、ほとんど物のように、和議の印として、アウラガに送られてきた。

不思議に、何度、屈辱を与えながら抱いても、飽きない躰をしていた。

か細いが、その沼のような躰に惹《ひ》きつけられ、ほかの女たちよりも多く、チンギスは媾合《まぐわ》いを重ねてきた。

西へ軍を進めた時、アウラガの女たちの何人かは、追ってきた。しかし旅に耐えきれず、鎮海《ちんかい》城へ到達したのは哈敦ともうひとりだけで、エミルに入ったのは哈敦だけだった。

そこで諦めるだろうと思っていたが、虎思斡耳朶《フスオルド》にいるという報告が入った。城中に屋敷を与え、そこから先は戦場なので進むのを禁じた。

しかし、ブハラの郊外にある宮殿へ、旅の僧と二人でやってきたのだ。

後宮を作り、チンギスは時々、訪《おとな》ってはただ媾合った。

それだけのことだった。自分では、そう思っていたのだろう。

アウラガへ帰還する時、後から戻ってくるとさえ、考えていなかった。

ブハラに姿がないと、ソルタホーンが慌てていた時も、なにも考えなかった。

叛乱の一翼を担うかもしれないと聞いた時は、なぜかさすがに哈敦だと思った。

黒水城に、全土から人が集まりはじめた。

モンゴル国全土は、中原を含み、東の海から大海《カスピ》に到るまでの、草原では信じられないほどの拡がりを持つようになった。

それでも、高が地の続きだろう、という思いがチンギスにはある。

アウラガを進発し、西へ軍を進めている。

帰還の途中でジョチが死に、西へ軍を進めている時に、テムルンが死んだ。続けざまに、肉親を喪《な》くしたことになる。

人は、いつかは死ぬ。自分の番ではなかった、というだけのことだ。

「間違いなく、哈敦公主は黒水城の中にいます。開封府を出奔した完顔《かんがん》従恪も」

ソルタホーンが、報告に来た。

「ウキはどこだ。どちらかがウキというわけではあるまい」

「それが、狗眼でも探り出せないでいるのです」

黒水城へむかう。しかし、誰と闘うのだ。チンギスの思いの中で、それだけが靄《もや》がかかったように、あやふやだった。

ボオルチュやソルタホーンは、誰が、どれほどの軍を率いて集まってきたのか、ということばかりを気にしている。

従恪はもとより、姉の哈敦も、大将にはなり得ない。

戦はチンギスにとって食事のようなものだろう、と言ったのは哈敦だった。決して、欠かしてはならないもの。

そしていま、哈敦はチンギスの食事の相手をしようとしているだけだ。

膳立てという言葉がある。しかし膳立てをした人間がいたとしても、それはチンギスの相手ではない。

自分の相手の姿を、チンギスは早く見たいとは思わなかった。戦になれば、嫌でも見えてくる。

「ソルタホーン、この城を築いたのが誰だったのか、まだ調べはつかないのだな」

「十数年前に、ここに商館のようなものがひとつあった、という話です。主として、人が身につけるものを集め、各地に運んでいたということです」

「そうか。しかし、商館か」

「ここが商賈というわけではなく、商品を蓄えておくべき倉だったのかもしれません」

「おおむね、空気は乾いているか」

衣類など、虫に食われるのをある程度は防げる。

位置から考えると、北の草原の民が商いの相手だったのか。東へも、西へも行ける。

それにしても、孤立した場所ではある。砂漠で時々見かける、大きな岩盤が基礎になっているとしても、なぜここがという思いがある。岩盤に、よほど豊かな水源があったということなのか。

城からは、ふた筋の小川が流れ出している。それはどこへも行かず、二十里ほど先で砂の中に消える。

風の通りはいい。砂嵐などが来ると、城内は砂にまみれるのかもしれない。しかしそれを城の外に出す方法は、いくらでも持っているだろう。

遠望する城内の印象は石造りで、ほかに煉瓦《れんが》の長屋や倉が並んでいるらしい。

城塔は鉄塔と呼ばれていて、錆《さ》びた鉄のように見える石を積みあげて作られている。

そばにいれば、見上げるほどの高さだろう。周囲に梯子《はしご》などはなく、中に階《きざはし》が設けられているようだ。ところどころには、明りとりのための窓もある。

高さが、十五丈（約四十五メートル）だというのは、チンギスが遠望して目測したのとほぼ同じだった。

それほどの高さの塔が、なぜ必要なのか。別のものを見るためのものではないか、とチンギスは疑った。しかし、別のものがなにかは、思いつかない。

行軍は、砂漠に入っていた。

粉のような砂ではなく、多少手触りのあるもので、あまり煙のようにたなびかない。

チンギスは、従者以外は遠ざけていた。

幕僚たちは戦の話をするのを望むが、それはトルイやボロルタイとやれと言ってある。

敵についてわかっているのは、十数万に達するという、各地からの兵力だった。兵力がわかることについて、それほど大きな意味はない。

チンギスが、いま最も関心を持っているのは、黒水城の首領のウキという人物と、黒水城の成り立ちだった。

もともと、商館のようなものがあった。それを、城郭《まち》にしたのは誰だったのか。

商いが、いまなされていることはないらしい。しかし、商いや物流に関して、なにか力を持っていないか。

たとえば沙州《さしゆう》楡柳《ゆりゆう》館《かん》は、西と東の物流を管轄していたが、そこに物資があったわけではない。

砂漠の中の営地で、幕舎の中にいると、ボオルチュがやってきた。

「ひとりにしろ、と言ってあるはずだ」

「そうですか。うちの文官で、サマルカンドの宮廷にいた者がいて、黒水城が築かれた時を知っているようなのですが、それではまたにします」

「なぜそんな、意地の悪いことを言うのだ、ボオルチュ。俺の関心がどこにあるか、知っているくせに」

「この私が、なんの力も持たないと思われているのがにくらしくて。私は、うちの文官として、ホラズムの朝廷から移ってきた者を一度、徹底的に調べています」

「そうか、調べたのか」

「いえ、気になる者数名を、呼び寄せただけです。正確には、三名ですが」

チンギスは、卓の前の椅子に腰を降ろした。幕舎にいる時は、敷かれた不織布《フエルト》に腰を降ろしていることが多い。

「その中に、バラクハジという、なかなかの者がいまして」

「おう、サマルカンドの文官だが、父親ではなく、ジャラールッディーンについていたやつではないか」

「殿は、いろいろなことを、実によく憶えておられます。そんなことを部下に任せれば、いくらかは楽におなりだと思いますが」

「早く言え」

「バラクハジは、黒水城の建設の時、費用の計算をさせられたようです。どこにあるかわからないような城の建築費だったので、よく憶えていたようです」

「よかろう、バラクハジを呼べ。どうせ、ここに呼び寄せたのだろう」

「はい、カラコルムの耶律楚材の下におりましたので」

あからさまに、ジャラールッディーンに繋がっている文官だった。そのくせ、仕事はよくできた。完全に自分の方へ来る前に、どこかで利用してやろうと思っていたが、その機会はないままで、いまはどこに配属されているかも、把握していなかった。

こうなることを予想していたのか、バラクハジは幕舎の外に控えているようだった。

チンギスは、話をするのを、外の焚火のそばにした。もともと、幕舎の中が好きなわけではない。

衛兵たちが緊張しているが、構わなかった。

ボオルチュの従者が連れてきた男には、どこか見憶えがあった。

「久しぶりだな」

チンギスが言うと、バラクハジは硬い表情のまま一礼した。

「ジャラールはいま、ここの近くにいるらしいが、もう会ったか？」

「いえ。私はいま、カラコルムの文官であります」

「サマルカンドでは、モンゴル国の文官でありながら、ジャラールのためにいろいろ動いていたであろう」

直立したバラクハジの全身が、一度、大きくふるえた。

「私は」

声が、上ずっている。

「上が替ったら、すぐそちらに流される文官より、おまえのようなやつの方が、俺には面白い」

「ホラズム国の文官であった私が、なぜモンゴル国で仕事を与えられるのか、わからないところがあるのですが」

「しかし」

「おまえは蒼氓《そうぼう》のために働く。どこにいようと、それに変りはないのだ」

「くどい。あとは、自分で意味を考えろ」

バラクハジの躰がまた一度ふるえ、それからうつむいた。

「黒水城のことだ、バラクハジ」

そばにいたボオルチュが、小さな声で言った。バラクハジが、弾かれたように顔をあげる。

「大したお話はできません。ウルゲンチにいた私の叔父が、城のための資材を集める仕事をした、と聞いたことがあるだけです」

「黒水城は、遠い西夏の、しかも辺境であろう」

「だから私は、憶えていたのだろうと思います。ある時期、ホラズム国は版図を飛躍的に拡げ、城郭の建設や修復は、方々で行われていました。サマルカンドも、そうです。私は、出来あがったサマルカンドしか知りませんが、私の先輩たちは、改修に関わっておりました」

「ということは、黒水城は、ウルゲンチが商館を修復して城郭にした、ということか」

「それはわかりません。叔父は、物資の手配をし、それが黒水城に運ばれるまでの手を講じた、ということなのです。黒水城にどこから資材が運ばれたかは、聞きませんでした」

「なぜ、詳しく知ろうとしなかった？」

ボオルチュが、横から口を出した。

「ホラズム領内ではなく、遠い地のことであり、多分、領内から資材を集めることすらされなかったろうと思います。遠い地での城の建設に、なんらかの事情で手を貸した、という程度に認識しておりました」

「ほかに、その建設について知っている者はいるか？」

「あの当時の文官は、すでにみんな死んでおります。私のように話だけ聞いたことがある者がいたとしても、どこで生きているのかわかりません」

「おまえは、黒水城が、なんの役割を持って作られた、と思っている？」

「はい陛下、もしかすると、ウルゲンチにいた、旧ホラズム国の、トルケン太后の壮大な夢の一部だったかもしれない、と私は思っておりました」

「トルケン太后は、ウルゲンチからサマルカンドへの古い街道とは別に、東にむかう道を建設しかけていました、殿。わが国との戦で、それは頓挫しておりますが」

「東へむかう道だと、ボオルチュ」

「エミル、鎮海城、カラコルム、アウラガ、と並ぶ街道を、建設しかけた痕跡はあるのです。ウルゲンチからアム河の上流にむかうのは領内として、それから先の砂漠と山岳部に、途切れ途切れに、道が作られています」

自分が帰還する時も、一部はその道を行軍し、黒水城の脇を通ったのだ、とチンギスは思い返した。

なんのための、道だったのか。物流か、新たな征戦のための道だったのか。

「バラクハジ、もういいぞ。おまえはしばらく、この軍にいろ。耶律楚材からは、離れることになる」

「はい」

拝礼し、バラクハジが立ち去る。

「そろそろ、狗眼の者が来ますよ。サムラ自身で来るかもしれません」

「俺は、ウキという人物について、知りたい。無駄なことだ、という気もするがな、ボオルチュ」

「いえ。殿が見きわめられるべきものだ、と思います。私も、知りたいのですよ。誰か、いたのかもしれません。それを、殿も私も摑み切れていなかったのかもしれないのです」

「俺はともかく、おまえの視界にも入っていなかったとはな」

「私は、自分がなにも見ていないと、しばしば思います」

ボオルチュは、テムルンの死から立ち直っていない。まだしばらくは、立ち直れはしないだろう。しかし、全体に眼を配る自分は、取り戻しつつある。

「酒だ、ボオルチュ」

「はい」

「ソルタホーンのように、俺をたしなめようとしないのが、おまえのいいところだ」

「私がたしなめられたいのです、殿」

チンギスは、手を叩いて従者を呼び、自分で酒を命じた。

一日にそれほど進軍しようとはしていないので、砂漠の苦労もそれほどなかった。

ただ、進軍中、チンギスは常に、砂の上の道がないか注意していた。

砂漠は、どこまでも砂漠だった。つまり、一度嵐が来ると、姿そのものが変る。砂丘も動いてしまう。道など刻みようもないのが、砂漠なのだ。

ただ、方向というものはある。砂漠の姿などまったく気にせず、ただ方向だけを定めて進む。

その先に、黒水城がある。それは、地図よりも確かな、進み方だと言ってもいい。特に、山岳や岩場ではない砂漠では、進みたい方向には砂があるだけで、厳しく遮るものはない。

水場があるかどうか。それが、進軍には絶対に必要なものだった。

黒水城が、軍事上の要衝と考えるには、いくらか無理がある。水源を断たれると、それで終りかねない。よほどいい水源があったとしても、守りやすい地形の中にあるとは言えない。城の周辺の広大な罠について報告を受けているが、守りにくい地形だからこそ、そういうものが必要なのだと思える。

やはり、物流の拠点として考えられ、築かれた城なのだ。

それがアウラガとそれほど遠くないということで、侵攻の拠点になっている。

幕舎には、いつも近辺の地図が張り出されていたが、いまのところ実戦を頭に置いて、それを見てはいない。

サムラは、バラクハジの二日後に、ひとりで姿を現わした。

「哈敦公主、従恪がウキということはあり得ません。しかし、どこを探しても、ウキであろうという人物は、見つからないのです」

「開封府の朝廷にもいないのだな」

ボオルチュが言った。

ウキが見つからないということについて、チンギスは考えていた。見つからないという言葉が、妙に心に食いこんでくる。

しかし、現実に城は築かれたのだ。

築城の資材を用意したのがトルケン太后だというのはわかってきたが、二年ほど前に、生ける屍《しかばね》になっている。あの屍が、生き返ったとは思えない。

しかし、屍になる前のなにかが、例えば心とか志とか野望とかいうものが、誰かに受け継がれてはいないか。

トルケン太后が死んでなお、築城は続いていたことを考えれば、命だけではない、なにかがあった、ということではないのか。

商館を築いた者は、どこへ行ったのか。その人間がウキだと考えていたが、それならこれほど見えないことはない、という気がする。

幕下の軍人たちは、一挙に殲滅《せんめつ》させれば、それで終ると考えているだろう。ウキは、殺してから正体を調べればいい。

ウキのような相手と戦場でむかい合うのは、はじめての経験だった。

相手が誰かわからない時は、ただ隠れているだけだ。

ウキは隠れてはいないが、見えない。

不思議な存在だった。自分自身を見つめているような、あてどなさがある。

黒水城についての情報は、それからも入ってきた。

はじめに館を築いたのが、交易をなす集団だということはわかっていた。縦横に、毛皮や革の細工物の商いをしている。その集団の存在が強かったのは、商館ができあがり、それが城に変えられるまでの間だ。

はじめからいままで、ウキはいる。

ほんとうはいないのかもしれない、という気もした。

戦よりも、それを見きわめるのが、チンギスの最大の関心になりつつあった。

四

兵数は、極端に言えば、どうでもいい。

テムル・メリクは、そう考えるようになった。

ジャラールッディーンのもとに、次々に兵が集まってきた時は、率直に嬉しかった。しかしこれまで、とてつもない大軍で闘って、何度、負けたのか。その負けは、骨の髄《ずい》まで叩きこまれているではないか。

ジャラールッディーンも、大軍をただ喜んでいるようには見えなかった。

黒水城に集まってきた軍を、いつか黒水軍と呼ぶようになっている。

黒水軍の主力は、ジャラールッディーンのもとに集まった軍である。それ以外にも兵は集まり、大変な大軍になっているが、寄せ集めという感は拭えない。

テムル・メリクは、五騎を連れてマルガーシの陣へむかっていた。

四百の軍である。営地を決めたとしても、そこから移動するのは難しくない。実際、しばしば、調練を兼ねてそうしているようだった。

動いていない、と駈けているテムル・メリクに報告を入れてくるのは、水心の者だった。

なにかが、動いている。イナルチュクから使者を貰った時、テムル・メリクはそう感じた。それは、策謀などということではなく、たとえば雲の動きであるような気がした。

同じ陣営にいながら、マルガーシの陣まではひた駈けて半日かかった。

兵たちは、かなり激しく見える調練をしていたが、マルガーシは岩の下で木を削っていた。

「人形は、どれほどの数になったのだ？」

「増えない。時々、燃やしているのだ」

テムル・メリクが駈けつけてきたのは、とうに気づいていたのだろう。

「黒水城へ行ったのだな」

「いい水源を持っていた。石造りの城だが、防備は普通以上のものではない」

「哈敦、従恪の姉弟に会って、どうだった？」

「なにが、どうだというのだ？」

「黒水軍の盟主たり得ない、と思ったはずだ。イナルチュク殿から、そう言ってきた。そしてウキという存在があるのだと、哈敦公主が言った」

「おい、テムル・メリク」

「ウキがおまえであると、明日、ホシノゴ殿も一緒に、結論を出すそうだな」

「そこで結論が出たからと言って、どんな意味があるのだ」

「実は、俺は陛下の意思も運んできた。ホラズム軍の旗など、とうにない。玄旗が掲げられたら、それに従おうと」

「おまえが、陛下と呼んでいる男がか？」

「悩まれたのは、一日であったと思う」

「やめろ」

「イナルチュク殿は、哈敦公主の口から、ウキという名が出た時、おまえを思い浮かべたようだ。名しかない存在の、実際にある姿としてな」

「俺は、傭兵なのだ。そのままでいたいのだ」

「陛下も、おまえがいいと思われた。自分では、ホラズム軍の色がつきすぎる、とも言われた。ホシノゴ殿は、二日考えて、大賛成と言ったようだぞ」

「ちょっと待てよ。助けてくれよ、テムル・メリク。おまえ、俺の友だちではないか」

「友だちだから、おまえの心の中はわかるところがあるよ。しかしな、俺も考えるとおまえがやるべきだ、という結論になる」

「俺は、自由に泳ぎたい」

「なにを、甘いことを言っている。おまえは、何度、チンギス・カンに肉薄し、剣先を首に届かせようとしたのだ」

「自由に闘うことを、許されたからだ」

「多くの犠牲を払って、おまえだけに許された。むなしく死んだ者を、むなしいままで終らせるのか」

マルガーシは、木を削り続けている。喋りながらも、考えているということだろうか。マルガーシの手は、止まらなくなった。見る間に、手の中の木片が小さくなり、なくなった。

「俺は、草原での戦を、ずいぶんと解析してみた。おまえの親父とチンギス・カンに、差はほとんどなかった。戦そのものではおまえの親父が上で、なにがなんでも勝利を求めるというところでは、チンギス・カンが上回った」

言い方に矛盾を孕んでいるとしても、テムル・メリクはそう思っていた。

マルガーシが、そばにある木片に手をのばした。五つ六つ転がっている。テムル・メリクもそばに腰を降ろした。

木片をとって、小刀で削りはじめる。

なかなか難しく、はじめは刃が深く木片に食いこんだ。次第に、表面を削るように動かせるようになる。

ただ削るのではなく、人の形にしてみようと思った。それだと、小刀の遣い方がまた難しくなる。首のところを削っていると、細く脆《もろ》くなり、落ちた。

マルガーシが、低い声で笑った。

「しばらく駈けよう」

マルガーシが立ちあがり、なにか合図をした。二頭の馬が曳かれてくる。

並んで駈けた。疾駆はせず、穏やかに駈けた。

「おまえの親父は、反金国勢力の総帥を、タイチウト氏の長であった、タルグダイに譲ろうとした。あの戦を、はじめから自分で指揮していれば、勝てたかもしれんよ」

轡を並べているので、声は充分に届く近さだった。

「あの一戦だったなあ。あそこが、おまえの親父とチンギス・カンの分かれ岐《みち》だった。おまえの親父は、坂を下ったのだ」

「おまえ、なにが悲しくて、負けた親父の戦を、そう細かく解析しているのだ」

「俺は、ただ」

「あそこで負けた。それだけのことだ」

マルガーシは、疾駆する気はないようだった。黒水城が遠望できる丘の上で、馬を停めた。

黒水城の城壁には、兵の姿がある。しかし、これから戦をやるという闘気が、城から立ち上っているわけではなかった。どこかやさしく、はかなげにさえ見えた。

「誰がウキであろうといい、と思っていた。見えはしないウキを推戴して闘え、と言われた時は、戸惑ったが」

「陛下は、いくらか腹を立てられた。しかし、自分が総師とは言われなかった」

率いている兵力が違うからか、ジャラールッディーンは、マルガーシよりかなり早く城に呼ばれ、哈敦と従恪の姉弟と面会していた。

金国領から来ている軍の指揮官は、もっと早く呼ばれただろう。姉弟は、七代皇帝の娘と息子なのである。

哈敦と従恪が、なぜウキという名の存在を、見えない総師にしようとしたのか。

ウキは、城主の名とされていたので、昔はいたのかもしれない。しかし、そんな名にひれ伏す者がいるのか。

そもそも、ウキという名を出しているのが、哈敦や従恪の考えなのか。

「誰でもいい。なぜ、俺でもいい、と思わなかったのか。あの城を見ていて、もう一度、そう思った」

「前にも、思ったのか？」

「イナルチュクが、玄旗が見えると言った時。口で否定しながら、束の間、そういう思いがよぎった」

「おまえ、率直な男になった、マルガーシ」

「褒《ほ》められているのか」

「思ったことを、言っている」

マルガーシが馬を降りたので、テムル・メリクも地に立った。

「なにかが、すべてをまとめている」

「それは、同じことを陛下が言われた。ホラズム国でそれをなせるのは、祖母《ばあ》さまだけだとも」

「トルケン太后は、死んでいるだろう」

「だよな」

「誰かと、知る必要はないのかもしれない。トルケン太后は、どうやら潤沢な軍費は遺したらしい。それがどこかへ消えず、いまここで遣われているだけで、俺はよしとするな」

「陛下も、同じお考えだ」

「おまえは、テムル・メリク。ジャラールは、もう陛下でもなんでもない。負けに負けたが、死ななかったので、いまだ行く先のない兵が集まったりする」

「そういうところは、率直ではないぞ、マルガーシ。おまえは、陛下を好きだろう」

「その陛下という言い方はよせ。ジャラールに対してもだ」

「言うたびに、嫌な顔をなさる。しかし俺は、かつてホラズム国の帝《スルタン》であったことを、忘れていただきたくないのだ」

「それは、ジャラールにとってよくないことさ。チンギス軍と、一度でもぶつかってみろ。集まってきた兵の半数以上が、いなくなる。ジャラールはそれを、ジャラールとして受け入れるべきなのだ」

「おう、誰かに、はっきりそう言われたかった。これからは、殿下でもなく、殿と呼ぼうと思う。それは、変えられん」

「殿か。おまえの人生から出てきた呼び方だと、よくわかる。俺はなにも言わんよ」

「わかってくれよ。俺は、自分の脚だけで立つ生き方を、してこなかったのだ」

「とにかく、戦はする。ジャラールもな。しかし、おまえ、チンギス・カンに勝てると思うか?」

「黒水城の戦況が有利に進めば、それで西から東まで、チンギス・カンが恐れている通りのことが起きて、この大地は混沌の中に戻ることになる」

「誰かが思い描いたことは、そうなのだろう。しかしな、チンギス・カンは、それは読んでいると思う。各地を抑えるためには、それをやる軍が必要なのではないか。それをしっかり配置しているように見える。だが現実には、黒水戦は、トルイとボロルタイの軍だけで充分だ、と考えているぞ。各地を軍で守らせるという発想をやめれば、黒水戦に十万の軍を集められる。あのモンゴル軍が十万だぞ。一撃で粉砕され、各地で蜂起しようとしていた者たちも、よりどころを失う」

「喋りすぎだ、マルガーシ。おまえらしくないな。総帥として立つと思い、高揚してしまったか。情ないものだ」

テムル・メリクが言うと、マルガーシはただ笑い、顔を伏せた。

「自分が思っているのとは違う自分が、これほどたやすく現われてくるとはな。自分というものも、あやふやなものか」

「おまえの心の中など、どうでもいい。とにかく、おまえがいるところが、本陣だ。黒水軍の本陣。部下の四百は、馬回り。そして、麾下の軍は、俺が組織する」

「おまえが、麾下の指揮をするのか、テムル・メリク」

「俺は、麾下の段取りをつけたら、殿のもとに戻る。ジャラールッディーン軍の副官なのだからな」

「どんな麾下を、俺につける？」

「イナルチュク、ホシノゴも二千。ホシノゴも二千。二隊、四千騎が、おまえの麾下だ。イナルチュク、ホシノゴともに、若い優秀な将校たちを抱えている。だから、二人を麾下として出せる。二人は、おまえと一体になれると、俺は思っているよ」

二人の了承はこれから取らなければならない。しかし、取っているように、マルガーシに話すことができた。

陣に戻ると、マルガーシは焚火のそばに座りこんで、なにも喋らなくなった。

陽が落ちかかっていたが、テムル・メリクは部下に松明《たいまつ》を持たせ、マルガーシの陣を出た。

六刻で、イナルチュクの陣の灯が見えた。

何度も誰何《すいか》を受けながら、ようやく陣内に入ることができた。

イナルチュクは、焚火のそばで胡床に腰を降ろしていた。

テムル・メリクを見つめてくる。

「軍は、おまえの思うように運んでいく。いささか、感心しているぞ」

テムル・メリクに言ったのではなく、そばの胡床にいる若い兵にかけた言葉だった。

将校のようだが、違う。

「テムル・メリク殿、マルガーシ殿は総帥を受けられましたね」

「カルアシン殿か」

「受けた」

「考えるまでもないことだったが、俺にはあのマルガーシがという気持がつきまとっていた。マルガーシ殿は、最後の戦だと、肚を決めたな。はじめて、戦らしい戦をする、ということになるかな」

「ずっと遊軍でしたからね、イナルチュク殿。マルガーシが総帥で、イナルチュク殿とホシノゴ殿が、それぞれ二千騎で麾下にいる。俺は勝手にそう決めてきましたよ」

「そうだろうと、カルアシンが言ったが、顔を見るまで、ほんとうに信じることはできなかった」

「ホシノゴ殿の了承も、取らなければなりません」

「了承しておられますよ、すでに」

「おまえは、何者だ？」

「水心の長のカルアシンです。いまだ、太后様の手の者です。ですから、幽霊のようなものです」

「今回のことについて、俺は生きている者の意思と力を感じる。しかし、トルケン太后は、死んだはずだ」

「死んだ。間違いなく、母上は死なれた。俺が、そばにいたのだからな」

「母と言われましたか？」

「俺は母と思い定め、太后様も息子のように扱ってくださった」

「黒水軍の軍費は、トルケン太后の遺した砂金ですね？」

「在《あ》り処《か》を知っていたのは、カルアシンだけだった。俺は、それがあるようだと確信に近いものを持っていただけだ」

「砂金の遣い方を、幽霊が考えました。いえ、太后様が考えられるであろうことを、私はなぞっただけだ、と思っています」

「しかしな、ホラズムの地での戦ではない。ここはアウラガに近いぞ、カルアシン」

「チンギス・カンが、やがて侵攻してくるであろうことを、太后様は早くから予測しておられました。最後に勝つにはどうすればいいか、と考え続けてこられたのです」

「黒水城を築いたのは、トルケン太后か？」

「いえ、商館を城となし、アウラガを攻めるための足がかりにしようと考えられました。そして城として築くための、資材は出されました」

「築いたのは？」

「会ったことがあるのは、マルガーシ殿とホシノゴ殿だけですね」

「もう謎めいたことは言うな」

「すぐにわかることです、テムル・メリク殿。イナルチュク様も、知るのを愉しみにしておられます」

「なあ、テムル・メリク。戦は、ただ集まってできるものではない」

「それは、さまざまなものが、必要になりますよ。俺が驚いているのは、兵站が半端ではないことです」

もともと商館だった黒水城。ならば、商人がそこにいたはずだ。

「俺も、最初に兵站を考えた。物資を集め、それを運ぶ力も持った者。やはり、商いの大規模な隊を持っている者だろうな」

「イナルチュク様。どのような商人であるのかは、ここで申しあげます。あとのことは、私の口からは言えないのです」

カルアシンが、少し躰を動かした。喋る時、この女が躰を動かしたのを、はじめて見たという気がした。

「狩をして、獣の皮を取る。そこから商いははじまっております。それから、毛皮だけでなく、革を遣った細工物を。これは高価でかなり利も大きく、財としては大変なものになりました。商館を中心に、東にも西にも南にも、商いの隊を出していて、ウルゲンチの太后様のもとには、商館の主人が自ら出向いておりました。太后様が深く信頼を寄せられた、ただひとりの部外の人になります」

「おい、カルアシン。その商人は、母上になにを売っていた？」

「革で作られた物を。服や帯、飾りなども。最も多かったのは、靴です。太后様の足の寸法を一度測り、ぴたりと合う靴を作るのです。さまざまな人の寸法を記した厚い帳面が、馬車一台分ほどもある、という話でした」

「靴か。母上が、なにかこだわっておられたのを、憶えているな」

「ほかにも、厖大な数の靴が作られたのです。お気づきにならないまま、イナルチュク様は履いておられます。ホラズム軍には、それが入っていましたから」

「それでは、俺もか？」

「当然ながら、そうなります、テムル・メリク殿。誰も、どこからの物か気にしていないでしょうが」

「よくできているかどうか、わからんよ。気にしたことはなかった」

「太后様の靴は、寸法を測って作ったものですから、履き心地は他と較べられません。実は、私の靴も、そうです」

テムル・メリクは、思わずカルアシンの足もとを見た。特に変った飾りなどが、付いているわけではなく、ごく普通の靴のように見えた。

「足に、吸いついてくるのです。ほかの靴を、私はもう履けません」

そもそも、足の寸法を測るということが、テムル・メリクには信じられなかった。支給されるものでは、大きさは五種類ほどあり、かなり自分の足に合ったものを選ぶことができた。

「モンゴル軍にも、靴は入っているのだな」

「それが、入っていません。頑《かたくな》に、拒んでおられます。開封府などには、求める者もいるようです。南宋でも」

「ほかにも、靴の商人はいるであろう」

「真似をして作る者まで、いるそうです」

カルアシンは、これ以上喋る気がないというように、横をむいた。

イナルチュクの従者が、焚火に薪《たきぎ》を足した。

焼いた肉が運ばれてくる。香料を利かせた、ホラズム焼きと呼ばれるものだ。

「これを食ったら、俺はホシノゴ殿の陣にむかう。マルガーシの麾下になっていただくことを、頼まねばならん」

「必要ない、と申しあげました、テムル・メリク殿」

「しかし」

「いいではないか。カルアシンは、いまのところひとつも間違っておらん。俺とホシノゴが、マルガーシの麾下として動くことになるよ。なにか、操られているような気もするが」

「操られてもいい、と思っておられるのですね、イナルチュク殿」

「抗いようがない、俺には。なにしろ、操っているのが母上で、すでに亡くなられていて、代理のカルアシンを通じて、なにか言われるのだから」

テムル・メリクは、全身から力が抜けるような気分に襲われた。

それから、西から東までの、人の結びつきを、改めて思い浮かべた。金国にまで、その結びつきの糸は伸びている。

トルケン太后が、生前、そこまで考えてなにかをなしたのか。それとも、これはトルケン太后という測り難い存在の、夢のかけらなのか。

「太后様は、チンギス・カンとホラズム国では、勝負にならないと考えておられました。この大地を、チンギス・カンと、それに対抗する勢力に分け、雌雄を決するしかない、というお考えでした」

「アラーウッディーンや俺など、大してあてにされていなかった、ということなのだろうな。母上らしい」

「まだ若い、と一度言われたことがあります」

「確かにな。アラーウッディーンが死んでからは、俺には忸怩《じくじ》たる思いしか残っていないのだからな」

「二人の息子を、かぎりないほど愛している、と言われていました」

「おい、カルアシン。もうやめろ。母上の気持らしきものを持ち出して、俺の心を支配しようと思うなよ」

「はい。私は消えます」

カルアシンが、立ちあがった。イナルチュクが、いくらか慌てた表情をした。

「待て。母上のもとに行こうと思っているわけではないよな、カルアシン」

「幽霊は、現われては消えます。思っていることを、ほぼ全部なし得ましたが、ひとつだけ足りないものがあるのです」

「それは？」

「チンギス・カンの首です」

イナルチュクが、テムル・メリクに眼をむけてきた。束の間、見つめ合った。

その間に、カルアシンは消えていた。

イナルチュクが、弾けたように笑い声をあげた。テムル・メリクは、ちょっとだけ頷いている自分に気づいた。

五

黒水城まで八十里、というところまで進んできた。

先に進むボロルタイは、先鋒《せんぽう》、次鋒、本隊と分けて進み、すでに戦闘の構えに入っていた。進軍は、いまだゆっくりしたものである。

八十里の野営地は、進軍の順序通りだった。

チンギスの幕舎が張られる。何カ所かに、天幕も張られた。幕舎の前には衛兵が立ち、篝《かがり》が燃やされている。

焚火の脇に置いてあるのは、胡床ではなく、背凭《せもた》れも肘かけもついたものだった。

動きのひとつひとつを、従者が注視している。そういうことは馴れるしかないのだ、とチンギスは自分に言い聞かせる。

食事も、宮殿の居室で口にするのと、ほとんど変らなくなってきた。

兵站の次の隊に属する、料理人や職人が乗った馬車が追いついてきたのだろう。

「殿、やはり最後のところが、詰めきれません。黒水城は商館でしたので、その主はいたわけですが」

サムラだった。狗眼の者の現われ方に、チンギスはとうに馴れている。

「あの城は、築かれただけではないか、と俺はいま考えています」

「築かれただけか」

ボオルチュがやってきて、胡床に腰を降ろした。

「少しずつ、草原には緊迫が満ちはじめています。どこかで蜂起があるか、と構えはじめている者もいます」

「高が知れているぞ、ボオルチュ」

「いまの殿にとっては、すべてが高が知れています」

「高が知れているものに、手痛い目に遭わされる。そんなことを続けてきた、という気もする」

「それでは、ただの愚か者ですよ、殿」

サムラが、笑ったような気がした。この男は、弟よりも大らかだった。

ソルタホーンが、速足で近づいてくるのが見えた。

「黒水軍が、陣形を組みはじめました。見事な陣形ではあるのですが」

ソルタホーンが、跨《また》ぐように胡床に腰を降ろすと、先鋒から陣形を木の枝で地面に描きはじめた。

どこを見ても、おかしなところはない。しかし、なさすぎる。この自分を相手に、この陣かと思いながら、チンギスは地形を頭の中で加えた。十三万の軍になっているので、速やかに陣形が組めたのは、感心すべきことだろう。

半刻、チンギスは土の上に引かれた線に見入った。

「大将が見えん。そのくせ、しっかり統一がとれている。こういう陣形を組んだ意図は、描かれているようだな」

「贅肉ですな」

ソルタホーンが言う。チンギスは、小さく頷いた。

「ボオルチュ、わかるか？」

「わかりません。殿と副官殿の会話も、よくわかりません」

「贅肉の多すぎる軍なのだよ。陣形を指図した者は、それをよく理解している。そして、贅肉は落としてしまおうとしている」

「数だけ膨れあがっている軍、ということですか？」

「先鋒、次鋒が、あたり前すぎるのですよ。そして、中堅をいくらか後方に置いています。一里、後方すぎますね。ボオルチュ殿、この意図を読んでみてください」

「はっきりとはわからん」

しばらく地を見つめて、ボオルチュが言った。

「ただ、ここに数が書いてあるが、第一列と第二列が、多すぎると思う」

「その通りです。第三列は、堅い構えですが、第四列はまた多いと思いませんか？」

「言われればそうだが、私は軍略についてはうとい」

「いいところを、見ておられますよ」

「どういう意図を持った軍なのだ。教えてくれよ、副官殿」

「この軍の贅肉が、多いと思えるところに集められています。つまり本隊を、できるかぎり精鋭に絞りこみたいのでしょう。はじめのぶつかり合いで、崩れるところは崩れます。わが軍は、追撃するほどの兵力の余裕はないので、崩れた軍はまたどこかでまとまり、第二軍を形成します」

「なるほど。それで精鋭に絞りこんだ本隊は、どれぐらいなのだ？」

「そんなことは、ぶつかってみてからだ、ボオルチュ。とにかく、身軽になりたがっている軍だな」

「西からも東からも、そして南からも集まってきて、あれほどの大軍になったのです。どこか烏《う》合《ごう》の衆なのですね」

「モンゴル国に、あるいは俺に、持っている反感はどれも同じだろうが。あれだけの反感や憎悪が、多いのかどうか、考えてしまうがな」

「殿、決して多くはありません。むしろ、全土からの結集にしては、少ないとも思えます」

「俺も、副官殿と同じ考えです。何度も、いくつかの軍に潜入しましたが、堅いところと緩いところが、混ざり合っていました」

めずらしく、サムラが口を挟んできた。

「贅肉を落とそうというのが、あたり前の軍才とは言えん。果断な性格をしているぞ」

「ジャラールッディーンではないのですか？」

「ボオルチュ、これはジャラールにはない果断さだ」

「明後日には、いやでも正面からぶつかります。いまのところ、城に拠って闘おうという構えは見せていませんので」

「ボオルチュ、最初にぶつかるのは、おまえの息子だ」

ボオルチュは、うつむいただけだった。

「ウキと、ぶつかれるのだな。実戦になってまで、隠れているわけにはいかん」

「ようやくです、殿。ウキを、最も気にしておられましたから」

「ウキは、いないかもしれない。ただの幻だ、と半分は思っていた。しかし、いたな。陣の組み方で、影だけだが姿を見せた」

黒水城を、早く見たいと思った。

あの城に、なにがあるのかわからない。見た瞬間に惹かれた。戦のための城として、眼にとめたわけではない。懐かしいような、かつてどこかで出会ったような、穏やかな感情に包みこまれたのだ。

城のそばに野営し、二日過ごした。驚きのようなものはなくなったが、やわらかく包みこんでくるようなものは、消えなかった。しかも、同時に強烈なのだった。

それから、アウラガへ帰還した。凱旋として迎えられ、ある居心地の悪さの中に入っていた。

哈敦が、ブハラの宮殿の後宮から消え、虎思斡耳朶《フスオルド》の館にも現われなかった。

黒水城近辺の叛乱の報が入った。

哈敦の名はそこに出てきたが、驚きはなかった。はじめに抱く時に、お互いに殺し合いだと言った気がする。人質のようなかたちで、チンギスの妻として金国から送られてきたのだ。

何度も情を交わし、チンギスはそのことを忘れ、哈敦は決して忘れなかった、というだけのことだ。

いま黒水軍と呼ばれている、十数万の寄せ集めの軍の盟主が、哈敦であるとは思わなかった。弟の従恪であるとも思えなかった。

黒水城も黒水軍も、いまの自分にとっては取るに足りないものだ。

しかし、そこになにかが集まっているような気がする。無視できない、なにか。たとえば、人の思いのようなもの。

だから、ウキの顔を知りたかった。

城中には哈敦と従恪がいるが、ウキは外に出て全軍の指揮をしている。しかも、凡庸な武将ではない。大軍に埋もれながらも、非凡さはすでに見えている。

ときめくような気分に包まれながら、チンギスは進軍を続けた。

二日目の朝、黒水城まであと数里というところで、砂漠に展開した敵の全貌を眼にした。想像したものから、はずれるところはどこにもなかった。

「ソルタホーン、俺は早く、敵のほんとうの姿を知りたい」

「トルイ、ボロルタイの二将軍には、ひたすら攻撃せよ、と伝えます」

チンギスは、即座に構えの指示を出し、すぐにそれは整った。

チンギスが中央にいて、両翼に一里の距離を置いて二人がいる。

「十数万に達すると、さすがに圧巻ではあるな」

「殿、暢気《のんき》なことは申されませんように。久しぶりの実戦なのです。どこかが鈍くなっていないともかぎりません」

半里の距離になった。

さすがに、麾下がチンギスの前に出た。

チンギスは、ソルタホーンに頷いてみせた。

突っこめという合図の布が、竿《さお》の上で振られた。

二方向からの突撃は、きわめて厳しいものだった。大軍を相手に遣うには、適当な言葉ではなかったが、容赦がない攻撃だった。

瞬く間に第一列が崩れ、第二列が四散した。

中堅が、踏ん張りを見せた。ボロルタイが巧みに敵を迂回《うかい》し、第四列に突っこんだ。

前後が乱れているので、二万騎ほどの中堅は横へ移動した。隙のない移動で、その中にチンギスはウキの姿を捜した。

いない。乱れのない動きは、あらかじめ決められたものと思えた。

十数万の兵力の強さはあり、崩れるところは一部になる。

トルイは一度敵を突き抜けると、反転し、軍を五つに分け、掃討のような攻撃をかけた。ボロルタイは、全軍でまとまってぶつかり続けている。

最後尾にいた一万が、堅い。ボロルタイと、五分にぶつかっているように見えた。

中堅の二万が、まとまって戦場の中心に突っこんだ。出てきた時は、最後尾と一体になっていた。三万騎である。それが、一万騎ずつに分かれ、受けの構えを作った。

そこに、ボロルタイは突っこむのを躊躇《ちゆうちよ》していた。突っこむのは、ただの無謀である。

トルイが後方に来れば、ボロルタイは突っこむだろう。しかし、トルイは、乱れた十万騎をさらに乱そうとしている。

三万騎が、互いに扶《たす》け合う恰好《かつこう》で、少しずつ後退していく。

つまり敵は、きれいに二つに分裂している。そして、徐々に離れている。

それぞれが、さらに退がった。

二つに割れた軍は、すでに十五、六里の距離になっている。

中央に、ボロルタイが腰を据えた。軍は、半分ずつ左右にむけている。膠着《こうちゃく》に入る。それは、ボロルタイとトルイが動かなくなったからだ。

まだ、ウキの姿は見えなかった。

十万ほどは、さらに退がっていく。そこにも、まともな指揮官はいるようだ。

三万騎は、動かなかった。十万がさらに後方に退がったので、トルイもボロルタイと並んだ。

三万騎は、動かない。

チンギスは、ウキの姿は見えないまでも、その存在の気配を感じとろうとした。しっかりと指揮が徹《とお》っている。それがわかるだけだ。

「東へ後退した十万余の軍は、なんとかまとまったとしても、敗《ま》けた軍です」

「あっちの三万は、違うようだな」

「乱戦の中でも、ほとんど戦をしておりません。ぶつかり合いは、巧妙にかわしました。十万の、贅肉を落としたのですね」

「ソルタホーン、正確にはあの軍はどれほどの規模になっていると思う？」

「俺は、三万五千と見ました」

チンギスも、そう見ていた。三万騎は、一万騎ずつ、きびきびと動いた。残りの五千は、あまり動かなかった。三万騎の動きは、五千騎を守るようでもあった。

五千騎が本陣なのか。しかし、仰々しさがない。実戦の部隊にしか見えなかった。

チンギスは、二刻以上、動かない敵を眺めていた。

「退《ひ》き鉦《がね》」

チンギスが言うと、ゆっくりと鉦が打たれた。速く打たれるのは、ぶつかり合いの最中だけだ。

トルイもボロルタイも、整然と退がってきた。

「五里ほど退がり、野営の準備に入ります」

ソルタホーンが言う。チンギスは黙って、馬首を回した。

野営地には、チンギス用の幕舎が張られていた。天幕もいくつか張られようとしている。

従者が、チンギスの具足を取り、ゆったりとした服を着せかけてきた。

日没までには、まだいくらか時がある。

チンギスは、黒水城が遠望できる丘に登った。従者が胡床を出したので、腰を降ろした。ボオルチュもそばへ来て、腰を降ろす。

「腰を抜かさずに見ていたのだな、ボオルチュ。ボロルタイは、俺の思った通りの働きをしていたぞ」

「軍に入った時から、息子は死んだものと思っております。軍に入るというのはそういうことなのだと、テムルンに言われたのです」

母のホエルンとともにいた時が長いが、テムルンは幼い時から戦の中にいたと言っていい。

「この戦、どう見た、ボオルチュ」

「私にそれを訊かれるのですか。訊かれたので言いますが、大変な大軍が相手でした。しかしぶつかり合いがはじまると、こちらの方が大軍のような気がしました。活発に動き回ったからだろうと思いますが」

「いいところを見ているぞ、ボオルチュ。これは静と動の戦であったよ」

「静とは？」

「西にいくらか動き、それからじっと構えていた三万五千騎。あれは、ぶつかり合いらしいぶつかり合いをせず、あの位置に行くと静止した」

「ウキの指揮なのですか？」

「見きわめようとしたが、わからなかった。ただ、ウキは幻ではなく、ほんとうにいるのだと、はっきりと感じたぞ」

「私は、殿が自分で戦場へ出られるのではないか、ということだけを心配していました」

「心にもないことを言うな。おまえは、ボロルタイが死ぬかもしれないということだけ、心配していた」

「ボロルタイは、死んでいるのです。もう一度、死ぬことはありません」

チンギスは、横をむいた。こういう時でも、ボオルチュとの言葉の投げ合いが、変らずにできている。それが、妙に嬉しい。

チンギスの気に障ることを、ボオルチュが言い、それに罵り返す。ほとんど意味はないが、三度もくり返した。そうしているうちに、心が平常なものになっていた。

夕陽の中にある黒水城を眺め、営地へ戻った。こういうところにも、馬回りの二百騎はついてきている。

暗くなると、幕舎に入り、なぜか眠った。

眼醒めたのは、夜明け前だった。

上体を起こしたりすると、宿直《とのい》の従者がすぐに飛んでくるので、チンギスは眼だけを開いた。

燭台がひとつあり、仄暗《ほのぐら》い幕舎の中が見える。

ここは、戦場だった。それが具足を脱ぎ捨て、やわらかな寝巻を着て、心地のいい寝台に横たわっている。

母や妹のことを、思い出した。細かいことまで思い出す前に、なぜホエルンとテムルンなのか考えた。考えは、方々に飛んだ。

幕舎の外が薄明るくなった時、チンギスは身を起こした。従者が水などを持って入ってくる。

適当に顔を洗い、口を漱《すす》いだ。

寝巻を脱ぎ、軍袍に替えた。

「具足」

言った時、躰に具足が着けられていた。

外へ出た。兜《かぶと》を持った兵が控えている。ソルタホーンが近づいてくるのが見えた。

「出動準備は、整っております」

「よし、ボロルタイから出せ」

馬が曳かれてきて、馬印《うまじるし》もすぐそばについた。馬回りの中から選ばれた十騎ほどが、周囲につく。ボオルチュも、その十騎に守られる中に入っている。

斥候はかなり出されていたようで、ソルタホーンが敵の状態を細かく報告してきた。

三万五千騎は、十五里西にいたが、もう動きはじめていた。

十万余のもう一軍は、五十里以上東で、動いてはいない。

黒水城は、静かだった。

チンギスは、馬に乗った。

黒水城の近くに達した時、敵の姿も遠望できた。

なにか、澄みわたったようなものを、感じさせた。朝の光が、そう見させるのだろうと思った。まともに光を浴びているので、具足や武器は輝いているはずだ。

「晴れた日か」

はじめて、天気のことに頭が行った。

両軍とも同じように進んでいるので、距離はすぐに縮まった。一里、一里以内。両翼に、二軍が展開した。麾下は、いつでも勢いをつけて出られるように、少し後方に離れて構えている。

敵は三万騎が大きな塊で、五千騎がいくらか前へ出てきた。

ウキは、その中にいるのだろう。陽の光を受けた軍を、チンギスはじっと見つめた。

五千騎が二つに割れ、四百騎ほどがさらに前に出てきた。

中央の男。黒い帽子。あれはもしかすると、黒貂か。その男の後方に、旗が掲げられた。黒い旗。チンギスは、思いもしなかった懐かしさに襲われた。声をあげ、駈け寄りたいような衝動があった。

「あれは、ジャムカではありません」

ボオルチュの声がした。

「ジャムカ殿は、亡くなったのですから」

「マルガーシか」

「そのようです」

言ったのは、ソルタホーンだった。

動かなかった。両軍とも、ぶつかり合いの構えを取っている。しかし、動かないだろうということは、わかった。

おい、ジャムカ。そう語りかけたかった。それなら、間違いなくジャムカは返答をしてくる。そんな仲だった。

ジャムカ、俺を、殺しに来たのか。

返答はない。マルガーシの後方で、玄旗がはためいているだけだ。朝の光の中で、それはいっそう鮮やかに黒く見えた。

時が、過ぎているのか。

砂漠は、しんとしていた。玄旗のはためく音が、聞えそうな気がした。

ジャムカ、なにか言ってみろ。おまえと俺は、どちらかが死ぬしかなかったのだ。

張りつめていたなにかが、ふっと緩んだ。

なにか語りかけられたような気がしたが、わからなかった。

またな。チンギスは言い、馬首を回した。

ほとんど同時に、マルガーシも動いた。

「ソルタホーン、俺は、何刻、マルガーシと睨《にら》み合っていた」

「五刻。睨み合っているのではなく、見つめ合っているという感じではありましたが」

「一瞬だったな」

「俺には、丸一日にも思えましたよ」

戦機は熟していない。マルガーシも、そう感じただろう。

「ボロルタイは、ここに留まらせろ。俺は十里退がって野営する」

「安心しましたよ。ウキの姿が、はっきり見えました。しかも、知っている人間で」

「ジャムカがいる、と思えてしまう。それがマルガーシに見えた時が、戦機だ」

なぜマルガーシが総帥なのか、考えてもわかりはしない。

ただ、チンギスも安心していた。

天

一

軍を、二つに分けた。

本隊のほか、十万余の軍がいる。

それは、モンゴル軍を後方から牽制《けんせい》するのが任務で、漢族の指揮者とその幕僚には、勝敗を最終的に左右する、重大なことなのだと伝えてある。

しかしマルガーシは、なんの期待もしていなかった。モンゴル軍一万騎で、その十万余を軽々と突き崩し、潰走《かいそう》させるだろう。

いま本隊を組んでいる三万騎は、あまり時はかけられなかったが、マルガーシとジャラールッディーンとイナルチュクとホシノゴが、選び抜いた兵だった。

その中の一万余騎が、ジャラールッディーンのもとに集まった兵だった。数万が集まったのだが、遣える兵となるとそれだけだった。三万の指揮は、ジャラールッディーンである。マルガーシには、もともとの四百騎が馬回りとしていて、イナルチュクとホシノゴが、それぞれ二千騎ずつ率いて、麾下の軍を作っていた。

チンギス・カンとは全軍でぶつかり、十万余を振り落とした。思う通りに、それができたのは、モンゴル軍が変らず精強だからだった。

東五十里にいる十万余と、黒水城《こくすい》内とは、伝令の交換は欠かさなかった。

ただ、哈敦《ハトン》も従恪《じゅうかく》も、マルガーシにとってはもう存在の意味すらなかった。

マルガーシは、四百騎で野営した。麾下は五里離れていて、ジャラールッディーンはさらに五里離れている。

戦において、まず絶対に考えなければならないのが、兵站だった。しかしマルガーシは、それについての苦労を免除されているというかたちだった。

「生熊隊《しょうゆう》を指揮しておられる方が、明日、到着されます」

生熊隊が、兵站を担っていることは聞かされていた。六十八の商隊があり、一隊が五十名ほどで、革の製品をはじめとして、さまざまな物資の交易をしている。穀物も、扱っているので、兵站を担えるらしい。

「なぜ熊なのだ、カルアシン？」

「私も、よくは知りません。ただ大規模で、平和的な交易隊として、モンゴル国アウラガ府には、認識されていたと思います」

それがなぜ、黒水軍の兵站を担うのか。

指揮官に、直接、訊けばいいことなのか。

黒水軍の兵站については、いまのところまったく不安はない。四千に近い人数が、それを担っているし、城内には、十万の軍を一年養える兵糧が蓄えられている。

「すべてのことが、完璧に考え抜かれていた、と私は思うのです。太后様が生きておられたら、チンギス・カンを追いつめる戦略になったはずです」

「軍費もある。戦略もある。ただ、トルケン太后の命がない、ということか」

「太后様のお命は、私の掌の中にあります。命じられて、この手で、太后様の胸を短刀で貫いたのは、私なのです」

「もうやめよう、カルアシン。完膚なきまでに負けている。考えてみろよ。追いつめても、チンギス・カンにはどこか余裕があった。そしてアラーウッディーンやトルケン太后の軍は、損耗し、消えてしまった」

「痛いほど、わかっております、マルガーシ様。しかし、これだけのものを、太后様は遺されたのです」

「すごい婆さんだったということは、認めるよ。俺より、チンギス・カンの方が、ずっと認めているだろうな」

「完膚なきまで、とマルガーシ様は言われましたが」

「どこかに、負けていないものが、残っているものさ。首だな。俺の首には、まったく傷ついていないところが、残っている。それは、チンギス・カンの首にもだ」

「この戦、負けないと言われていますか」

「チンギス・カンの首を奪る。それだけで勝利ということに、いまはならんよ。息子たちや、孫や、一族や、長い間の臣下がいる。それで、モンゴル国は揺らぐことはないだろう。しかし、チンギス・カンの首を奪るということは、ホラズムという強国があったと、後世に伝えることになるぞ。俺は、それでいいと思っている」

馬回りの兵たちは、思い思いに、具足の手入れなどをしている。

まだ、戦機が熟していない。チンギス・カンも自分も、そう思ったのだ。

黒い旗を掲げ、黒貂の帽子を被り、父のように戦場に出たが、それが自分のものだと、マルガーシには思えなかった。

戦場を、ジャムカではなくマルガーシのものにする。対峙して見つめ合い、長い時を過ごした後に、それがしなければならないことだ、とマルガーシは考えた。

「私は、思います」

カルアシンが、なにかを吐き出すように、躰をふるわせながら言った。

「太后様と、マルガーシ殿が、実際に会っていれば。会って、天下のことを語っていれば。すべてがめぐり合わせと言っても、作りあげることができるものがあったと、いま身を圧《お》し潰すように思います」

「俺も、トルケンという婆さんには会いたかった。いま、そう思う。生きている時は、ジャラールの婆様だと頭の中で決めてかかっていたからな」

「時も縁も、酷《むご》いものです」

カルアシンはうつむき、それ以上、言葉は出さなかった。

生熊隊の五十名が陣に現われた。四千の指揮者がやってくると、マルガーシはきのうカルアシンに聞かされたばかりだった。

輜重が十輛、兵糧を満載していた。

マルガーシは、腰に手をやってそれを見ていた。

馬に乗ったひとりが、降りて近づいてくる。軽い具足をつけていた。

「リャンホアと申します。マルガーシ殿ですね」

思わず、マルガーシは二、三歩近づいた。

「マルガーシです、リャンホア殿」

眼が合ったまま、しばらく動かなかった。

「隊長、火のそばに胡床と卓が」

ユキアニがそばに来た。

マルガーシは、リャンホアをそこへ導いた。

腰を降ろすと、マルガーシは一礼した。

「靴のお礼を、申しあげていませんでした」

「踵《かかと》と親指が大きく、しっかりした足をお持ちでした。父上とそっくりの足を」

戦に生きた父の、人生の彩り。

眼の前にいるのは、穏やかな眼差しをした、大柄な婦人だった。

「ホシノゴ殿と会い、リャンホア殿のことを知りました。戦に生きた父に、人らしい喜びの時があったと知って、俺は救われたような気分になりました」


「ジャムカ様と過ごした時だけが、いまだに光を失わない、私の宝です」

ユキアニが、気を利かせたのか、水と器を持ってきて、卓に置いた。

「ほんとうは酒があればいいのですが、戦陣であり、水しか差しあげられません」

「充分過ぎます。なにしろ、マルガーシ殿と並んで飲むのですから」

言葉が、あまり出てこなかった。

それでも、気づまりではなかった。

靴を売るために、長い旅を続けてきた、という話をリャンホアがした。馬車を何台か連ね、靴を作るために必要な道具なども積みこんである。

「マルガーシ殿と出会ったあの旅で、私はある方にも会ったのです。忘れられない旅ですね」

マルガーシは、椀《わん》に水を注いだ。

「ウルゲンチで、トルケン太后様に召し出されました。女官が履いていた靴に、眼をとめられたのです。太后様の靴を作ったところから、私は太后様にかわいがられました。そして、ウルゲンチの軍の靴を、まず作ることになりました。やがて、ホラズム軍全体の靴を」

「気づきませんでした。俺は、リャンホア殿の靴を履いていたのに」

「軍靴は、まるで違うものです。丈夫なのが第一で、兵たちは多分、靴に足を合わせてくれるのです」

「靴は、ホラズム軍以外にも、売れたのですか？」

「それはもう。黒水に商館を作り、四囲に交易の道をのばしたのです。靴だけでなく、穀物を扱ったり、鉱物を運ぶこともありました。黒水という場所を選ばれたのは、太后様御自身です。やがて、館は城に変りました」

トルケン太后は、アウラガを見据えた拠り所として、黒水城を築いたのだろうか。

人の繋がりについても、マルガーシの想像など、はるかに超えているようだ。

バルグト族との関係は、リャンホアの靴をめぐってだったということはわかった。哈敦や従恪とも、チンギス・カンと敵対し得ると考えて、関係を結んだのではないのか。西夏の一部からも兵が集まってきていたが、そのすべてを動かしていたのが、トルケン太后だったのだろう。

「私は、三百以上の村があったバルグト族を、ひとつにまとめるだけの力を、商いによって得ました。兄が、まとめあげたのですがね。その過程で、チンギス・カンの力が、およそ抗し難い強いものになりました。私が草原を離れて黒水に商館を作ったのも、チンギス・カンの眼を逃れようとしたからでもあります」

黒水というのは、絶妙な場所ではあった。モンゴル国に完全には従属していない、西夏という国の辺境なのだ。しかも、アウラガに遠くない。

「俺は、黒水軍の総帥を引き受けました。チンギス・カンに勝てると思ったわけではありません。自分が適任かどうかもわかりません。俺はただ、チンギス・カンと総帥としてむき合いたかった」

「それでいいのですよ、マルガーシ殿。やりたいことをやれるのですからね」

それ以上、マルガーシは言葉を出せなかった。喋れば喋るほど、偽の大将に思えてきてしまいそうだった。

「私が、商いにもっと早く眼醒めていれば、とよく思いました。そして、ジャムカ様と太后様が会っていればと。後悔とも言えませんね。叶わなかった願い。それも違いますね。ジャムカ様が生きておられたら、私はこんなに冷静に商いなどできなかったでしょうし」

「黒水軍の兵站を心配する必要はない、と言われました。トルケン太后の砂金だけでは、兵站は動かないと思っていましたが」

「物資を集めたり運んだりするのは、私が得意とするものになってしまいました。靴作りだけが、人よりうまかったのに」

黒い被りものの下のリャンホアの髪は、ほとんど白いようだ。穏やかな眼の光は、しかしどこかに荒々しさをしのばせているような気もする。唇の線が、頑《かたくな》なものを感じさせる。

「俺は、黒い旗を掲げ、黒貂の帽子を被っています。親父の真似をしているのかどうか、よくわかりません。真似をするほど、親父をよく知りもしないのです」

「なにかを、受け継いでいるのです。そうだと私は思います」

リャンホアが、水の器に口をつけた。

マルガーシは、佩いた剣に手をやった。

「この剣は、もしかすると」

「兄もカルアシン殿も、なにも言わなかったのですね。その剣は、私の父のものです。私がジャムカ様の妻になったら、その時に贈ろうと考えていたのですよ」

マルガーシの剣を見つめるリャンホアの眼に、懐かしさがよぎったと思った。

「思い出します。ジャムカ様は、一度、父と話しこんだことがあるのです。それも、父とは知らず、村の長老だと思って」

リャンホアの口もとが、かすかに綻んだ。

「私は、妻になろうと思ったことは、一度もありません。父はそれを望んでいましたが口には出さず、兄は草原でのジャムカ様の名声に、ただ畏れをなしていました。父が亡くなったあと、私がその剣を預かっていたのです。私からではなく、父からの贈り物です。そう思ってください」

「よくわかりました、リャンホア殿。ウキという、得体の知れない人物がいると言われ、そこから贈られたものか、と考えていました。結局、ウキはいなくて、俺がウキになってしまった、と思っていたのですよ」

「ウキはいます。私のウキが。マルガーシ殿のウキもまた」

リャンホアのウキは、トルケン太后だろう。そして自分のウキは。思わず口に出しそうになり、マルガーシは言葉を呑みこんだ。

父のジャムカ、と言いそうになったのだ。

「チンギス・カンと、一度、対峙されたのですね。その時に、玄旗も掲げられた」

見つめ合った。そう言えるほど近い距離ではなかったが、マルガーシはそうしたと思っていた。そしてチンギス・カンは、自分になにか語りかけてきた。そう信じられるなにかがあったが、いまは曖昧になってしまっている。

「お互いに、動きませんでした」

「それは、機が熟していなかった、ということでしょう。戦のことは、私にはわかりませんが」

「いずれぶつかる。それが、怖くて愉しみなのです。おかしな言い方ですが」

「わかるような気がしますよ」

「戦では、人が死にます。バルグト族の兵も」

「兄も、それは考えました。そして、限られた人数だけ連れて行こうとしましたが、かなりの若者が、後を追いましたね」

「リャンホア殿は、どう思われているのですか？」

「男は、闘って闘って、死にます。私は、ただそう思っています」

「不思議です。リャンホア殿とこうして会っているのも、自分が黒水軍の総帥であることも、なにもおかしくないと思えてしまいます」

「マルガーシ殿は、まだお若い。死ぬのは誰の番だ、と考えることがあっても、チンギス・カンより先に死んではいけませんよ」

「はい、リャンホア殿」

自分が、リャンホアの息子のような気分に、一瞬なった。

悪いものではなかったが、束の間で、通り過ぎた。

「マルガーシ殿、黒水城に蓄えてある兵糧は、一年は充分に保ちます。東にいる十万の分も含めてです」

「あの軍は」

「太后様が御存命であれば、生きた軍ですよ。亡くなられたいま、ほんとうに生きることはなくなりました。それでも、太后様の思いの中で集結した軍なのです。マルガーシ殿が、少しでもいいから、生かしてやってください」

自分に、それほどの器量があるだろうか。十万余の軍は、不要なものと判断したのだ。それを見きわめるために、やらなくてもいいぶつかり合いを、一度やった。

「会えてよかったと思っています、マルガーシ殿」

「俺もですよ」

「私が戦に関わるのは、これで終りです。兵糧は、充分に蓄えました」

「お健やかに、と言うしかありません、リャンホア殿。かつて頂戴した靴と剣のお礼を、改めて申しあげます」

「兄にも、伝えてあります。私の下にいる、数千の交易隊の者たちを、戦で死なせることはできないのです」

「死ぬのは、こちらにお任せください」

リャンホアが、立ちあがった。

荷を降ろした輜重隊の者たちが、直立して待っていた。

マルガーシは、立ちあがり、頭を下げた。

ある距離を置いて、チンギス・カンとむかい合う日々は、それからも続いた。

時々、イナルチュクの発案で、軍議が開かれる。斥候や、モンゴル軍の中に潜りこんだ水心《すいしん》の者の、詳しい報告が伝えられる。

イナルチュクとホシノゴは麾下だが、ジャラールッディーンを頂点とする三万は、本隊を形成している。

軍議に出てくるのは、テムル・メリクと将校三名で、ジャラールッディーンは姿を見せなかった。マルガーシは、それを気にしないことにした。

軍議の結論は、兵馬を鈍《なま》らせるな、ということだけだった。

マルガーシは、戦についていかなる想定もしなかった。ここという時に、その想定に縛られかねない。

チンギス・カン。

大きすぎるほどのこの男が、戦の相手なのだ。いかなる想定も、無意味だった。ぶつかる。肌がなにか感じる。それで、どう兵を動かすか決めている。言葉など、そこにありはしないのだ。

「妹は、自分が母親だという錯覚に、何度か襲われたらしいぞ」

ホシノゴと陣内を歩いている時、不意に言われた。

自分も息子のような気分になったということを、マルガーシは言わなかった。

二

麾下の二千騎が、一千騎ずつ駈けてくる。

ほぼ四刻である。一隊が戻ってくると、残りの一隊が出ていく。兵馬の調練である。本陣から離れると、相当激しい調練をやっているようだ。

馬回りは、常にそんなことをやっている。

はじめに対峙したところから、いくらか陣は動いたが、十里ほどの距離でむき合い、七日目に入っている。

その間、一度もぶつかり合うことはなかった。

ソルタホーンは、なるべくチンギス・カンのそばから離れているようにしていた。そばには、ボオルチュがいる。話し相手には恰好の男だった。

その状態について、ほっとしたところと、微妙にボオルチュが妬《ねた》ましいというところがある。

自分の心模様を、ソルタホーンは愉しんでいるのかもしれない。

陣は、先鋒にボロルタイ、中軍にチンギス・カン、後軍にトルイというかたちで、動いていなかった。

東五十里のところにいる十万が、時々騎馬隊を前進させてくるので、その対応に、軍の半分をトルイは東にむけていた。

ソルタホーンは、十騎ほどを連れて、ボロルタイの陣に行った。のべつ伝令を交換しているので、行く必要はまったくなかったが、これで三度目になる。

敵に最も近いからか、ボロルタイがまだ若いからか、軍にはいつも緊張感が漲っていた。トルイ軍の方は、後方の大軍に備えなければならないのに、ゆったりとした空気があった。

近づくと、ケンゲルが単騎で駈けてきた。

ボロルタイの副官で、心と躰のたくましさをむき出しにしている。ただ、心配性なのだということは聞いた。

「副官殿、うちの将軍は、前線へ行っています。斥候は常に出しているのですが、時々行かないと気が済まないのです」

「案内しろ、ケンゲル」

「では、並んで駈けさせていただきます」

ずっと、気持ではボロルタイの副官をしている。ボロルタイがただの将校だったころも、チンギス・カンの従者であったころも、気づくと近くにいたものだ。

「なんとなく気になるのですが、この戦、城奪りでも進攻でも防御でもありません。ここに、戦が作られている、という感じがします」

「いやなのか？」

「まさか。なんのために闘うかもわからず、戦が行われます。戦のための戦、というふうに考えてもよろしいのでしょうか」

「すでに、そう考えているのだろう、おまえ」

「戦のための戦。どこまでも、戦の言葉しか出てこない戦。俺は考えると、躰がふるえるのを感じます。これから武神同士の戦に加わるのだと」

「大袈裟な。武人同士、ということにしておけ」

軽く駈け通したが、こちらに眼をむける兵たちは少なかった。こんな動きは、たえずあるということだろう。

前衛に到着した時、ボロルタイが西方から戻ってくるところだった。

「いま、戦場になるかもしれないところの、地形の確認をしているのです。斥候隊ということで、むこうもかなりの斥候を出していますので、中間地点あたりではしばしば遭遇します。ぶつかっても、小競り合い程度ですが」

「やることがないのか、ボロルタイ」

「じっとしていると、なぜか緊張が重たくなってくるのです、副官殿。戦の機がまだ熟していないのは、わかっているのですが、この戦はなぜか緊張を強います」

「そうだな。おかしな戦だよ。戦の材料などなく、戦だけがある。マルガーシも、そう感じているかもな」

「副官殿もですか。しばしば、こちらへ来られますが」

「殿のお側《そば》には、いつもおまえの親父がいる。三人が居心地が悪いわけではないが、やはりなぜか緊張を強いられる」

「そんなこともあるのですか。親父は、戦では役に立たないと思いますが」

「それも、この戦では意味のないことだな。本営には、各地から報告が入る。直前まで鳩の通信だから、びっくりするほど早く、スブタイ将軍やジェベ将軍の報告が入ったりする。ほかにも、毎日数名はやってくる」

ここは移動してきている地だから、鳩がやってくることはない。どこかの鳩を連れてきていれば、そこに通信を送ることはできる。しかし大抵、行軍には連れてこない。

「草原中が、静まり返って、この戦の帰趨《きすう》を見ている。なぜか、そうなっているのだ」

「特別な戦なのですね、やはり」

「敵の総帥が、マルガーシだということがわかった。だからではないぞ。殿と、ジャムカの息子がどう結着をつけるのかは、別の関心としてみんな持っているだろうが」

「戦そのものが、特別なのです。俺は、そんな気がします。どう特別か、うまく言えないのですが」

「これまで長きにわたって行われてきた殿の戦が、正しいものだったのかどうか。そんなことが、問われるという気がする。マルガーシも、親父の仇を討つなどという思いではないだろう」

「この戦の意味を、ずっと考え続けています」

ソルタホーンは、砂の上を歩きはじめた。ボロルタイもついてくる。

砂漠の砂もいろいろあり、さらさらとしていて足を取るもの、踏みしめることができるものなどがある。このあたりは、砂の粒が粉のように細かく、それで締まって表面は硬いのだ。ところどころに、地を這うような草もある。

ボロルタイの軍の馬が、一千頭ほど駈けさせられている。そのあたりは、さすがに土埃《つちぼこり》が舞っていた。

馬については、じっとしていて駈ける力が落ちることと、蹄が伸びすぎることぐらいを、警戒していればよかった。

秣《まぐさ》などは、兵糧とともに大量に送られてくる。モンゴル軍の兵站は、危惧《きぐ》しなければならないものが、なにもない。

黒水軍の兵站が、東にいる十万の分も含めて、潤沢らしいのは驚きだった。長い日々をかけて、城内に厖大な兵糧を蓄えているようだった。

チンギス・カンはまったく考えていないが、ソルタホーンはもしものために、黒水城の焼討ちの可能性を、狗眼《くがん》の者に調べさせた。

建物も城壁も、石か煉瓦である。ところどころに木も遣われているが、まず火攻めは効果がない。

全体が岩盤になっているが、湧水《わきみず》が二つあって、中央の池に水が溜められている。

そういうことを、ソルタホーンはチンギス・カンに伝えなかった。なぜ黙っていた、と問われれば、訊かれなかったと答える。

チンギス・カンが望んでいるものが、ソルタホーンにはなんとなくわかった。戦の勝利などは、自分が考えなくても部下が考える、と思っているだろう。

実戦の指揮は、多分、マルガーシとぶつかる時だけである。そしてそこでは、命を落としかねなかった。

チンギス・カンは、城だけを望んでいる。なぜだかわからないが、城がその心を動かしたとしか思えなかった。

美しいというのではない。白く、黒い。陽の光の当たり方で、そういうふうに見える。夜、月の光に照らし出されると、ソルタホーンが言い表わす言葉がないほどの、不思議な色になる。あえて言えば、人の肌の色、いや砂漠の砂の色か。

ひとつひとつの石が、違う光を放っている、という気もした。ただ、ソルタホーンは、それに魅せられているわけではなかった。

むしろ、こういう城は、跡形もなく打ち壊して、なにもなかったことにするのがいい、と思っていた。城であって、城ではないのだ。

「戦の意味と言ったな、ボロルタイ」

「いろいろな人間が、いろいろな意味を抱いて、ここへ集まっている。そんな気もするのですが、俺には意味が見えないのです」

「考えるのは、やめろ。意味はない」

「そんなこと」

「殿は、ずっと続けてこられた戦を、ずっと意味がないと感じておられたかもしれん。さまざまな意味を、口で言うことはできる。実際、戦をやるとなると、どこかで意味を考えているものさ。しかし、深いところで、自分では気づかぬまま、意味がないと感じておられたかもしれないのだ」

小高い丘に登り、腰を降ろした。

遠くには、馬を駈けさせている土煙が見える。モンゴル軍は、馬とともに戦を闘ってきた。ソルタホーン自身も、ほとんど分身のような馬を、何頭乗り替えたか憶えていない。

「副官殿、いま言われたことは、理解できません。いや、承服できないのかもしれません」

「ボロルタイ、人が生きていることに、どんな意味がある？」

「そんなことを、急に言われても」

「その時その時で、生きている意味は嚙みしめるさ。死ぬ間際、それらの意味は、なにか重さを持つのだろうか」

「副官殿、死んだことがある人間は、いません。ただ死ぬだけです。副官殿が言われたのは、ただむなしいということではないのですか」

「ただ死に、ただむなしいか」

「俺は、そんなことは考えません」

「それでいいと思う。考えるようなことではない。俺は殿を見て思ったことを、言っているだけだよ」

「殿に関してなら、俺はなにも言えないのですが」

「俺も、同じだ。いまの殿を前にして、俺はただ戸惑っているだけかもしれん」

「副官殿にして、そうなのですか」

「殿を、ほんとうに理解できる者は、いないだろうな。ボオルチュ殿でさえ、ほんとうに理解しているかどうか。つまりは、殿はおひとりだけなのだ、と思うしかない」

「おひとりだけ」

そうなったのだ。自分が、チンギス・カンと重なる部分が多いと感じたことも、むなしい。一体だと信じたのだ。自分はチンギス・カンと同じだ、と思ったのだ。

そんなもののすべてが、世迷《よま》い言《ごと》だ。

「これから、どうされるのです、副官殿」

「俺は、本来の副官の任務に戻るしかない。そうやって、殿を見つめていく」

「親父も同じなのでしょうね」

ボロルタイは、懐《ふところ》に手を入れて、布の袋を出した。干した棗《なつめ》が入っていた。

ひとつ指さきでつまみ、口に入れた。

砂漠は、陽の光の下にあり、砂丘の影が濃い色を作っている。

チンギス・カンは、砂漠を、その中にある黒水城を、心の中のなにに重ね合わせているのだろうか。

およそ過去に例のない、広大な版図を獲得したことが、チンギス・カンの心のどこかに影をさしているのだろうか。

黒水城に対した時、チンギス・カンが喜びに包まれている、ということはない。なにか、悔悟に似たものが、全身を覆っているような気もする。

戦は、いつはじまるのか。ほんとうにはじまるのか。

あれはジャムカではありません。ボオルチュの声が、耳に蘇ってくる。

睨み合う、二人。

あそこでぶつかり合わなかったことは、これからぶつかるなどと考えられないのではないのか。

ソルタホーンは、仰むけに寝そべった。

「雲が、動きませんよね」

同じように仰むけになったボロルタイが、呟くように言う。

ソルタホーンは、ボロルタイの方へ手をのばし、棗をひとつ受け取ると口に入れた。

甘酸っぱい味が、口の中に拡がる。なぜか、チンギス・カンにも、これを食わせたい、と思った。それも、いまだ。

つまり一緒にいたいということではないか、とソルタホーンは思った。

しばらく、とりとめのない話をし、ソルタホーンはチンギス・カンの陣に帰った。馬を疾駆させたので、半刻ほど陣の周囲を歩かせ、馬の体温を下げた。

それから手入れをし、馬匹の者に渡した。

チンギス・カンは、黒水城が見える高台にボオルチュと腰かけていて、棗を食っていた。

「ボロルタイのところへ行っていたのか、ソルタホーン」

「適当に、見回りはしています」

「おまえの見回りか」

ソルタホーンを見て、チンギス・カンが笑った。

ソルタホーンは、息を呑んだ。なにかが、チンギス・カンの中に満ちていた。それがなにか、束の間、見定めようとした。

「トルイに伝令。東にいる十万を、蹴散らしてこい。指揮する者の首は狩れ」

「殿、なぜ東を？」

「マルガーシは、見事に自分を律し、軍というものを作りあげた。俺はそれを評価しよう。しかしな、若さが徹底したものをどこか緩くした。あの十万を残しているのは、マルガーシの甘さだ。それを教えてやる」

「殿のお躰に、なにか満ちております」

「ほう、覇気か闘気か」

ソルタホーンは、うつむいた。馬を曳け、というチンギス・カンの声が響いた。従者たちが、チンギス・カンを取り巻く。

「満ちていた。満ちていたぞ、副官殿」

「そうですね」

「悲しみが満ちていた。これまで見えなかったが、いまははっきりと見えた。私が見たこともないような、悲しみだった」

「ボオルチュ殿」

「どうすればいいか、私にはわからん」

「殿の闘気は、ある時から悲しみを伴っていました。これほどのものを見たのは、はじめてですが」

「そうか」

「出動されると思います。しかし、戦はまだ先です。東の十万を蹴散らしてからでしょう」

「しかし、十万だぞ」

「なんの問題もありません。あの十万は、数ほどの力はないと見ています。ひとつ崩せば、そこから崩れます。指揮官の首は狩るので、トルイ様は相当厳しい戦をされます」

ソルタホーンとボオルチュの馬も、曳いてこられた。ソルタホーンの馬は、新しいものだ。

チンギス・カンは、馬回りと麾下を、自分で指揮するつもりのようだ。

駆けながら、ソルタホーンはチンギス・カンの意図を聞いた。それから、次々に伝令を出した。

しばらく駆け続け、ボロルタイの軍を迂回した。ボロルタイ軍は、出動の態勢を取っているはずだ。

チンギス・カンが、進軍の速さを落とした。

これは進軍なのか。ただ敵に近づいただけなのか。

麾下が、止められた。しかしチンギス・カンは進む。馬印。兜を持った兵。チンギスは、鮮やかに青い絹の帽子を被っている。

前方から、軍が近づいてくるのが見えた。数百騎。黒い旗が、はっきりと見えた。なにが起きているか、ソルタホーンには摑めなかった。近づいてくるのは、間違いなくマルガーシとその馬回りだ。しかし、そんなことがあるのか。

考えている間に、距離はどんどんと縮んだ。

馬が止まる。数百騎でむかい合う。しかし、すぐにぶつかるという情況ではない、とソルタホーンは判断した。

十騎ほどで、マルガーシが出てくる。それに合わせるチンギス・カンのそばを、ソルタホーンは離れなかった。反対側には、ボオルチュがいる。

「書簡を頂戴しました、テムジン殿。ただ会いたいという書簡を」

「無事、届いたのだな」

「裏の道が、どこかで繋がっているようで」

「はじめて、こうして話すのだが」

「そんな気は、しないのですが」

「結局、おまえは俺の首を奪れなかった」

「恥じてはいません」

「俺の方が、運が強かった、ということだ」

「俺の、父親とは？」

「やめろ。おまえはジャムカではない。草原に起きた無用な戦の、指揮をしているにすぎない男だろう」

「無用かどうか」

「無用だ。壮大な軍略ではあるが、亡霊の軍略だ。なにをどうしても、戦に亡霊が現われるのは、無用だ」

「しかし、俺は生身です」

「俺もだよ、マルガーシ。そして生身同士で闘わなければならない理由は、なんだ。恨みか憎しみか怒りか憤りか」

「そんなものは、もうありません」

「俺も、戦の目的すらわからないで、困っている。亡霊に、踊らされたくはないぞ」

「俺は、亡霊だとは思っておりません。トルケン太后が亡霊なら、俺の父もまた亡霊なのですから」

「ここで、ジャムカの名を出すな。許さんぞ」

「そうなら、俺はお礼を言わなければならないかもしれません」

マルガーシが、黒貂の帽子にちょっと手をやった。はじめて見せた、動きらしい動きだった。

チンギス・カンは、身動ぎひとつしていない。馬も、息を殺しているようにさえ見えた。

「テムジンという名で、俺に書簡を送られた理由は？」

「この戦で、賭けたいものがある。俺は、チンギスという名を賭けよう。おまえは、黒水軍の総帥として、黒水城を賭けろ」

「しかし戦ですから、命のやり取りにはなります」

「仕方あるまい。お互いに、むなしいなあ」

「どうしても、戦の目的が欲しいと言われているのですね。わかります。これまで長く闘われてきた戦には、すべて目的があったのだと思います。戦でしか果し得ない目的が」

「返答を」

「承知」

チンギス・カンとマルガーシは、同時に馬首を回した。

闘う目的が欲しい。それは、理解できる。闘うことが生きることだ、とさえ感じられた人生の中で、戦にはいつも目的があった。目的がなければ、闘うことなどできない、という繊細さもまた持っているのだ。

しかしソルタホーンは、なぜ自分に言うこともなく、マルガーシに書簡を送ったのか、と考えていた。

「知っておられたか、ボオルチュ殿」

馬が並んだ時、ソルタホーンは訊いた。

「いや。ひと泡吹かされたな、私たちは」

「子供のようなことをされる」

「怒るなよ、副官殿。呆《あき》れるのなら、一緒に呆れてやってもいい」

チンギス・カンとマルガーシが会って、闘うこともなく話をした。そんなあり得ないことが、実際にあって、終った。

自分に知らされなかったということについて、ソルタホーンは怒ってはいなかった。首を傾げ、やはり呆れたのだと思った。チンギス・カンを相手に、怒ることのむなしさは、身に沁みて知っている。

「副官殿、殿の躰が軽やかになった、と思わないか？」

そんな気もした。

しばらく、口を利くのをやめよう、とソルタホーンは思った。それぐらいしか、反撃は思いつかなかった。

三

テムル・メリクが来て、笛を吹いていた。はじめて、ジャラールッディーンが、マルガーシの陣に来た。なにを話すこともなく、笛の音が流れはじめた。

マルガーシは、開戦の機を待っていた。

チンギス・カンと直《じか》に会ってから、あとは機を摑んで開戦するだけだった。

チンギス・カンの書簡を、カルアシンが届けてきた。それは、モンゴル軍の狗眼という組織の者を通して、届けられたようだ。

カルアシンは、届けて来た書簡をマルガーシが読むのを、立ち去らずに待っていた。

会いたいという内容だったが、差出人がテムジンとなっていた。意味はわからない。深く考えようとはしなかった。会うので、その段取りをつけろ、とマルガーシは言った。

会ったのは、二日前だ。なんだったのかはよく得心しないまま、心のふるえだけがまだ残っていた。

なんでもなく、チンギス・カンの前にいられた。馬で近づく間に、それまであった緊迫が消えた。笑いかけたくなるほど、気持は軽やかだった。

一体なんだったのだろう、と何度も考え、わかるわけがないと思った。

平然と、会いたいと言われ、頷いたようなものだ。自分でなぜ頷いたのかわからないのだから、すべてわかるわけがない。

それでも、意味などどうでもよく、ごく普通に会って、よかったとも思っていた。

チンギス・カンに会ったとは、イナルチュクやホシノゴのほか、ジャラールッディーンにも伝えていたのだ。

三人とも、なにが起きたかわからず、戸惑ったかもしれない。

イナルチュクとホシノゴは、なにも言ってこなかった。そして、ジャラールッディーンは自分で現われた。

テムル・メリクが笛を吹いたのは、なにか間を置きたいと思ったのかもしれない。

マルガーシは、小刀で木片を削っていた。

この習慣は、総帥になっても変らない。ただ、削りすぎて、掌の中で消えてしまうことが多かった。

テムル・メリクが笛を吹き終えても、ジャラールッディーンはなにも言わなかった。

「こんな時、笛の音などなんの役にも立たないのだな」

うつむいて、テムル・メリクが呟いた。マルガーシはちょっと笑って、掌の中の木片を焚火の中に放りこんだ。

「おい、チンギス・カンというのは、どんな感じだったのだ？」

ジャラールッディーンが言った。

「私は、会ってみたかった。私は、すでに一度負けた。それでも、まだ生きている。いま、なにがなんでも勝ちたい、という執念はないのだ。もう一度ぶつかってみたい、とは思っているが」

「殿、お怒りではなかったのですか。途中、一度も口を利かれませんでした」

テムル・メリクは、陛下と呼ぶのはやめたようだ。ジャラールッディーンは、マルガーシを見つめていた。

「なんと言っていいか、わからんよ、ジャラール。会いたいと言われ、なぜ頷いたかもわからないのだ。いまも、不思議な気分だよ」

「それでも、直に会ったのだ。なにか感じただろう」

「親父みたいだ、という気がした」

「それは、ジャムカ殿ということか？」

「そういうことではなく、普通に言う親父のようだった。そのくせ、話している間、俺はふるえ続けていた」

「こわかったのか？」

「恐怖はなかった、と思う」

「では、なぜふるえた？」

「わからん。ふるえていて、その心と躰の感じはいまも憶えている」

「いやだなあ。なんなのだ。おまえひとりが会って、こわくはなかったがふるえていた、などと言う。できることなら、私もあの男に会ってみたい」

「俺が会ったから、そう言える。いきなりおまえに会いたいと言ってきたら、会う決心ができたか？」

「私は、決心できなかったと思う。しかし、おまえが悩んで決心したとも思えない」

「まったくだ。なんとなく頷いて、会いに行った。行く間は、ひどい緊張があったが、会うと全身が緩んだ。そして、親父のような男だ、と思った」

ジャラールッディーンが、自分の頬を掌で叩いた。それから、笑い声をあげた。ほんとうに笑っているとは、思わなかった。

「ひとつ言えるのは、チンギス・カンは戦の目的を欲しがっていた。そして賭けをした。チンギス・カンは黒水城が欲しいそうだ。負けたら、チンギスという名はくれるという」

「それが、賭けか」

「黒水城を戦で壊したくない、と言ったのだろう。城に籠ったりせずに、野に出て闘おうという申し入れだと、俺は解釈した」

「この戦に意味があるのかどうか、私も考えたよ。数万の軍が集まってきた時は、気持が昂った。しかしなんなのだ。勝つことができなかった人間が、ありもしない勝利を求めて集まってくる。それだけではないのか」

ジャラールッディーンが、細い枝で火の中を掻き回した。火花が散り、炎が大きくなった。

「おまえが、軍を核だけにした。たった一度のぶつかり合いで、見事にどうでもいい兵を切り離した。私は、あれでほっとした」

「しかし、甘いさ。切り離しただけで、それを牽制にでも遣おうと考えた。俺は、チンギス・カンに嗤われただろうな。トルイ将軍の軍が、一万騎で十万を散々に蹴散らし、将校が五十名ほど首を奪られた。それで、軍は四散した。さっき入った知らせだ」

「苛烈だな。おまえが会ったチンギス・カンとは、別人だ」

「苛烈なところも、ちょっと怒りっぽい親父のようなところもあり、俺たちが想像できないような、戦人《いくさびと》でもある」

ジャラールッディーンが、また焚火を掻き回そうとして途中で止《や》め、小枝を炎の中に放りこんだ。

テムル・メリクが、布で鉄笛を磨きはじめた。鉄笛は鈍い輝きを放っていて、別のもののように見えた。

「私は、奇襲や陽動など、さまざまなことを考え、おまえに献策しようと思っていた」

「そんな戦は、なしだ、ジャラール。全軍で、正面からまともにぶつかる。鍛えあげた兵だ。もしかすると、それだけが勝てる道かもしれん」

「なんの策も講じず？」

「その場の戦況を見て判断する用兵だけが、勝負だ。つまり、五分のぶつかり合いだ」

「そういう約定なのだな」

「いや、約定などはない。俺が、そういう戦をしたい。そして、チンギス・カンは応じてくるだろうと思っている」

「総帥になって、おまえはずっとそう考えていたのか？」

「勝つ方法を、反吐《へど》が出るほど考え続けた。それこそ、俺自身の奇襲の機を作ることも、何度も考えた。なにも決めないまま、開戦するのかとも思った。しかし、戦機が来ないのだ。不思議なほどに、一度ぶつかってからは、戦機が摑めない。いや、戦機がないから、摑めなかったのだろう、と思う」

「チンギス・カンに会って、まともなぶつかり合いを、と思ったのか」

「そうだ。そして、にわかに戦をしている、という気分になった。おかしな話だ」

「わかるような気もする、マルガーシ。恨みの連鎖とか、欲望とか、使命とか、そういうものから、私たちは解放されたのかもしれないよ」

言って、ジャラールッディーンは仰むけに倒れこんだ。

テムル・メリクは、鉄笛を磨き続けていた。

ジャラールッディーンも、もう喋ろうとしない。

マルガーシは、新しい木片を削りはじめた。それが掌の中でなくなってしまうまで、削り続けた。

戦は、こんな木片のようなものだ。ふと、そう思った。笑う。声をあげて笑っていることに、しばらくして気づいた。

ジャラールッディーンが、上体を起こし、マルガーシを見つめていた。

新しく握った木片を、マルガーシは火の中に放りこんだ。

「行こうか」

「どこへだ、マルガーシ？」

「俺たちの、戦場へ」

「待てよ、おい」

「ここで待っても、仕方がないのだ。戦場と決めた場所へ行って、チンギス・カンを迎える」

「チンギス・カンが、動くと思っているのか？」

「動くぞ。見ていろ」

不意に、ジャラールッディーンの表情が変った。テムル・メリクも、笛を磨く手を止めた。

「いつだ？」

「いまだよ。いまそう思ったから、いまだ」

マルガーシは、ユキアニに合図を出した。

ユキアニの声が、陣中に響き渡った。

二人が、慌てて自陣へ帰ろうとした時、馬回りの出撃態勢はできていた。

「なんだよ、おまえ。常に出撃態勢でいたのか？」

「俺の副官が、そうしていたようだ。やつは、チンギス・カンを間近で見て、その声を聴いたのさ、ジャラール」

「くそっ、まるで私が傀儡《くぐつ》のようではないか」

「すまんな、俺は先に行くぞ」

ジャラールッディーンが、舌打ちをして馬に跳び乗った。駈け去る姿を、マルガーシは見なかった。

馬が曳かれてくる。跨がり、マルガーシは四百騎の馬回りに眼をやった。

「ひとりひとりが、生きて死ね。ただ死のうとは思うな。生き延びようとも思うな。俺とともに、生きて死のう」

束の間、静まり返った。

駈けた。玄旗が、ついてくる。いや、馬回りがついてくる。

イナルチュクもホシノゴも、出動の準備を終えようとしていた。

急ぎはしない。気持ちよく、馬は駈けていた。進発したと、麾下の二隊からの伝令が届いた。

地は、硬くなった砂である。蹄で削れて土煙を立てるが、それ以上のことはなかった。原野を駈けるのと、それほど変らない。

なだらかな丘が重なっている。ところどころに灌木《かんぼく》の茂みがあり、それは羊の背中のように見えた。点々と散らばって、草を食《は》んでいる羊である。

これから戦をするのだ、という気持は強くあるのに、緊張はおかしなほどなかった。楽しめる、という感じが、躰を包んでいるような気がした。

「ユキアニ、二騎、斥候に出せ。あそこの旗印が、チンギス・カンのものだと確かめるだけでいい」

遠く、丘と丘の間にたちのぼっている土煙を、マルガーシは指さした。

ユキアニは、硬い表情で斥候を命じた。

マルガーシは、全軍を停め、斥候が戻るのを待った。

追いついてきた麾下から、ホシノゴとイナルチュクが、二騎並んで出てきた。

マルガーシの両側に、二人が来る。しばらく、三人で遠い土煙を見ていた。砂とともに、さわやかとも思える闘気が、たちのぼっている。

「あれが、そうか」

ホシノゴが、低い声で言った。

「ただ、砂が舞いあがっているように見えて、そうではないな。あの下には、信じ難いような獣がいる。いや、獣などではない。魔神か。あんなもの、俺ははじめて見たよ」

「ただの砂だと思おう、ホシノゴ殿」

「その方がいい、と俺も思う」

イナルチュクが、呟くように言った。

斥候の二騎が、なにかに追われるように、駈け戻ってきた。

「確認しました。チンギス・カンの馬印と旗を」

「よし」

マルガーシは、前進の合図を出した。

相手がチンギス・カンなら、待つ理由はどこにもなかった。

駈ける。丘をひとつ越える時、いくつか先の丘を越えようとしている、チンギス・カンの軍が見えた。意外に間近なところにいる。そんな感じだった。

もうひとつ丘を越えると、もう両軍の間には、なだらかな丘がひとつあるだけだった。距離にして、五里もない。

「やる気だな」

「ホシノゴ殿、確かにそうだが、こちらのやる気を映している、とも思える」

「われらの気が、逸《はや》りすぎているのだな」

イナルチュクが言って、低い笑い声をあげた。

「そう感じられないが、われらの兵数は、あちらの二倍ある」

「それが同等か、あちらの方が大軍にさえ見える。これは、俺の気持を映しているのだな、イナルチュク殿」

「総帥、下知《げじ》を」

「麾下は前へ出よ。馬回りは後方にいて、敵の乱れを見つけたら、そこに突っこむ」

二人が、両側に分かれた。二千騎ずつが、左右に分かれて進んで行く。

チンギス・カンの麾下も、前へ出てきていた。

「やはり、策を弄するような気は、ないようです、隊長」

ユキアニは、もしもの時をまだ警戒していた。チンギス・カンはまともにぶつかってくる、としかマルガーシの頭にはなかった。

「前に出ろ。敵に合わせて」

伝令を出した。

四千騎は、静かに進みはじめた。チンギス・カンの二千騎もゆっくりと近づいてくる。戦の様相ではなかった。ただ、軍が近づいている。それでもマルガーシは、ホシノゴやイナルチュクの全身から、こめられた力をはっきり感じた。

敵は、と思う余裕はなかった。

静かに進んだ両軍が、ぶつかった。その瞬間だけ、衝撃音がマルガーシに近づいてきた。軍がぶつかったというより、大きな岩でもぶつかったのではないか、と思えるような音だった。

そしてまた、静かになった。両軍の頭上に、なにかが揺らめいた。それは、陽炎《かげろう》のように見えた。ぶつかったところが、静かに、しかしすさまじい熱を放っている。

マルガーシは、敵の後方を見た。

チンギス・カンの馬回り、二百騎。兵数こそ少ないが、自分が映っているのだ、とマルガーシは感じた。

強い、全軍の力を結集した、押し合いになっている。四千騎は縮まって二千騎に見え、敵もまた一千騎になっている。

マルガーシは、息をついた。

倍する兵力なのに、押し合いはまったく拮抗《きっこう》している。

ジャラールッディーンの本隊が到着した、と伝令が入った。

それに対しては、トルイとボロルタイの軍が前進してきて、睨み合っている。

押し合いがはじまって、四刻が経過した。

一瞬だった、というようにマルガーシは感じた。相変らず、陽炎は立ちのぼっている。そのむこうにいるチンギス・カンが、かすかに歪《ゆが》み、揺れ動いているように見えた。

マルガーシは、全身、汗にまみれていた。顎の先から、水滴がしたたっている。

さらに四刻が過ぎた。

両軍とも、動いていないように見えて、力のかぎり押し合っている。後方にいれば楽ということもない。

マルガーシは、触れる敵はいないが、やはり押し合っていた。敵の後方にいるチンギス・カンと、力のかぎり押し合った。

消耗のきわみだが、不思議な押し合いでもあった。こちらがたじろいだら、ぶつかっている四千の麾下が乱れるだろう。それがはっきりとわかった。

チンギス・カンは、微動だにしていないように見える。

さらに一刻過ぎたところで、マルガーシは退き鉦を打たせた。まず、敵も味方も、本隊が退いた。直接押し合っていた麾下は、第一線を残して退がるという方法をとったが、敵も同じだった。

十里の距離を置いた。

兵が四名死に、馬が二頭倒れた、という報告が来た。

ホシノゴとイナルチュクが、本陣へやってきた。二人とも、頰がこけていた。

「はじめてだ、こんなのは。長く傭兵をやってきたが、こんな戦の経験はない」

イナルチュクは、焚火のそばに座りこんで、水を飲みはじめた。

「どんなぶつかり合いより、これが戦という気がした。耐え続ける、というものだったな」

「ホシノゴ殿、俺は、あんな戦を望んだわけではないのだ。ただ、ぶつかると動けなくなった。押し以外の動きをすれば、それで崩れるとしか思えなかったのだ」

「わかるよ。そして半数の兵力しかないチンギス・カンの軍が、なぜ耐えられたかだ」

「なぜだと思う、ホシノゴ殿」

「精強であった。そしてひとりひとりの兵の結びつきが、異常なほど強いと感じた」

「これぐらいの兵力差を、チンギス・カンはものともしていなかったぞ、ホシノゴ」

「イナルチュク、俺らは、どういう敵と闘っているのだろう」

「あれが、チンギス・カンなのだな」

マルガーシは、別のことを考えていた。

はじめから、戦のやり方を間違って、戦場に臨んでいたのではないか。

しかしあの時は、チンギス・カンも同じぶつかり合いを望んでいた。

ほかに、やりようはあったのか。

それ以上、マルガーシは考えるのをやめた。

野営に入っている。いまは、兵を休ませるだけだ。

四

三日続け、四日目に入っていた。

押し合いである。毎日、八刻か九刻、徹底的に力を搾り出して、ひたすら押し合う。

死ぬ者が、増えはじめていた。チンギス麾下の三名が死んだ。馬は、十二頭、倒れた。

黒水軍の死者は、もっと多い。三十名ほどが、ただの押し合いで死んだ。馬も、かなりの数が倒れたようだ。

「明日あたりかな」

麾下のぶつかり合いを横に見ながら、本隊はただ睨み合っている。それも相当なつらさで、叫びはじめた兵が、四名出ていた。そういう兵の馬は暴れる。外に連れ出す余裕もなく、馬は即座に潰される。兵は連れ出され、突出してきている兵站部隊に引き渡される。

「ボロルタイからの報告では、黒水軍の本隊でも、大隊の規模で叫びはじめる者が出ているようです。ジャラールッディーンは、そういう者を処断し、馬も殺しているようです」

睨み合いは、限界なのだろう。

チンギスに話しかけるソルタホーンは、額に汗を滲ませていた。麾下の押し合いは続き、その後方にいる馬回りも、相当な圧力を受けていた。

麾下の最後列に手が届くほどのところに、馬回りの先頭はいる。麾下がいくらか動いたとしても、距離は一分たりと変らない。

つまり、張りつめたものを共有している。いや、麾下の苦しさを、受けとめている。無駄なことをしている、とは思わなかった。やめるべきだ、と言う者もいなかった。

両軍とも、動きたくても動けない。押し合いが、衝突の方へ行かない。

理由をはっきり言うことはできないが、必要なことが戦場で行われている。

マルガーシも、同じだ。だから、ひたすら押すことを続けている。

愚直でもなんでもなかった。戦の底にあるもの。いま、それに触れている。お互いに、ただそれだけなのだ。

チンギスも、全身に汗をかいていた。心の臓が、いくらか速く打ちはじめている。呼吸も、浅い。

九刻を過ぎた。

チンギスは、片手を挙げた。退き鉦、とソルタホーンが声を出す。

一里ほど、退がった。黒水軍も同じように退がったので、両軍の距離は二里になる。そこではじめて、兵たちは日ごろの呼吸を取り戻す。それまでは、水の中にいるようなものなのだ。溺《おぼ》れ、もがき、苦しみ、一瞬、水面に顔を出して、息を吸う。

それが、終ることなくくり返される。そう思い、叫びはじめる者が出る。いつかはまともに息が吸える、と信じている者は、なんとか耐え抜く。

二里の距離から、さらに退がるのは一刻ほど経ってからだ。

陣としている場所に帰ると、兵は水を飲み、馬の手入れをする。

野戦用の小さな幕舎があり、チンギスはそこで具足を解《ほど》かれる。しかし軍袍までは脱がず、薄い絹の着物を羽織るだけだ。

すると決まって、ボオルチュが幕舎に入ってくる。

「四日目が終りましたね、殿」

「ああ、終った」

「殿は、明日あたりだ、と呟かれたとか」

「いまは、わからん。押し合いの最中に、そう感じた」

「そんなものですか」

「余計なことを、俺に言うなよ、ボオルチュ」

「副官殿は、殿の躰が保つだろうか、と心配して、私にいろいろなことを洩らすのです」

「ソルタホーンも、つらいだろう」

「トルイ殿やボロルタイも」

「俺が、異様な戦をしているると思っているか、ボオルチュ」

「いえ。躰の毒を搾り出してしまおうとしておられるように、私には見えます」

「戦が、俺の心に毒を溜めこんだ、と言っているのだな」

「いえ。ホラズム戦が終ったら、殿の心の中にあったものが、徐々に腐りはじめたのです。腐って、それは毒になったのだと思います。黒水城に魅《ひ》かれたのも、マルガーシをまともに相手にしてやろうと思われたのも、その毒を搾り出したいという思いが、殿にあったからだ、と私は思っています」

「おい、俺の胸の内が、すべてわかっているような言い方はするな」

「殿の胸の内は、私の胸の内です。副官殿もまた。どれほど、一体になって生きたと思われていますか」

「だな」

「それで、副官殿も私も、殿の闘い方を、ただ黙って見ているしかないのです」

「すまんな、ボオルチュ」

「殿、やめてくださいよ。副官殿も私も、殿がやっておられることは、どこかでわかっているのですよ」

「この戦について、なぜか俺は言葉にできない。そして、四日経って、俺も必死になってきた」

「四日も、殿の狂気につき合えたのです。さすがに、あのジャムカの息子ですね」

「話の筋を変えるな、ボオルチュ」

「はい、殿。私は、ボロルタイがよく耐えたと思っています。しかし、これ以上やると、ボロルタイは毀《こわ》れます。あの、アルワン・ネクのように」

チンギスは、ボオルチュに言われて、アルワン・ネクの闘い方が、自分のいまと重なり合っているところがある、と気づいた。

懐かしい名だった。

チンギスが草原に飛躍しようと思った時、ともに闘った、ケレイト王国の将軍だった。

ケレイト王国には、ジャカ・ガンボという、トオリル・カンの弟になる男がいた。畏友だった。それ以外でチンギスの心にいまだ残っているのは、アルワン・ネクという名だけだった。

反金国の連合軍と、ケレイト王国、テムジンの戦だった。

ボオルチュが、アルワン・ネクの名を出したのは、ぶつかって動かず、何日にもわたって押し合っていた戦を、思い出したからだろう。

そこにボオルチュはいなかったので、例によって戦の後、細かい聞き取りをして知ったと思える。

戦場そのものは、活発に動き、著しい交錯の中にあった。ただ、メルキト族のアインガとアルワン・ネクが、同じぐらいの兵力でぶつかり、押し合いを何度もくり返した。

激しい戦場の中で、ぶつかっている二軍はずっと動かず、そこだけ異様なものに見えた。

チンギスは、静止したように見えるそのぶつかり合いが、最も激しいと思った。

ぶつかっている二軍の上に漂っているのは、闘気というようなものではなく、ほとんど悲しみに似た気配だ、とチンギスは思った。

その押し合いで、アルワン・ネクという将軍は、外見からはわからないが、毀れただろう。

「あのぶつかり合いも、いま殿がやっておられることも、なにか意味はあるのですよね」

「意味などあるか。いまいましいほどの、戦らしい戦があるだけだ」

チンギスは外に出て、幕舎の前の椅子に腰を降ろした。ほかにいくつか並んでいるのは、背凭れのない胡床だった。

トルイとボロルタイが、四、五騎ずつ連れて、やってくるのが見えた。

「あの二人、敵の限界を見てとったのかもしれないのですが」

「ソルタホーン、やつらの容子は、それしか想像させないぞ」

馬を降りた二人が、歩いて近づき、直立して拝礼した。

従者が胡床を移動させ、チンギスとむかい合う位置に並べた。

腰を降ろした二人は、じっとチンギスを見つめてくる。気づくと、ボオルチュが隣の胡床にいた。

「まだ、限界には二、三日ありそうだな、ボロルタイ」

「相当な数で兵が死んでしまうには、まだ間があります。モンゴル軍ですから。ただ、ジャラールッディーンの軍は、選《え》りすぐったとは言え、もうホラズム軍ですらないのですから」

「そうか」

「収拾がつかないほど、兵が暴れ、死にはじめると思います」

「そのまま絞め殺してはいかん。どこかで動くきっかけを作れ」

「俺、ボロルタイと、二段に構えます」

トルイが言った。

それだけで、まるで局面は変る。ジャラールッディーンも、動かざるを得ない。そして動けば、止まらなくなる。

ボオルチュは、ボロルタイに声をかけようとはしなかった。黙って腕を組んでいる。

ソルタホーンが、二人の軍の状態を詳しく訊きはじめた。チンギスに聞かせるために、この場でやっているのだろう。

「死んだ者は、少ないな」

「副官殿、数の問題ではありません」

うつむいたまま、ボロルタイが言った。

「兵が、毀れていきます」

「その前に、おまえが毀れるのではないか、ボロルタイ」

「俺は、耐え抜けます」

「すでに毀れかけている。これは、耐えるなどということとは、あまり繋がっていない。特に指揮官はな。ぶつかりはじめて、一瞬で終る。九刻であろうが十刻であろうが、一瞬と感じてしまう。そうなると、毀れることもない」

「副官殿は、そうなのですか？」

「殿もな」

「俺は」

「一瞬と感じるようになれば、自分を失わない。だから、毀れることもないのだ」

「はい」

「兵の心配は、いまは余計なことだ。自分だけを見ていろ」

うつむいたまま、ボロルタイは顔をあげようとしなかった。

一瞬と、感じるわけがなかった。日によっては、一刻がいつもよりずっと長く感じた。

ソルタホーンは、兵にむいているボロルタイの視線を、少しだけずらした。毀れる兵の中に、自分を見てしまいそうになっているのを、変えようとしたのだろう。

ボオルチュは、なにも言わず、腕を組んだままだった。

「では、陣へ戻ります」

トルイが立ちあがり、うつむいたまま、ボロルタイも立った。

「眼をあげろ。胸を張れ、ボロルタイ」

ボオルチュの声だったが、チンギスが知らない底力があった。

弾かれたように、ボロルタイが顔をあげる。

二人が、拝礼して去っていった。

「親父だなあ、ボオルチュ」

「そんな」

「親父の声そのものだったよ」

「私はいま」

「ボオルチュ殿、これから肉が焼かれますが、香料は変えますか？」

「いつも通りだ、副官殿」

「はい」

ソルタホーンが笑った。

チンギスの前にも薪が組まれ、火が入れられた。チンギスは、大きくなっていく炎を見ていた。火のそばが、鬱陶《うっとう》しくない季節になっている。

「明日、本隊は動くとして、麾下の軍はどういたしましょうか、殿？」

「おまえが、そんなことを訊くか、ソルタホーン。戦はいつも、ぶつかってみなければわからん」

「都合のいい言い方です、殿。押し合って動かない戦は、前日から決めておられたではありませんか」

ボオルチュが、低い笑い声をあげた。

焚火で、肉が焼かれはじめている。

チンギスの焚火にも、鉄串を打たれた肉が持ってこられた。

従者が、丁寧に香料をふりかけている。

立っていたソルタホーンが、息をひとつ大きく吐《つ》くと、胡床に腰を降ろした。

「殿、大丈夫です。殿の戦のやり方に、間違いはありません。殿は、チンギス・カンではなく、テムジンに戻っておられます」

「そうか。しかし、ずいぶんと歳を食ったテムジンだが」

「俺は、歳などではなく、心のことを申しあげております」

「それだ、副官殿。私は、なんと言っていいか、言葉を見つけられずにいたが、そうだ、テムジンに戻られたのだ。この数日、兵に死ぬ思いをさせられたが」

「黙れ、ボオルチュ」

「黙るわけがないでしょう。全軍で、命をかけて、殿の道を作っていたのですから」

「あたり前だ。俺は、チンギス・カンだ」

「いえ、テムジンです。私を連れて、砂漠の旅をされた、十三歳のテムジン様です。モンゴル族キャト氏をまとめ、ジャンダラン氏のジャムカ様と、ともに草原を駈けられた、テムジン様です」

チンギスは、言葉に詰まった。

十三歳。砂漠。水場。砂の嵐。

大同府。妓楼《ぎろう》。書肆《しょし》。蕭源基《しょうげんき》。泥胞子《でいほうし》。

そして、帰るべき場所だった、俺の草原。

すべてが、美しい。血の色をしていたとしても、腐ったところはどこにもない。湧き出す泉の水のように、澄み渡っている。血の色がついた、澄んだ泉。

草原が、人生だった。そこでは、生きることの意味が、眼をこらさずともわかった。

草原だけで生きていれば、とは思わなかった。はじめは、草原を守るために、戦をした。

やがて、戦のための戦をするようになったのだろうか。意味はあったはずだが、ふり返るとそれも曖昧になってくる。

曖昧な意味のようなものは、全部ふり落とした。だからボオルチュが言うように、テムジンに戻っているのかもしれない。

「殿、私も戦に連れていっていただけますか。テムジンのころ、私は一緒に戦をしたこともあるでしょう」

「おまえが足を引っ張るので、会心の戦はできなかった。それにボオルチュ、おまえはおまえの戦場にいろ」

「そうですね」

「おまえに先に死なれたら、それこそかなわん。おまえはまだ、心のどこかで、テムルンのもとに行きたい、と思っている」

ボオルチュが、うつむいた。

遮るように、ソルタホーンが、肉の位置を従者に指図しはじめた。

陽が落ちかかっている。

ボロルタイとトルイは、陣に戻って兵たちと、どんな話をしているのだろうか。

「薬湯を、お持ちしました」

従者が、盆に載せた器を差し出した。

食事の前に、薬湯を飲むことになっている。養方所の華了《かりよう》が、薬師《くすし》と相談して作ったものだ。病を治すようなものではなく、元気が出るものが入っている、と華了は言った。

もともとボオルチュの従者だった華了は、いまは養方所を仕切っていて、主に若い医師を育てることを、仕事にしている。

モンゴル国の養方所は、全土に八十二カ所建てられていた。

薬湯は、多少苦みがあるが、飲みにくいものではなかった。時々、ボオルチュも作らせて飲んでいる。

「黒水城からは、兵糧が運び出されています。これは城中の兵がやっていて、それ以外に、城内外の連携が、強まることはないようです」

「哈敦は、どうしているのだろうな」

「戦場に出てこられることは、ないと思います」

「俺は、女の気持を、どこかで甘く見ていたのだな」

「どこかなどではありません。無防備であられましたよ」

「まあ、粘り強く、思いを持ち続けられた女だ。殺し合いだと俺は言ったが、せいぜい隙を見て、短剣を振りかざすぐらいか、と思っていた」

「勝負は、殿の負けですよ。黒水城に哈敦公主が入られた時から、負けておりました。最後の勝負まで、負けてやるわけにはいかないでしょうが」

「俺は、いまの哈敦に会ってみたい気がするな」

「おやめください。トルケン太后ほどのしたたかさと底知れなさを持っていなくて、助かったのですから」

哈敦に、トルケンはどこかで接触していたのだろう。しかし、金国領にいる不平派を集めることぐらいしか、できていない。

「副官殿、殿がきちんと慈しまれたら、こんなことは起きなかった、と私は思う。単純なことなのだぞ、これは」

「ボオルチュ、それは俺に言っているのだな。まわりくどい言い方をするな」

「まあ、副官殿にも、多少の責任があるとは言えますし」

「ボオルチュ殿、すべては殿の責任です。そう思おうではありませんか」

ボオルチュが頷いた。

「まったく、二人とも」

チンギスは背凭れに背を預け、頭上を仰いだ。一日の終りの光が、わずかに残った空だった。

五

本隊が、ぶつかり合った。

押し合いではない。敵は、はじめから陣形を変えてきた。第一列にトルイ、第二列にボロルタイだ。

そのまま、ぶつかってきた。

ジャラールッディーンは、三万騎をひとつにしている。一万騎のトルイ軍とは圧力が違い、ぶつかった瞬間から、押しはじめている。

マルガーシが見ていたのは、そこまでだった。

前方から、チンギス・カンが近づいてくる。二千余騎。こちらの半分だが、倍する兵力を擁しているとは思えない。

気持で押されない。まず、自分に言い聞かせた。

この自分が、気持で押されるなどということを、マルガーシは信じられなかった。

ぶつかり、押し合っている間は、なにもなかった。なにひとつなく、ただ力を感じた。それに対し、力を搾り出した。

なぜ分かれ、互いに退いたのか。それもわからなかった。

終ったあと、チンギス・カンの姿が気持にのしかかってきた。翌日までそれが続き、また押し合いになる。

押し合いの中で、兵が死んでいった。耐えられなくなるところがある。それが、マルガーシにはわかった。ここで、数名の兵が耐えられなくなるだろう。いや、兵全員が耐えられなくなる。耐えられないところで、数名が死に、また耐えられなくなるところまで、耐える。

自分はどこにいるのか。しばしば、それを感じた。手ごたえのない、宙に浮いているような感じだった気がする。

チンギス・カンが近づいてくる。二千余騎が、ひとつの巨大な生きもののように見えた。

マルガーシは、気力をふり絞った。

何度も何度も、チンギス・カンに近づこうとしてきた。戦場で、ぶつかり合いに紛れて、肉薄する。奇襲をかける。待ち伏せをする。その度に、部下を死なせた。

そのチンギス・カンが、むこうから近づいてくるのだ。

マルガーシは、二千余騎の中央にいる、チンギス・カンの馬印を見据えた。

陽の光。風もない。なにかが、こみあげてくる。闘気。それが四千騎の全軍に伝わっているのがわかる。躰に、血がめぐりはじめているのだ。

チンギス・カンが動いた。巨大な一頭の獣が、宙に舞いあがったように見えた。

躰に、なにかが触れてくる。音。火花。剣が打ち合わされる。馬が棹立《さおだ》ちになっている。風。熱い。

疾駆していた。砂。どれほど駈けたか。馬首を回す。すべてが、砂煙の中にあった。

玄旗が、音を立てている。

周囲に、兵が集まってきた。

「半数を、失ってしまったと思う」

ホシノゴが、そばへ来て言った。

砂煙の中から、次々に兵が現われる。

「ユキアニ、どれほどの時が経った？」

「ほぼ三刻」

「馬を、休ませる」

集まった兵は、三千騎に満たなかった。

馬のそばに立って、砂漠を見つめた。もう、黒水軍の兵はいない。

「ホシノゴが、まともに攻撃を受けた」

イナルチュクが言う。

「本隊は？」

「見えない」

砂丘がいくつも重なっている。しかし、どこにも砂煙がたちのぼっているところは、見えない。妙に、静かな砂漠だった。

砂丘の稜線に、一騎現われた。それが二騎になり、十騎になり、百騎を超えた。結局、現われた騎馬は、千五百騎ほどだった。

激しいぶつかり合いだったのかどうか、マルガーシにはわからなかった。

チンギス・カンがいるのは、多分、馬印のところだろう。こちらからむかうことはできず、チンギス・カンも稜線から降りてこようとしなかった。

「今日は、分けだ」

マルガーシは言った。チンギス・カンの軍も、後退しているようだ。

マルガーシは、馬を曳いて砂丘を二つほど越えた。平らになっている場所で、休止の合図を出した。

兵が散らばり、思い思いの場所で、鞍を降ろしはじめる。それもできず、倒れてしまう兵が、数名いた。

「この先、一里のところに、小川が流れています。百頭ずつ、水を飲ませに行ってください」

兵の身なりをした、カルアシンのようだ。

「おまえ、軍の中にいたのか？」

「まさか。五里ほど離れた岩山から、見ておりました。先回りするのは、難しくありませんでした。馬が、元気でしたから」

薪が運ばれ、焚火がいくつか作られた。

「黒水城の兵を呼んであります。兵糧を運んできますので」

「カルアシン、俺は、闘ったのか？」

「はい。激しいぶつかり合いでありました。マルガーシ殿は、奮迅の働きをされました。見ていて、胸が痛くなるようでした」

「ほとんど、憶えていないのだ。これで、指揮などできるわけがないな」

「きわめて的確に、兵を動かされました。指揮は、お見事だったと思います」

「やはり、憶えていない」

「そういうものだ、と思います。あの働きようは、別のマルガーシ殿と感じました。自分でもお気づきになっていない、別のマルガーシ殿です」

腕や肩に、いくつか浅い傷を負っていた。すでに血は固まっている。いつ受けた傷かも、憶えていなかった。

「ホシノゴ殿が、半数近く失ったようだ」

「チンギス軍の二隊は、正面と右翼からぶつかってきました。正面の敵は左翼を回りこむようにしたので、かたちとしてホシノゴ軍は、両側から攻撃を受けるということになり」

「中央に、俺とチンギス・カンがいた」

「イナルチュク様が、ホシノゴ軍の救援に駈けつけるのにかかった時は、ほんの四半刻でした。それが、すでに半数を討たれていたのです」

自分は、チンギス・カン麾下のすべてとぶつかったわけでなく、馬回りの二百騎にぶつかったのだ。そして、自分では気づかぬまま、闘いはしたのだろう。

ユキアニが、麾下の残存兵力を報告してくる。四百騎が、三百十一騎に減っていた。

「チンギス・カンの方は」

「はっきりと数えられませんが、二十騎以上減らしたと思います。ただチンギス軍の兵はみんな、傷を受けると馬を降り、血止めの布などを巻いて、再び馬に乗ります」

何騎減らしたかどうかは、はっきりはわからないということだろう。

「カルアシン、本隊の動きは摑んでいるか？」

「西へ、むかいました。トルイ、ボロルタイの二将軍と並ぶようにして。戦場の西十里ほどのところまで、確認はしたのですが、それ以上は、手の者が探っています」

黒水城から、馬匹の者が二十名ほど駈けつけてきているようだ。百頭ずつを、水を飲ませるために曳いて砂丘を登る。

小さな小川は、深い谷の形状になったところを流れているので、急な斜面は野営に適さないのだ。

「元気を残している者を選んで、五騎斥候に出します」

ユキアニが言う。斥候など必要ないと言いかけ、マルガーシは途中でやめた。

死ぬまで、いつも通りの戦の態勢でいるべきだった。

新しい馬が連れてこられ、傷ついた馬と入れ替えられている。

マルガーシの前で、小さな焚火が作られた。

ホシノゴとイナルチュクは、部下のところへ帰っていった。

マルガーシのそばには、兵士姿のカルアシンひとりがいる。

仰むけに砂の上に寝そべり、空を見あげた。いつもなら散らばった星になにか感じたりするのだが、星は、ただそこにあるだけだった。

空を見て、陽が落ちていることに気づいた。

野営に入った時は、まだ陽の光はあった。

時が、途切れ途切れになっている。それでも、交戦中と較べれば、ずいぶんと繋がっているようだ。

違う自分がいるのか。改めて思った。会ってみたいものだ、という気になる。

「兵糧をとられたら、お休みください。明日の朝、馬は元気を取り戻しています」

「本隊のことを、知りたい」

そう言ったが、マルガーシはとろとろと眠ったようだ。

眼を開いたのは、夜半だった。

人が近づく気配があった。数名で、気配を忍ばせていることはない。

「ジャラールか」

上体を起こし、マルガーシは言った。

消えかけた焚火に、テムル・メリクが薪を足している。

「戦は」

「ボロルタイやトルイの軍と、並んでひたすら駈けた。それも、押し合いをしているような感じだった。交戦したのは、二度。両軍ともに、ほとんど犠牲は出していない。日没、分けてから、とぼとぼとこの近くまで戻ってきた」

「そうか」

「そちらは、かなりの犠牲を出したようだな。おまえも、傷を受けている」

「ホシノゴ軍が、表面に立った。そんな戦だったが、チンギス・カンとその麾下の戦は、まるで人ではないようだった」

「おまえが、そう言うのか、マルガーシ」

「これまで何度ぶつかったか。それでも、あんなチンギス・カンの麾下を見るのは、はじめてだった。もっとも、俺は憶えていないことが多いのだが」

「数日にわたったあの押し合いで、私は自分のなにが削《そ》ぎ落とされたのか、駈けながら考え続けた。削がれたのではなく、洗い落とされたのかもしれないが」

「いずれにせよ、自分ではない自分がいた、ということか」

「まさしく、そうだな」

「チンギス・カンは、何人の自分を見るのだろうか」

「考えなかった、そこまで」

焚火が、再び舞いあがっている。

マルガーシは、靴を脱いだ。窮屈だったわけではない。出撃した時だけ、履いていようと思ったのだ。

リャンホアが、去る時に残していった靴で、足に吸いついているようだった。

六

具足を着けて、チンギスは幕舎から出た。

馬回りの者たちが、起きあがる。全員が、具足を着けたままだった。

怪我の手当てをされ、繃帯《ほうたい》などが見える者がいる。

馬回りで死んだ者が四名、麾下で死んだ者が二十六名いる。

戦場で倒れたのに、再び乗馬し、野営地まで普通に行軍し、そこで死んだ者が四名いたという。

「出撃はまだだ。声がかかるまで、休んでいろ」

チンギスが言うと、ソルタホーンは無言で手の合図を出した。

本陣の中心は、張りつめたものが、わずかに緩んだ。

若い力は、恐ろしい。椅子に腰を降ろして、チンギスがまず思ったのは、それだった。

マルガーシの四百騎の馬回りなど、二百騎で掻き回し、撃ち砕ける。はじめは、そう思っていた。実際、一度は崩れかかった。

マルガーシが暴れ回り、崩れている兵も、息を吹き返した。それでも、押していた。押すだけで、マルガーシを討ち取ることはできなかった。

終るまでに、四騎が倒された。

チンギスは、ぶつかって、ほんのわずかの間に、マルガーシが変るのをはっきり感じたのだ。全身に亀裂が走り、割れ、そこから見知らぬものが飛び出してきた、というように感じた。

人は、変ることはできる。しかし、あそこで変れるというのは、とんでもない力を内包していた、ということだろう。それが若さでもある、と思った。

ただ暴れるだけでなく、こちらの動きを読んで、兵を動かした。その指揮ぶりは、見ていて痛快なほどだった。

それでも、自分を超えている、とチンギスは思わなかった。終ったあと、兵を退かずに進み、砂丘の間に追いつめた、という恰好になった。

そこで攻めなかったのは、マルガーシの軍が馬を休めていたからだ。

チンギスは、新しい馬に替えていた。

馬を替えることで、この男の父親を撃ち破ったことがある。あれは、武人としての勝ちだったのか。勝つ算段をつけるのがうまかった、というだけではないのか。

五分にぶつかって勝ったという思いが、チンギスにはなかった。姑息なことをした、という気もする。

それを、思い出した。思い出させられたのかもしれない。

砂丘から攻め下ることはせず、そこで兵を退いた。それを命じたチンギスに、ソルタホーンはなにも言わなかった。

チンギスは、しばらく燃え残った焚火を見ていた。従者はいるが、文官はすでに二十里離れたところにいる。だから、ボオルチュはいない。戦の外にいる者と、話すことはできない。

二刻経って、チンギスは馬回りに乗馬を命じた。

「ソルタホーン、マルガーシの首を打とう。三刻で、まだ続いていたら、退き鉦を打て」

「替え馬は、必要ではありませんね」

「マルガーシは、持っていないだろう」

「倍する兵力は、持っていますよ」

馬回りと麾下は、大分減らしている。本隊は、ほとんど変っていない。

チンギスが馬腹を蹴った時、すでに麾下も乗馬していた。

晴れている。それに気づいた。砂漠は、斜めからの光を受け、濃い色に見えた。

二刻駈けると、軍勢が見えた。玄旗を掲げた、マルガーシだった。ほぼ二刻、駈けてきたはずだ。約定はないが、わかった。

二軍いた麾下が、一軍になっている。馬回りも、三百ほどに細っている。

近づいた。

マルガーシは軍を停めたが、チンギスはそのままの速さで進み続けた。どこまで近づいてくるのか、とマルガーシは思っているだろう。近づくつもりはなかった。

駈け続ける。相手が見えた時から、戦ははじまっているのだ。疾駆することもなく駈け続け、ほとんど先頭で、チンギスはマルガーシにぶつかった。

意表を衝いたと言えば言えるが、正面からまともにぶつかったのだ。

マルガーシの馬回りが、次々に落とされていく。麾下も、慌てたようだ。

それからチンギスは、疾駆し、反転した。

ようやくこちらをむいたマルガーシは、怒っているようだった。いや、こわがっている。

きのうは、変り、変ったことに気づかぬまま闘った。今日は、自分が変ったことに気づき、それがこわくなる。人間などそういうもので、お互いにそれ以上にはなり得ない。

ぶつかった。チンギスは、吹毛剣《すいもうけん》を抜き放っていた。しかし剣先が届くほどに敵は近づかず、一度も振らないまま、マルガーシの馬回りを蹴散らした。

チンギスの馬回りは、なにがあろうとチンギスの前に出ようとする。

マルガーシは、鮮やかに馬回りをまとめ直したが、すでに二百騎ほどになっていた。

眼を醒ましたように、マルガーシが突っこんでくる。速すぎる。疾駆で、方向を大きく変えるのは難しい。

ぶつかるまで馬を歩かせていたチンギスは、マルガーシの攻撃を受け流しながら、横に動いた。

マルガーシが駈け抜け、チンギスは馬首を回してそれを追った。

最後尾から、落としていく。若造が。おまえとは、年季が違う。何年、闘ってきたと思っているのだ。

数十騎を落として、離れた。

マルガーシが、不意に光を浴びたようになった。

一騎だけで、突っこんでくるように見えた。ほんとうは、一頭分だけ遅れて、馬回りがついてきている。

その一頭分が、命取りだぞ、若造。

マルガーシが、チンギスの馬回りに突っこんできた。命を捨てにきた。若造、命は捨てるものではない。ただ奪われるものだ。甘すぎるぞ。

チンギスの馬回りが、マルガーシを囲もうとした時、チンギスが想定しなかったことが起きた。

鞍の上に立ちあがったマルガーシが、跳んだのだ。馬回りの頭を越え、チンギスの頭上に剣を振り降ろしてきた。

吹毛剣で弾き返したが、マルガーシは馬回りの三名を倒し、主が消えた一頭の馬に乗って、馬回りの中を駈け抜けた。

変った自分をこわがる。チンギスが思った以上に短い間で、それを克服していた。

一騎だけで駈け抜けたマルガーシを、馬回りの半数ほどが追い、囲んだ。そこへ、チンギスは躍りこんだ。

首。マルガーシ。しかし、吹毛剣に手応えはなかった。マルガーシは、馬の腹にしがみついていた。そしてそのまま、包囲を突き破った。

マルガーシの馬回りが、玄旗とともにマルガーシを包みこんだ。いくらぶつかっても、マルガーシには届かない、という戦況になった。

しかしマルガーシは、自分から剣先が届くところに、突っこんでくるだろう。

思った通りだった。

おい、ジャムカ、愉し過ぎるぞ。

マルガーシの、息遣いが聴える。

なにかが、チンギスの躰に入ってきた。同時に、吹毛剣の先に、なにか感じた。

赤い血。自分の血だと、チンギスは思った。剣の先から、それを飛ばしている。しかし剣は、頭上にあった。その剣の柄を、本体から離れたマルガーシの手が握っている。

退き鉦が打たれていた。

マルガーシを、馬回りが囲んでいる。肘のところを、帯で縛りあげているマルガーシの姿が、兵の間から垣間見えた。

分かれる。

脇腹が、熱い。ソルタホーンが馬を寄せてきて、チンギスの躰を抱きしめた。

次に気づいた時、チンギスは幕舎の天井を見ていた。

医師らしい者が三名、そばにいる。

「血の管を、縛らせていただきたいのです。そのために、いくらか切り開かなければなりません」

女の声だった。

おい。言おうとしたが、声が出なかった。

「陳高錬《ちんこうれん》の妻で、ケシュアと申します。なにかあったら、生きて帰るなと命じられ、ここにいます。お願い申しあげます。脇腹を、切り開かせてくださいさい。副官殿には、頷いていただきました。ただ、殿のお許しを得ておりません」

おまえの夫の名が、陳高錬か。恋の話は、聞いているぞ。

声は出ていなかった。

ケシュアにむかって、顔を動かしたようだ。

「御無礼申しあげます、殿」

口に、枚《ばい》を噛まされた。全身に痛みが走る。

気づいた時、枚が消えていた。

ボオルチュとソルタホーンの顔が、並んでいた。なぜか、ボオルチュが泣いている。

泣き虫め。声は出なかった。

俺は死ねないのだな。それも、言えなかった。あのケシュアという女の医師の指さきは、ひどく痛かった。だから俺は、死なないのだろうと思い続けた。

肝の臓か。

訊いたつもりだったが、やはり声は出ていない。

「殿の御懸念について、説明いたしましょう」

涙を拭い、憎々しい顔をして、ボオルチュが言った。

「殿の脇腹は、マルガーシに刺されました。油断ですね。気の緩みです。剣先が、肺腑《はいふ》の下辺に達したようです。盛大に、血を喀いておられました。それは、血の管を縫って止まりました」

そんなことは、どうでもいい。死ぬ時は、死ぬ。そう思って生き続けてきた。

「次の御懸念は、マルガーシの傷ですか」

そうだ。あの若造、死んだか。死んで、親父に叱責されているか。

「右腕を、失いました。殿が斬り飛ばされたのは、手首です。しかし、ホラズムの医師は、肘から下を切断いたしました」

なぜ、そんなに詳しくわかるのだ。声もなく、問いかけた。

あいつは、生意気に、自分で肘を縛って血止めをしていた。

そして、生き延びたか。

「黒水城に運びこまれ、そのような処置を受けたようです。まあ、吹毛剣がマルガーシの剣に勝ったようです。つまり、吹毛剣が勝ったということです」

おい、ボオルチュ。なんと言った。俺ではなく、吹毛剣だと。

「マルガーシの剣は、折れたのではなく、斬られていました。それで殿が、あの男の手首を、斬り落としたように、副官殿には見えたのでしょう」

「俺は、殿の勝ちだと申しあげましたよ、ボオルチュ殿」

「口ではな。言葉ではな」

吹毛剣に助けられたのか、とチンギスは考えていた。

それは、連綿と続いて、末が自分である父祖に、助けられたということか。

「長引きますね。ちなみに犠牲は」

ちなみにだと、ボオルチュ。俺は、ちなみにという生き方は、してこなかった。おまえは、俺の弟だろう。

「殿が生き延びられた喜びで、ボオルチュ殿は高揚しておられます。仕方がないと俺は思いますが、言葉が過ぎるかもしれません」

ソルタホーンの声。

知りたいことを、そのまま伝えてくる声だ。

チンギスは、眼を閉じた。手に、なにか力を感じた。ボオルチュが、手を握っていたらしい。

眼を閉じたので、多分、死んだと思ってうろたえたのだ。

「まず、馬回りは五十騎近く失い、百五十騎になっています。マルガーシの馬回りは、なんと百騎に減っています。麾下は、われらが一千七百、マルガーシは、二千に減っています」

わかった。わかったからな。

「次に本隊ですが、派手にぶつかり合ったものです。ボロルタイ将軍が二千騎、トルイ様が二千五百騎、失われました」

大変な犠牲だった。自分の指揮下の軍が、それほどの犠牲を出したのは、かつてないことだったのではないのか。

「ジャラールッディーンの本隊は、三万騎が一万騎に減り」

待て、と言おうとしたが、声が出るわけもなかった。

「いま、再編に苦慮しているようです」

放っておけ、ジャラールなど。もう、ホラズム国はない。西域のどこかで、好き勝手に生きればいい。

それより、ソルタホーン、俺は眠くなってきたぞ。

「さて、マルガーシの容子など、実に詳しく黒水城から伝えられてきました。つまり、哈敦公主からです。そして殿の御容子を、心の底から、知りたがっておられます。あまりに切ないので、俺はすべてお伝えしております」

哈敦は、俺を殺しおおせた、と思ったか。

ふり返ると、なにもない。あれの躰を、弄《もてあそ》び、愉しんだだけだ。だから、殺されてたまるか、という気持はあるぞ、ソルタホーン。死ななかったら、俺の勝ちか。

「殿には、愛憎という言葉を、嚙みしめていただきたい、と俺は思います。奥方様との間もそうですが、すべてを単純に考えてこられました。いや、考えてさえおられなかった。つまり、人生は戦だと思われていました。つまらぬ人生です。戦など、勝ち負けがあるだけです。男と女は、深いものですよ」

もういい、ソルタホーン。もういい。おまえのいいところは、肝心な時に黙ることだぞ。俺はそれで、救われたことさえある。

「御懸念はすべて、解消いたしましたから。俺もボオルチュ殿も、消えることにいたします」

おう、消えろ。さっさと消えろ。

「ちなみに申しあげておきますが」

ちなみに、だと。眠くなった。早く消えろ。そう言ったが、声にはならない。

「殿は、四日、眠り続けておられました。やっと死んでくれると、ボオルチュ殿は喜んでおられましたよ」

「おい、副官殿」

声は出るはずがない。眠いだけだ。

口の中に、血の味がなぜか拡がった。

滅びのみ

一

寒くなり、砂漠の空気は、いっそう乾いて感じられた。

幕舎の中は、鉄炉に薪が入れられ、それに鉄瓶がかけられている。壁には毛皮が張られ、チンギスの寝床も羽毛の蒲団《ふとん》だった。

幕舎の外には、衛兵が五名並んでいる。出入りは、従者の長をしている者が、許可しないかぎりできない。

最も奥が、チンギスの居室で、幕僚と食事をする場所、会議の場所、謁見の間と呼ばれる広間などがある。

従者が起居する部屋も設けてあり、客間と想定されている部屋もあった。

客間に、ボオルチュが勝手に寝台を持ちこんで、自分の部屋にした。

この池のそばで冬越しと決めたので、兵たちにも幕舎が許してあった。

池の周辺が、広大な集落のようになっている。

民草はたくましく、集落の外には、四軒の商賈が並んでいて、必要なものは大抵、手に入るようだ。

多少の風があろうと、ソルタホーンやボオルチュといる時は、チンギスは外で食事をする。池のそばに天幕が張られ、卓や椅子が並んでいるのだ。

傷は、癒えた。

はじめは、動くと、咳《せき》とともに血が出ることがあった。それがいつもではなくなり、いまはもう出ない。

肺が傷ついても、大きな出血を止めれば、やがて回復するのだという。戦場で胸を刺された兵も、手当てによっては助かる場合が少なくない。

傷を受け、数十日寝ていて、立ちあがり歩いた時、自分の躰ではない、と感じた。なにかに、躰を擒《とりこ》にされた。そう思った。

まず、息が切れた。脚が萎《な》えていた。腕が、細かい皺に包まれていた。

自分の躰を擒にしたものから、奪い返さなければならない。そう思い、脚と手を動かし、すぐに片脚で立っていられるようになった。剣を振っていると、腕の皮膚の皺も消えてきた。

躰を擒にされたのではなく、ただ衰えたのだ、とわかった。そして、若いころの怪我で、こんなふうになったことはなかった。もっと重い傷を負ったことが、何度かある。

「鳥が、渡ってきています、殿」

ボオルチュが、水面を指さした。チンギスも、鳥の姿にはじめて気づいた。

池の周囲に径《みち》を作り、そこを歩いてきたところだった。

チンギスがそうして歩くと、池の周囲を麾下が取り巻く。馬にも乗りはじめたが、まだ疾駆はしていない。砂丘のかげなどにいる麾下の兵が、よく見えたりもするのだ。

「ボオルチュ、おまえは俺が傷で命を落とすと思ったか？」

「死ぬとは、かけらも思いませんでしたね。ほんとうに死ぬ時は、わかるのですから」

「なにを言っている。死んでみるまで、それはわからんだろう」

「いえ、殿が死なれる時、私はわかります。理由などありません。ただ、わかるのです」

「おまえが死ぬ時、俺がわかるなどとは思えんがな」

「わかりますよ。死ぬのが、私なのですから」

「おかしなことを言う。ソルタホーンは、気づいたら死んでいた、というようなやつではないかな」

「副官殿も、同じです」

ほんとうかもしれない、とチンギスは思った。しかしほんとうだったとしても、確かめようはないのだ。

幼いころから、さまざまな死に出会ってきた。自分の手で、死を作り出してきたこともある。

弟を斬り殺しもした。そして、戦場における死だ。

夥《おびただ》しい死を踏みしめて、自分は生きているとよく思ったものだった。だから、自分の命を大事にすることに、意味は見つけられない。楽に死ぬことも求めない。

「俺は、自分の死をさまざまに思うことなど、許されておらぬしな」

「なぜですか、殿。自分の死は、普通だと一番思いたくなるものでしょう」

「ボオルチュ、俺がこれまでに、どれほどの数の兵を、死なせたと思っているのだ」

「殿が、終生持ち続けられなければならない、思いですね。決して消えてくれることがない」

「消えてくれとも、思っておらぬよ」

「殿、私は死者というものの数について、考えてみたことがあるのです。人がこの世に出てからの、死者です」

「そんなもの、わかるわけがあるまい」

「そうです。無限ではないにしても、わかるわけはないのです。それに較べたら、生きている人間は、その気になれば数えられる、わずかなものなのですよ」

「そのわずかな数の中で、死んで行く者の数は、さらに少ないと言っているように聞えるな」

「そんな、あたり前のことを、私は言いません」

「もういい、勝手に喋っていろ」

「戦で、死んで行く者がいます。殿は厖大な数の兵を死なせておられます」

生者の数は、死者と較べてわずかなものだ、と言っている。そのわずかなものの中で、もっと少ない人が死んで行く。それなのに、モンゴル軍で厖大な数の兵を死なせた、と言っている。その言葉の遣い方に、チンギスは一瞬、心のなにかを突かれたような気分になったが、言い返すのも面倒だった。

ボオルチュの話は、時としてひどく面倒臭いことがある。

「殿の戦は、まあ、モンゴル族内で行われたものが最初と言えます。はじめは、同じモンゴル族タイチウト氏のトドエン・ギルテ、タルグダイが相手でありました」

声だけを、耳に入れていた。

「タイチウト氏を完全に叩き潰した時、キャト氏で半数も死なせていないのです。キャト氏の兵の死者は正確に、タイチウト氏の死者も、ほぼ正しく把握できます」

タイチウト氏とは、長い戦を交わした。死んだ兵も多かった。

同じように、兵を死なせたのだ。トドエン・ギルテやタルグダイの半分以下などということがあるか。

ボオルチュが、戦のひとつひとつについての、戦死した者の数を挙げはじめた。敵と味方の死者の数を、氏族ごとに積みあげる。チンギスは、細かく戦を、思い出していった。

そして、味方の死者の増え方と、タイチウト氏の死者の数に、大きく開きが出てくる。細かい戦況まで思い出せるので、ボオルチュが挙げる数字が間違っていないことはわかる。

タイチウト氏が終ると、メルキト族である。そしてタタル族、ケレイト王国と続いていく。

数に関しては、淀《よど》みがない。

はじめてボオルチュに会ったころから、頭の中に数字を持っていた。歩いていると、別のことをやりながらでも、正確に歩数を数え、歩幅がいくつだから、何里というふうに出てくる。そういう頭を、持ってしまっているのだ。

次第に味方の死者の数が多くなる。

相手だけが、次々に変るからだ。

「厖大です」

「一戦一戦で、俺はおかしな損耗をさせていない。つまり、やった戦が多いのだ」

「そして、死ななかったからですよ」

数を延々と出し続けて、ボオルチュはチンギスになにを伝えようとしているのか。いや、夥しい死を、共有しようとしているのかもしれない。

「ボオルチュ、もういいぞ。なにをどうしても、俺は背負い切れない死に、のしかかられている」

「私も、同じですよ」

戦がなにか、深く考えたことはない。かといって、勝つ方法ばかりを考えていたわけでもない。人の世に現われた、御し難い巨大な魔物。

そんなふうに考えてみると、戦を重ねてきた自分に、少しだけ納得ができる気がする。

ほんとうの答など、どこにもないのだ。人は生きる、と言うしかない。

従者が、茶を運んできた。

チンギスの幕舎の、従者たちの溜りには、漏刻《ろうこく》（水時計）が置かれていて、正確な時がわかる。ぽたぽたと漏れてくる水が、下の器に溜る。命というより、生きている時そのものが、落ちていく水にある。そう感じるのが、チンギスは好きではなかった。

チンギスは、茶に手をのばした。この時季、くつろぐ兵たちは、湯を飲んでいるだろう。

「ボオルチュ、俺は数日以内に、馬を疾駆させる。一緒に来い」

「マルガーシは、腕がなくて、馬に乗れるのですかね」

「駅長を見てみろ。並みの兵より速く駈ける。おまえも、追いつけない」

「私が追いつけないのは、いいのですよ。戦場には出ないのですから」

「結局、ここで冬を越すことになるな」

「総帥が、二人とも負傷ですから」

「情ないものだな」

ソルタホーンが来て、並んで座った。しばしば、茶の時間にはやってくる。

「黒水城《こくすい》の兵糧は、尽きません。一年分はありますね、やはり」

出された茶を、ソルタホーンはうまそうに飲んだ。

麾下の二千騎は、それぞれボロルタイとトルイの軍に行っている。そこで、かなり高い段階の調練を続けているのだ。兵馬は、調練だった。それがすべてと言っていいほどだ。馬と馬のぶつかり合いで、馬がこわがらないためには、乗り手と一体になることだった。それも、調練で得られる。

馬回りは、いつも百騎はそばにいる。残りは原野の調練で、ソルタホーンは大抵はそこに行っている。

ソルタホーンとボオルチュが話していると、わからなくて説明を求めることがある。それが面倒なので、二人きりの話は、いない時にやれ、と言ってある。

だから、三人並ぶとのんびりした雰囲気になる。

「この池、魚がいるようです、殿」

「ふん。わかっている。見ていろ」

チンギスは懐から糸と鍛冶《かじ》で作らせた鉤《はり》を出した。片手をあげると、従者が小さな容器をもってきた。中の虫を一匹出して鉤につけ、小石を先端につけて投げた。鉤ごと、遠いところへ飛んでいく。

天幕の下にいる間、チンギスは糸を指に結びつけていた。馬の尻尾《しっぽ》の毛を繋いで作った糸である。

一刻もしない間に、指が引かれ、チンギスは立ちあがった。

ソルタホーンが、声をあげる。

魚は、かなり暴れたが、岸に寄ってきた。ボオルチュが、気のない拍手をした。ソルタホーンが、従者を呼んだ。

従者が、両手で魚を摑みあげた。焼いてこい、とソルタホーンが命じている。

魚を食わない、という者たちがいた。眼を閉じない。だから神の使者が見つめているのだ、という。躰の中を神に見て貰いたくて食うのだ、とチンギスは言った。

ボオルチュが、チンギスの真似をして同じことをしたが、糸はまったく動かなかった。

「うまくいかないものですね、ボオルチュ殿」

「いつもなのだ。いつも真似をしても、私には釣れなかった。なぜなのだろうか、副官殿」

ソルタホーンが、笑い声をあげていた。

しばらくして、香料をかけて焼いた魚が、木の板に載せて運ばれてきた。

箸が三組ついている。チンギスは、魚の腹のところに箸をのばした。ボオルチュもソルタホーンも箸をのばす。

口から指でつまみ出した骨を、服の脇に押しつけはじめたのは、ボオルチュだった。ソルタホーンは、骨を地に吐き出している。

骨を躰に押しつけるのは、チンギスがやっていることだった。そこから、自分の躰に入ってくるような気がしたのだ。

ボオルチュがなぜ真似をするのか、訊いたことはない。

地に突き立てた枝が、ふるえながら倒れた。

ソルタホーンが素速く立ちあがり、枝を摑んだ。枝には糸が結びつけてあって、つまり魚がかかったのだ。

引き寄せられる魚を、ボオルチュが啞然として見ている。

「最後のところは、ボオルチュにやらせてやれ、ソルタホーン」

「結構です。私が釣った魚とは言えません」

ソルタホーンはしばらくボオルチュを見ていたが、動こうとしないので魚を引きあげた。

「私には、無理なのだな」

「そんなことはありません。餌を入れて、糸を持っていれば、いずれかかります」

「そんなことではないのだ」

立ちあがり、ボオルチュは、地で跳ねている魚のそばへ行った。

「殿について私が戦場へ行くのは、やはり無理なのだろうと思ったよ、副官殿」

魚は、ボオルチュの足もとで跳ね続けている。

二

黒水城が、遠くに見えている。

チンギス・カンの剣が、手首を落とした。

剣を握ったまま宙に飛んだ手首を、マルガーシはただ見ていた。それから、肘の上を帯で強く巻いた。

周囲に、馬回りがいた。血が出すぎているのか、視界が暗くなり、また戻ることをくり返した。

気づくと、部屋の中にいた。

覚悟しろよ、マルガーシ殿。誰の声だったのか。剣のひらめきが見えた。次には、全身をなにかが駈け回る。声を出そうとしたが、枚がかまされていた。また、衝撃が走った。肉の焼ける臭《にお》い。いまも、はっきりと思い出すことができる。腕を斬り落とされ、傷口に焼けた鉄を当てられたのか。

そこまで、気を失っていなかった。

それから眼醒め、二日、高熱が出た。なくなった腕の先が、手が、痛かったり痒《かゆ》かったりした。その感覚も、熱が下がる時に消えていった。

黒水城の中だった。

ここは俺の場所ではない、と思った。負ければ、チンギス・カンのものになる城だ。ユキアニを呼び、チンギス・カンがどこにいるか訊いた。黒水城の東四十里に、幕舎を並べて野営しているという。そして、負傷していることも、教えられた。

まだ終っていない。黒水城の西四十里に、黒水軍の営地を作らせた。

そこにひと月ほどいて、マルガーシは馬回りと麾下を、黒水城が見えるこの地に進めたのだ。腕を斬り落としたのはホシノゴで、謝られたが、首を落としてくれてもよかったのだ、とマルガーシは冗談を言った。

それから、左腕で剣を振ることをはじめた。

剣は、誰かが戦場から回収してきたらしい。

はじめは、剣を動かすたびに、振り回されるように体勢が崩れた。二、三歩よろけ、踏ん張ってなんとか倒れずに済む、という具合だった。

一日に一千回、剣を動かした。やがて、振ると言えるほどになった。

馬にも、乗ってみた。脚はしっかりしているので、地に立っているより、躰を安定させられた。以前から、手綱を遣わず、脚だけで馬に意思を伝えることは、普通にやっていた。疾駆もできる。

馬上で剣を振ると、上体だけが崩れる。それも、なくなった。要するに、右腕がないことを躰が覚え、折り合いをつけはじめたのだろう、という気がした。

いまは、馬回りの兵と、普通にやり合える。

調練用の棒の先に、鉄の板を数枚縛りつけた。それだけで、剣の二倍近い重さになる。先端が重いので、振るとさらに重く、なにかに引き摺《ず》られたように、馬から落ちた。

雪が降り、薄く積もって、周囲が白くなった。

玄旗が、よく映えた。

それを見ていると、なぜか心がふるえた。

雪が呼んでいる。そんな思いに包まれた。

毎日、重たくした棒を振った。

あの時。

そうだ、チンギス・カンの首を奪れるはずだった。鞍を蹴って飛んだ。眼下に、チンギス・カンが見えた。しかし、下から来た斬撃は、マルガーシの躰を宙に止めるほど、強いものだった。

そう感じただけで、ほんとうは止まっているはずはなかった。

分け、またぶつかった。

自分もチンギス・カンも、馬から落ちなかった、と思い出せるだけだ。次には、剣を握った自分の手が、宙を舞っていたのだ。

五日に一度、水心《すいしん》の手の者が、報告に来た。

時には、カルアシン自身が現われ、チンギス・カンの傷の状態を伝えてきた。モンゴル軍のかなり深いところまで、部下が入りこんでいるようだった。

チンギス・カンの傷は、少し上の脇腹というところで、血を喀き続けていたという。

しかし女の医師が、傷に指を突っこんで、なにかしたらしい。それから、血を喀く回数が少なくなり、数日後には、ソルタホーンやボオルチュと喋っていた。

そして起きあがり、歩き、いまは馬に乗っているという。

戻ってきてくれ、と何度も語りかけた。俺も戻る。躰のどこかは失ったが、心のどこも失ってはいない。

駈け、棒を振り、そして馬回りを三騎まで、払い落とせるようになった。

俺は戻ったぞ、爺。

あんたの剣については、俺はかぎりない敬意を払う。あんたほどの男と、五分に闘ったという親父を、俺はいま、はじめて全身で感じている。

礼を言う。親父を、自分の誇りだと感じさせてくれた。

しかし、あんたと俺との結着はついていないようだ。もう一度、見《まみ》えるしかないぞ、テムジン。

お互いに、命がなにかを教え合おう。感じ合おう。そして、死のう。

毎日、同じ思いに包みこまれた。

命があるかどうか。どうでもいい。死など、ただいなくなるだけのことだ。

生きていて、死んで行く。どれほど果てしないことなのだ。生きることも死ぬことも、あんたと俺にとっては、ほんとうは意味すらもないことではないか。

殺し合うのだ、ただ。

行くぜ、爺《じい》さんよ。俺はそう言いたい。あんたの懊悩《おうのう》のすべてを、俺の手が飛んでいったように、飛ばし、消してやろう。

日々の思いは、しかしただむなしいだけだった。

マルガーシは、ひたすら肉を食らった。

本隊の兵も、麾下や馬回りと同じように、兵糧には不足していないようだ。

生熊隊《しょうゆう》。リャンホア。知るまいが、もうひとりの俺の母だ。

あんたと闘えるように、すべてのことを整えてくれた。

チンギス・カンよ。地上の王よ。俺は天から、使命を与えられた。地上に、王などいない。だから、それを消せ。

雪は、一度しか降らなかった。

しかし、寒さはさらに厳しかった。

凍って硬くなった地を、マルガーシは馬で、自分の脚で駈けた。

冬の最中《さなか》から、馬回りが一緒に駈けた。

麾下の兵は、ホシノゴが九百騎、イナルチュクが一千八百騎だった。戦場から離脱して、死んだ者も少なくない。

麾下の調練の中に、マルガーシは馬回りの二百五十騎で突っこんだりした。不意になにかが起きる。それも調練だった。

本隊がどうしているかは、テムル・メリクが、時々、報告に来た。ジャラールッディーンは、モンゴル軍の二万騎に押しまくられたことを、ただ恥じているようだ。

マルガーシは、冬の寒さの中で、少しずつ全体を見渡す眼を取り戻していった。

戦は、負けていた。しかし完全に負けたわけではないと、黒水軍の誰もが思っていた。

チンギス・カンと打ち合って、負けたわけではない。お互いに、なにかを失った。そして、命は失わなかった。

「隊長、黒水城から会いに来るように、何度も使者が来ています。見えているのですから一度ぐらい行った方がいいと思いますが」

野営の火のそばで、ユキアニが言った。

一度、使者が来たと思っていたが、何度となく来たようだ。ユキアニは、マルガーシに知らせなかったのだろう。

思い立ったように、馬回りの中から二十騎を連れて、マルガーシは黒水城に行った。

周囲の罠は、冬の間にかなり取り払われ、消されていた。

秀麗な城だ、と思った。雪の中で近づいて行くと、放つ光が硬質で、強く美しく見える。この城を、チンギス・カンは欲しがっている。大軍を送りこむこともできるはずだが、自らの手で奪おうとしている。

なにに、惹かれたのか。チンギス・カンが、自らのためになにかを奪おうとしたことが、ほんとうにあるのか。

広大な版図は、戦の連鎖の中から生まれた。その連鎖は、チンギス・カンが望んだというより、人間の欲や野望や愚かさの連なりだったのではないか。

鎖の輪のひとつが、自分だったとマルガーシは思う。いや、チンギス・カンも、輪のひとつと言えないのか。

城中の兵は、黒水軍ではない。守兵である。なにを守っているのか、自分が考えることではない、とマルガーシは思いながら、謁見の間に導かれた。

以前に来た時より、小さな部屋である。

丸い卓があり、同じかたちをした椅子が六つ並んでいた。

従者を二名連れただけで、哈敦《ハトン》公主が出てきた。ひとりであり、続いて従恪《じゅうかく》が出てくるということはなかった。

「怪我が癒える前に、城を出ていってしまわれた。それで、会うことがかなわなかったので、使者をしつこく送ったのです」

かすかに微笑みを浮かべ、哈敦公主が言った。

「変りましたね、マルガーシ殿」

「公主様も」

「もう公主ではありません。名で呼んでください、哈敦と」

「俺が変った、とおっしゃいましたが」

「眼に、悲しそうな光があります。それは、澄んだと言い換えてもいいでしょう」

「自分では、わかりません。変らず、人を人と思っていないかもしれません」

「いいえ、以前もいまも、そういうところはありません。むしろ、人の心が無上に大切なものだ、と魂に刻みこんでおられる」

「腕を失って、俺はなにか変ったかもしれませんが、自分ではよくわかりません」

「まことと、よく生き延びてくださいました。立っていないで、掛けましょうか、マルガーシ殿」

哈敦とむき合うように、マルガーシは腰を降ろした。

哈敦は、マルガーシの眼を覗きこむように見つめてきた。

「私は、考え続けてきました。虎思斡耳朶《フスオルド》の屋敷に、トルケン太后の使者が来た時から、考えてきました。トルケン太后が亡くなられた時、頓挫したと思いましたが、残されたものが大きかった」

マルガーシは、なにを話せばいいかわからなかった。ただ聞いていよう、と思った。

呼び出しに応じる時、督戦の話だとしか思わなかった。仕方がない、という気分も持って、出かけてきたのだ。

しかし、部屋へ入ってきた哈敦の雰囲気から、戦というものを感じなかった。

「トルケン太后が描かれたのは、壮大きわまりない戦略であった。チンギス・カンの版図のすべてで蜂起が起き、モンゴル軍は各地で叛徒に囲まれ、黒水城で決戦が行われる。太后が御存命であったら、きわどい戦だったろうと思います」

「戦には勝てない、と言われているのですか」

「いや。いまだその戦略で、勝てる可能性がないわけではありません。難しいことでしょうが」

「言われている意味は、やはり勝てないということですか？」

「違います。もう形骸となった作戦だと思うのです。トルケン太后の思いは、すでに遠いものになってしまっています。私は、考え続け、そう思うようになりました」

「わかるような気もしますが」

「戦が、違うものになっています。この間の戦を、そう思われませんでしたか、マルガーシ殿。私は知りませんが、あなたの父上やチンギス・カンが若いころに闘っていた戦に似ている、という気がしますよ」

マルガーシは、ただ哈敦を見つめた。

闘うのは自分で、父ではない。そしてこの戦は、哈敦の戦ではない。

「チンギス・カンとの戦がはじまってから、私が痛いほどわかった、ということがあります。チンギス・カンは、トルケン太后の戦略を、とうに見抜いていたのでしょう。トルケン太后だとわからなくても、戦略そのものは形骸だと、戦がはじまる前から、気づいていたと思います」

自分も、どこかで見抜いていた、とマルガーシは思った。十数万の大軍など不要で、力のある軍だけで闘おうとした。

モンゴル全土に張り巡らされた戦略も、各地にいるモンゴル軍の守備と較べると、いかにも脆《ぜい》弱《じゃく》だと感じていた。

「チンギス・カンはそれでも、ここに出てきました。なにかに魅せられたように」

「闘いだけを、求めていると思いました」

「チンギス・カンにとっては、闘いそのものより、求めるべきだと思ったのは、闘いの質なのでしょう。マルガーシ殿にとってもです。そこがチンギス・カンの甘いところであり、同時にこわいところです」

「哈敦殿、冬が終れば、戦です。そして、多分、その次はありません」

「私も、そう思っています。ですから、一度だけ、あなたと話したかったのです」

「もしかすると、哈敦殿を守り抜けないかもしれません」

「そんなことを。私は、誰に守られようとも思っていません。ずっとこの城にいて、そして時が来れば、滅びます」

「そうですか」

これ以上、話をすることはない、とマルガーシは判断した。

「もうしばらく、私と話をしていてくれますか。茶を運ばせます。私の知っているチンギス・カンを、あなたに語りたいのです」

「茶を、頂戴いたします」

ほんとうに、マルガーシは茶が飲みたくなっていた。

三

調略は、必要ではなかった。

チンギスに、そういう戦をするつもりはなく、黒水軍もただむき合っているだけだ。

サムラが、現われた。めずらしく、弟のタエンを連れていた。

タエンは、アウラガのシギ・クトク、燕京のテムゲのどちらかのもとにいて、部下もモンゴル国東部で仕事をしていた。

金国が、弱々しいながらも、まだ立っていた。さらにその南に南宋がある。狗眼《くがん》の働きどころは、少なくないようだ。

「こちらに集まっていた、反モンゴル国勢力のかなりの部分は、やはり金国朝廷から、なんらかの指図を受けていました。そして蹴散らされた者たちは、金国に戻りはじめています。従恪も、密《ひそ》かに帰国しましたが、捕えられ拘禁されています」

従恪が黒水城から消えたという報告は、冬のはじめに受けていた。哈敦は、従者数名と、城内に残っているという。

あと一度攻めれば、金国は倒れる。腐りかかった巨木だから、勝手に倒れるのを待っていたのだ。

もう一度、攻めるかどうか、チンギスは決めなければならなかった。軍の編制案など、シギ・クトクの出したものを持ってきているだろう。

「タエン、金国のことだけではないな」

「はい。西夏のことも」

「なるほど。手を組んでいるのか？」

「わかりませんが、同時期に牙を剝いたところを見ると」

ボオルチュとソルタホーンがやってきて、軍議という恰好になった。

一度は報告しておきたかったのか、タエンはよく喋った。

「殿、金国も西夏も、放っておくと三年で倒れます。戦をすれば、戦費などがかかりますよ」

ボオルチュが言った。

これに関しては、真剣に考えていない。ソルタホーンもそうだ。

「テムゲの軍に金国を、ジェベに西夏を攻めさせろ、ボオルチュ。おまえはもう、アウラガに帰っていい」

「そんなわけには行きません、殿。私は、まだ立ち直っていないのです。戦費などについては、耶律楚材《やりつそざい》とシギ・クトクに委ねられたらいいでしょう」

「ソルタホーン、どう思う？」

「戦は、やらせればいいのですよ。それより、狗眼が、兄弟でここへ来ているということは」

「そうだな」

チンギスは、酒を命じた。

軍議で酒など出ないが、もともと軍議らしきものをはじめただけだった。

酒を飲みはじめてしばらくして、サムラが居住いを正した。

「お願いがあるのです」

「兄弟二人、そろそろあがりたいか？」

「殿、それはまだ、誰にも語っておりません」

「ホラズム戦が終り、モンゴル国の姿が定まってくると、狗眼がもともと持っていた仕事の質は、変ってしまうな。敵ではなく、味方を密かに探る。そんな仕事にもなる」

「俺も弟も、そういうことで、自分を鍛えてきてはおりません。一族に、そういうことにたけた者がいて、数百名の隊を作っております。それはすぐに、一千に増やせると思います」

「これまでの狗眼の者たちは？」

「新しい狗眼に入りたいという者は、そうさせます。半分以上は、家へ帰り、畠を作ったり、商いをなしたりすることを、望んでおります」

「わかった。二年でいいか？」

「はい、二年かければ、新しい狗眼にすべて移行できます」

話は、それで終った。

サムラが、大きく息をついた。

「すぐにお許しがいただけると、思ってはおりませんでした。十年かける覚悟を申しあげようと、タエンと話していました」

「世の中は変ったのだろう。俺が変えたのかもしれん」

「殿がこの地で戦をされているのも、変っているのですね」

戦は、もとに戻った。草原で、生き延びるための戦に戻った。

そう思いこんだだけではないのか。

時を戻すことはできない。それを戻そうとしているのなら、はじめから無理なことに挑んでいるのではないか。

「なあ、サムラ。おまえは自分が疲れたと思うか？」

「思いません。ただ、若い者たちに取り残された、という気はしています」

「取り残されたか」

言葉がいくらかおかしく、チンギスはちょっと笑った。

ホラズムに勝ってから、なにか想像していなかったものが、襲いかかってきた。いや、包みこまれたということか。

アウラガへ戻り、それから海を見に行った。

海は、変らない。そして大地も変らないと思った。

変るのは、人の心だ。

緩むのか。錆びるのか。腐るのか。

チンギスは、自分がなにかを感じていたのかもしれない、と思った。

黒水城。ただの、石造りの城である。陥す気になれば、たやすくできただろう。

しかし、そのたたずまいに、なにか魅かれたのだ。城の姿が、チンギスの心の中にあるものに触れてきた。

ほんとうに城なのか。城が、チンギスの心の底にあるものを、引き出してしまったということではないのか。

「おい、全部、忘れちまいたいなあ。いまだけだ。酒を飲む。その間だけ、忘れちまうことはできないか」

「狗眼の二人が、言うことはできませんから、私が言いましょう。飲んで、飲み尽すことです。酔いましょう。私は、忘れられないことがある。酔って、それがおぼろになるだけですが、それでも酔いたいな」

「俺もだよ、ボオルチュ」

「殿は、酔う資格はありませんよ。すべて、殿が招いたのですから。狗眼兄弟は、ここで酔う資格があります。副官殿にも。しかし副官殿は殿と一体だからな」

「戦では一体と言ってくださいよ、ボオルチュ殿。こんな、流れが止まったような時の中では、俺にも酔う資格はある、と主張したいのです」

「いいぞ、副官殿。資格はある。だから殿ひとりを取り残して、飲もう」

ボオルチュは、器四つに酒を注ぎ分け、空のひとつは離れたところに置いた。

器を翳す。ソルタホーンも同じようにしたが、狗眼兄弟はさすがに遠慮がちな仕草で飲んだ。

「どこまでも、俺を除《の》け者にしよう、ということなのだな、おまえら」

「いえ、殿はただひとりのお方です。私にもこの副官殿にも、替えはいくらでもいます。狗眼兄弟など、替えは後ろで列をなしています」

「おい、ボオルチュ、俺も入れてくれ」

「私は、孤高でいていただきたい、とお願いしているだけです」

「ソルタホーン、命令する」

「おお、これが戦場の命令だったら、俺は命を懸けることができましたのに。一緒に酒を飲ませろなど、恐懼して御辞退申しあげるしかありません」

狗眼兄弟にもなにか言おうとしたが、うつむいて眼を合わせようとしない。

チンギスは、半々に愉快で腹を立てていた。

空気は動かない。そして饐《す》えてくるというところがある。それも、冬である。特に、室内の暖かい場所など、その傾向が強い。

チンギスは、掌を打ち鳴らして従者を呼び、あれだ、と言った。従者はすぐに、陶器の甕《かめ》を持ってきた。

ボオルチュとソルタホーンが、同時に声をあげた。甘蔗糖の搾り滓が酒を醸し、それを煮て湯気にし、再び集めた液体を、巨大な樽に入れて数年寝かせる。

最初は透明だったものに、薄く琥珀《こはく》色がつく。それを小さな陶器の甕に詰めてある。

南方の、甘蔗糖の産地で、交易用に造られている、高価な酒だった。

先年、アウラガに帰還し、思い立って海へ行った。

その時、保州で南北の物流の統轄をしているヤルダムが、大事そうに持ってきた。

「それ、まだあったのですか？」

ソルタホーンが声を出した。

ひと箱に六つ入っているものを、ヤルダムは四箱運ばせてきた。

それはほとんど飲んでしまい、残っていた三つを、藁《わら》で包んで持ってきたのだ。

香りが高く、口に入れると陶然としてしまうような酒だった。西域でしばしば飲むようになった葡萄酒《シャラーブ》も香りの高い酒だったが、それよりずっと強く、力があった。

「俺は、これを飲む。いまから封を切るが、おまえらの飲んでいる酒は、この香りにだけで吹き飛ばされる」

「殿、俺は命令に従います」

「いまさら遅い」

「私はいつも、殿に寄り添って生きております。昔、大同府への砂漠の旅をなした時から、水を分け合い、石酪は半分にして口に入れました」

「酒を飲むな、とは言っていない、ボオルチュ。そこの器の酒なら、何杯飲んでもいいぞ」

ひと抱えはある甕で、チンギスは両手で持って自分の器に注いだ。強い香りが、部屋の中に満ちた。

「殿、無情なことはなさらず」

「おまえらこそ、俺を除け者にした」

「そういうことを言ったのは、ボオルチュ殿で、俺ではありません」

「なにを言う、ソルタホーン。おまえはそういう男だったのか。私が怒った時のこわさを、副官殿は御存知ないいな」

「俺は、殿の副官です」

チンギスは器を持ち、口に運んだ。強い香りが鼻に抜け、のどには灼《や》けるような感覚が拡がった。チンギスは、首をちょっと振り、息を吐いた。

「殿、俺たちは、殿を除け者にするようなことを、言いましたよ。それは、謝ります」

「言葉だけなのです。私や副官殿が、本気で殿を除け者にできると思われますか」

「おい、狗眼の兄弟が、口を開けておまえらを見ているぞ。この二人は、俺を除け者にするようなことは言わなかったので、飲ませてやることにする」

チンギスは、両手で持った甕から、二人の器に注いだ。

「飲んでみろ、サムラ、タエン」

「しかし」

「いや、頂戴しよう、兄貴」

二人が飲み、熱い息を吐いた。

「これはまた、躰が融けるのではないかと感じるほど、熱い酒です。そして、これほどうまい酒は、口にしたことがありません」

「殿、そろそろ」

高笑いをするチンギスに、ボオルチュが言った。

「まあ、よかろう。飲め」

ボオルチュとソルタホーンが、同時に立ちあがった。

ソルタホーンが、大声で肴を命じている。

「いいものがあるぞ、おまえたち。チェスラスが時々届けてくるが、例の玉だ」

「馬の金玉ですか」

狗眼の兄弟が、ちょっと呆れた顔をした。

軍馬を去勢するのは、軍ではあたり前のことだ。それで雌馬が発情しても、暴れなくなる。しかし取り除いた睾丸《こうがん》を、酒や塩やらに漬けて、肴にすることは知らなかったようだ。

狗眼では、あまり馬を遣わない。それに馬匹の者たちの権利のようなもので、チンギスもある時まで知らなかった。

宴会になったが、ソルタホーンが中座し、四半刻後に戻ってきた。

「四名、死にました。ボロルタイ将軍の部下が三名、トルイ将軍の部下が一名」

「仕方がないか」

チンギスは、三つ目の宝玉を口に入れた。

牧で長く馬医者をやっている老人が、そう呼んでいた。聞いてから、チンギスもそう呼んでいる。

ここでは宴会をしているが、馬回りを除く全軍は、実戦に準ずる調練の段階に入っていた。時々死ぬ者が出るが、四名というのは多かった。

「俺はここで、酒を巡ってボオルチュ殿と言い争いをしていた」

「私も、仕方がないと思う、副官殿」

サムラが、父のヤクの話をはじめた。

ダイルが死んだ戦場で、死んだのだ。

あの時のことは、忘れていない。ダイルやヤクの名も、時々思い出す。しかし、ダイルの父や祖父については、思い出すことも少なくなっていた。いくらか面倒な父子関係だったので、祖父と父ということにチンギスはしていた。

チャラカとモンリク。チンギスの草原での出発を支えた二人だった。

「ヤクの父親は、狗眼という名しかなく、ジャムカのもとにいた。首を打たせたのは、俺だ」

「存じております、殿。族滅というところを、祖父《じい》さまの首ひとつで許された、と親父は言っておりました。そして、殿に従い、一族は人間らしい暮らしを山中に持てました。わずかな間に、人が増え」

「もういい、サムラ。おまえたち兄弟は、ヤクの好物が宝玉だと知らなかっただろう」

「そうなのですか」

「俺とよく会ったが、伜《せがれ》にも教えなかったのだな。数がかぎられていて、牧の者たちの特権だった。ヤクひとりでは食わせて貰えず、俺が牧に行く時に、いそいそとついてきたものだ」

「知りませんでした、ほんとうに」

タエンが言った。

調練で死んだ四名の話は、もう出なかった。

ヤクがチンギスの下で働くようになったのは、まだ二十代のはじめだった、という気がする。

戦場のように力を出し切れればいい、というような仕事ではなく、じっと耐え続けることが多かったはずだ。

まだそれほどの年齢とは言えない時に、ヤクの髪は白くなった。

チンギスは、従者に命じて、残った二つの甕を持ってこさせた。

「これは、おまえら兄弟にやろう」

「そんな」

「ボオルチュ様と副官殿が、言い争いをされるほどの酒なのに」

「いいのだ」

チンギスは、酒を口に入れた。呷るような酒ではないのだ。

「宝玉をもうひとつ食い、これを持って、おまえたちはもう帰れ」

「頂戴しても、とても飲むことなどできません、殿」

「なにを言っている。酒は飲むためにあるのだ。持ち帰り、おまえたちを継ぐ者たちがひとり立ちする時に、酌み交わせばいい」

「頂戴しよう、兄貴」

タエンが言うと、サムラも頷いた。

ボオルチュは二人に皮肉を浴びせ、ソルタホーンは二度ずつ蹴った。

二人が、甕を抱えて帰った。

「申し訳ありませんでした、殿。調練の詳細を決め、命じたのは俺です。騎馬隊の交錯の調練は、落ちてしまった者が死にかねないので、組み入れるかどうか、迷ったのですが」

「ソルタホーン、おまえの性格はわかっているが、自分だけ責めるな。雪が解けて緑が芽吹いたら、俺は、若い力を叩き潰さなければならん。俺が倒れる方が、ずっと人の世のためになると思うが、死んで行った者たちがいる。その者たちのために、俺は誰かに遮られてはならないのだ」

「はい」

「副官殿、私たちは、殿の業《ごう》につき合わされているだけだ。いつの間にか、それが自分の業にもなった」

「利いたふうなことを言うな、ボオルチュ」

「そうですね」

まだ、酒が少し残っていた。

それを、三人で分け合った。

四

　例年より、ずっと多くの雪が降ったという。

　雪の中で、玄旗と黒貂の帽子は、よく映えた。マルガーシは、しばしば玄旗を見上げた。この地の冬ははじめてだったが、好きだと思った。

　その雪が、解けはじめている。

　雪が降る前、雪の最中、雪解けのころ。黒水城は、それぞれに違う姿を見せた。鈍色《にびいろ》がいきなり輝き、深い色の中に沈み、軽く、舞うように宙に浮かぶ。

　いつの間にか、マルガーシはその姿に魅せられていた。

　チンギス・カンが、戦の勝敗に城を賭けろと言ったことが、いまではよくわかる。

　そして、負けて城を失いたくない、と思った。

　いま城の主になっている哈敦公主も、戦などより、城に魅せられているだけではないのか。

　内側で、そこで暮らしている城と、外から眺める城では、同じようでいて、どこか違う。

　ここを中心にして、モンゴル国領内の、あらゆる場所で蜂起を起こす。叛乱が全土に拡がった時、ここで雌雄を決する。

　トルケン太后のこの戦略は、中心に誰を置くつもりだったのか。アラーウッディーンか、その息子のジャラールッディーンか。それとも、自分自身だったのか。

たとえその戦略が、形骸でなく生きていたとしても、チンギス・カンを討ち果すことはできたのか。

戦略そのものを、チンギス・カンは見切った。いや、ものともしなかった。そして自分は、遊軍を率いて、戦場での奇襲だけを考え、いつまでも剣先を届かせることができなかった。

チンギス・カンは、すでにこの世にはじめて出現した巨大な王だった。抗うことさえできないのが普通だ。版図に見合った兵を召集するとしたら、二百万にも達するかもしれない。それを、十分の一の兵力で、楽々維持している。

桁がはずれている。そしていま、ぶつかる時は、相手の桁で充分だ、と考えている節さえある。

調練は、仕上がっていた。

それでも、なにか足りない。

トルケン太后の戦略の一環として、こうして兵を集められ、兵站さえも保証されている。つまり、自分の力ではない。それが、なにかではなく、間違いなく決定的に欠けているものではないのか。

チンギス・カンの力は、すべて自力である。

そして、ひとりきりで、こちらとむかい合おうとしている、とも考えられる。

戦場で、対等に闘えるのだ。

営地からは、黒水城が見える。周囲にいるのは馬回りの二百余騎で、五里離れたところに三千余騎の麾下がいた。

本隊は、さらに離れたところに、営地を築いて、冬越しをした。

冬の間の調練は、極限まで厳しいものだった、とマルガーシは思っている。

兵たちは、頬骨と眼が突き出し、異様な形相をしていた。眠らせないことも、しばしばだったのだ。

それがいま、徐々に元に戻りつつある。十二刻、必ず眠らせるし、一日の中に、何刻も休息の時を与えた。

実際に闘う用意が、できつつあるのだ。

マルガーシは、ホシノゴやイナルチュクやテムル・メリクが来た時、短い話をするだけだった。部下とは、ほとんど喋らない。ユキアニが、一日の報告をする時、なにか言うだけだ。

木片を岩に立てかけ、足で押さえて、左手で削る。それでできるものが、そこそこに様になってきた。

しかし、鞍につけた革袋に入れたりはしない。焚火に放りこむだけだ。炎は、少しだけ大きくなる。

兵站は途切れず、チンギス・カンもそれを切るつもりはないようだ。兵站について、マルガーシは考えることをやめた。

戦において、考えなければならないことの、半分は免除されている。

なんということだろう、と思える押し合いは経験した。

馬回りと麾下同士の、押し合い。あれを、ただ押し合いと言えるのだろうか。

自分が、なんだかわからなくなる。軍の押し合いだとさえ、思えない。意味がなかった。無意味なものの中に、なにかが見えてくる。はっきりとわからないが、戦そのものが、見えていたのではないのか。

チンギス・カンもまた、戦そのものを見続けていたのだろうか。

押し合いが続く戦について、マルガーシは森の中でトクトアに聞かされたことがある。

ケレイト王国のアルワン・ネクという将軍と、メルキト族の族長アインガが、数日にわたって押し合った。

活発な戦場で、そこだけが動かず、しかし最も熱を持っていた。

トクトアは、自分の次の族長であるアインガから、詳しく聞いていた。押し合いをしているアインガの、心の状態も語った。

しかし、マルガーシには、多分、すべてを理解できてはいなかった。自分があの押し合いを経験して、はじめて以前よりわかってきた。

しかし、アインガの押し合いと、自分が経験したものでは、同じというわけではないだろう。

ただ不毛な押し合いが、いまマルガーシの中に重いものを残している。

アインガもアルワン・ネクも、以前とは違う人間になってしまったようだ。

マルガーシは、一度、アインガに会った。トクトアの森を、訪ねたのだ。トクトアは死んでいて、代りにアインガがいた。

それにしても、いまは心がふるえるほど、あの森が懐かしい。トクトアと狼の一家だった。マルガーシは新参で、オブラという名の三代目の狼の、弟分だった。

なんだったのだろう。故郷という言葉で、思い出すのは、あの森だ。

足で押さえた木片が、小さく細くなり、なくなった。

マルガーシは、小刀を懐の革の鞘の中にしまった。こういうことも、左手で無意識にできるようになっている。

馬回りの者たちが調練に出て、営地にいるのは二人の従者とユキアニだけだった。

ユキアニは、用事がないかぎり、マルガーシにあまり話しかけてこない。

一緒に闘っている間に、なにか通じた。それだけのことだった。

そのユキアニが、小走りで近づいてきた。

「来客です、隊長」

ユキアニは、自分が間違ったことを言った、と思ったようだ。直立して、しばらく黙った。

「来客というのとも違うのですが」

「人が来た、ということか?」

「その人というのが、ジャラールッディーン将軍なのですが」

「自分で来たのだな」

「はい、テムル・メリク将軍も一緒で、供回りは二百騎ほどです」

馬蹄の音が、地に響いていた。あれは調練ではなく、騎馬隊が近づいてきた、ということだったのか。

「やつらの馬は、手綱を持たせておけ。水は与えていい」

マルガーシは、本営として幕舎に玄旗を掲げているところへ戻り、ジャラールッディーンを待った。

近づいてきたのは、テムル・メリクと二人だけだった。少し歩いたらしい。

「なにか用か、ジャラール」

「用事は、なにもない」

「そうか」

「戦と関係なく、おまえと話をしたかった」

幕舎の前に、卓と椅子がある。マルガーシは、ジャラールッディーンと、むき合って座った。

テムル・メリクは、ユキアニと立ち話をしている。

従者が、湯を注いだ器を持ってきた。

「私は、酒の方がいい」

「ここには、ない」

「だから、私が自分で持ってきたよ」

「おまえの軍には」

「待てよ、マルガーシ。ずっと私の方が子供で、軽くあしらわれていたが、いまはおまえが子供だぞ」

思わず、マルガーシは、笑った。それに気づいて、次は声をあげて笑った。

「はじめて会ったマルガーシは、もっと闊達《かったつ》だった、という気がする。いろいろあって、拗《す》ね者になったのかな」

「そう見えるか。いろいろと考えこむようになったのだ、と思う」

「そうか、わかったぞ。私は、いろいろあって、ほとんどなにも考えなくなった。それで、おまえが拗ね者に見えるのだ」

「考えこむのがいいことだ、と思っているわけではないが、総帥でチンギス・カンと闘って、負けた」

「チンギス・カンも、かなりの傷を負った」

「黒水軍は、精鋭だった。選び抜いたのだからな。そして、兵力は二倍だった」

「それでも、私は分けたと思うな。おまえだから、できたことだよ」

「犠牲の数を較べてみろ」

「うむ、負けたとしても、私たちは生きている。私は、いやというほど負け続けた。何度も、おまえに命を救われた。生きているから、負けていないと、自分に言い聞かせていたよ」

「都合のいいやつだ」

「そうだな」

テムル・メリクが、酒の革袋を持ってきた。

器は二つだけで、テムル・メリクはユキアニと、離れたところで飲むつもりらしい。

「会えてよかった」

ジャラールッディーンが言った。マルガーシは、ちょっと首を傾げた。

「次の戦で、死ぬかもしれない。だから、それだけ言おうと思って、ここへ来た。ずっと、思っていた。兄弟以上だった」

「おい、ジャラール」

「言わせてくれよ。私は、ほんとうに死にそうな気がするのだ」

「おまえを、死なせてたまるか」

「ほんとか」

「ここまで助けてやったことが、無駄になる」

ジャラールッディーンが笑い、器に酒を注いだ。マルガーシは、左手をのばした。

「私にとっては、テムル・メリクも大事な人間だ。しかし、生まれた時から、臣下なのだ。友になりきれないものが、テムル・メリクの中にはある。おまえは、臣下になることを拒んでくれた」

「友だちになりたいから、拒んだわけではないなあ。縛られるのがいやだ、と思ったのではないかな」

「なんとなく、そう考えていた」

マルガーシは、酒を呷った。これも、左手で自然にできるようになった。自分で、革袋を摑み、酒を注いだ。一滴もこぼさず、それもできる。

「もう、私には言葉はいらないよ。おまえがいてくれたので、生きたと思える」

「おまえは、まだ生きていないと思うぞ、ジャラール。ホラズム国というものを背負った時期が、長かったからな。俺は、同情していた」

「同情されていたと思う、確かに」

それから、他愛ない言葉を交わしながら、酒を飲んだ。

テムル・メリクが、鉄笛を吹きはじめる。

この笛は、好きだった。そうやって好きだと思えるものは、思い返せばひどく少ない。

「いい靴を履いている」

ぽつりと、ジャラールッディーンが言った。

俺の母が作った靴だ、と言いかけたが唇を閉じた。

夕刻、調練に出た馬回りが戻ってくる前に、ジャラールッディーンは帰って行った。

「テムル・メリク将軍が、出撃はいつになるのだろう、と気にしていました」

「そうだな。急ぐことはない。ひと月後ぐらいにするか。水場の周りなどは、花が咲いているだろうし」

「隊長が、花ですか」

「おかしいか」

ユキアニは、返事をしなかった。

調練の兵が、戻ってくる気配があった。

五

馬に乗ること。己《おの》が脚で歩くこと。剣を振ること。

チンギスはそれをやり続けたが、自分が思う躰ができあがったとは感じなかった。

傷を受ける前とは、どこかが違う。戻っていないのだ。

草原から運ばれてきた馬乳酒も、日に三度飲んだ。

老いたのではない、とチンギスは自分に言い聞かせた。齢《よわい》を重ねれば、老いる。充分なだけ、齢は重ねている。それでも、老いてはいない。

日に六刻、馬に乗り、六刻、速足で歩き、四刻、剣を振る。汗にまみれた。

それでも、試しに駈けてみると、胸が苦しくなってくるのだ。

馬に乗るのと歩くのは、ボオルチュが一緒だった。それだけでボオルチュは疲れ果て、幕舎に入ってしまう。馬は半分が疾駆で、歩き方は相当に速い。

「なにがこたえているかといえば、私は馬の方ですね。特に疾駆は、馬だけでなく乗る者の体力も奪います」

ボオルチュが幕舎から出てくるのは、大抵、夕食の前だ。料理人たちが作るので、それは兵糧とは言えなかった。だから食事である。

「意地を張られてはいけませんよ、殿。いい歳なのですから」

「おまえが、好きでつき合っているのではないか」

「私は、殿をお守りしているのですよ。気持の上では」

「おまえは、俺が眠れず苦しんでいる時でも、平気で鼾《いびき》をかいて眠っていたよな」

「テムルンの時も、そうでした。抱き締めてやると言っていたのに、抱き締められて眠っているのですよ」

ボオルチュは、テムルンという名を、話の中で出せるようになった。そんなものだろう、とチンギスは思った。時とはそういうものだ、と思ったところで、意味はない。

黒水軍が、移動してきたのは、新緑のころだった。チンギスの営地の前の池は、周囲に木立を持っている。木々が芽吹き、木立の下が日陰になるほど、葉が繁った。

「ソルタホーン、もうひと月近く、やつを待たせているのか」

「そうですね。ただ、余裕のある陣立てで、まだ戦に備えている、というほどではありませんが」

初夏の光が、眩しい。

殺し合いには、ふさわしい陽の光だった。

「ソルタホーン、行こうか。文官や、兵站や馬匹の者などは退げろ」

「また、いきなりですな」

「唐突にはじまって、唐突に終る。人の生にも似て」

「なにを言っておられますか」

それから、ソルタホーンの表情が変った。

「二刻で、出動の準備はできます」

「よかろう。麾下とともに、俺は先頭を進む。本隊は、別に行軍させろ」

「ほぼ、兵力は拮抗しております。それでも、殿が先頭におられることは、お止めしたいと思います」

「玄旗は、前へ出てくる」

「わかりました。では、具足をお着けください」

ちょっと、狩にでも行くような感じで、それがよかった。これまで、大仰な戦をしすぎたのだ。

馬に乗った。

ただ、戦なのだ。ただ、闘うのだ。

これほど、快感に近いものを抱ける戦は、したことがない。無意味。不毛。だから、やる価値がある戦。

半日で、黒水城の東二十里のところに達し、夜営に入った。

馬回りだけでも、哨戒《しょうかい》が五騎出ている。斥候も放ってあるだろう。

チンギスの分だけ、幕舎があった。それが不要だと言うのも、無駄だという気がした。

よく眠れた。

早朝に、進発した。

三刻進み、黒水城が見えてきた。

おい、幻の城よ。いまから、おまえは俺のものになる。

「前方十里、黒水軍」

間に、なだらかな砂丘が二つあり、姿は見えなかった。

チンギスは、馬回りだけを率いて、砂丘に駈け登った。

もうひとつむこうの砂丘の、稜線。

一騎。続いて玄旗。そして二百騎ほど。

選んだような場所だった。両軍が砂丘に登り、駈け降りれば、戦場全体が見渡せる。

どんな戦であろうと、砂丘の底に呑みこまれる。それぐらいのものだ。飛び出した時、血にまみれているのか砂にまみれているのか。

それでも、チンギスの躰には血が巡りはじめ、闘気がこみあげてきた。

ただ、闘える。

死のうか、ジャムカ。

戦とは、ほんとうは、ただ死ぬことだ。

チンギスは、馬腹を蹴った。玄旗も、むこう側の斜面を舞い降りてくる。

交錯した。馬首を回し、もう一度、交錯した。お互いに、三騎か四騎、落ちただけだ。チンギスは、剣を抜こうとも思わなかった。

半里ほどの距離で、むき合っている。

チンギスは、少し前へ出た。ソルタホーンのほか、四騎がついてくる。玄旗も、五騎で出てきた。

「右腕を、なくしたな、マルガーシ」

「あなたは、血を喀き続けたのではありませんか？」

「いつまでも、喀き続けることはできんな。そのうち、出なくなる。そんなものだ」

「首を、頂戴しますよ」

「奪ってみろ、若造。俺を、誰だと思っている」

「チンギス・カン。いやテムジン。俺の親父の、敵であり、友であり」

「めぐり合わせだな。おまえも、俺が殺すことになった」

見つめ合った。これ以上、言葉はむなしいだけだった。

チンギスは、半里ほど退がった。玄旗も退がり、二里ほどの間合になった。

本隊同士がぶつかっているようで、遠くからの争闘の気配は、砂丘の底にも伝わってきた。

チンギスは、剣を抜き放った。吹毛剣《すいもうけん》。抜いた時に、その名を思い浮かべたことがあったかどうか。そんなことが、頭をよぎった。

前へ。はじめから疾駆で、ぶつかり合った衝撃は強かった。交錯する。互いに、調練は充分というところだった。

ぶつかった。血まみれになった。それでも、互いに体勢は崩さなかった。

さらに、二度、三度とぶつかる。

それから、退がった。

馬は、疾駆には長くは耐えられないのだ。

玄旗も、退がった。

マルガーシは、左腕を、利き腕のように遣えている。とてつもない修練を、積んできたのだろう。

力と力。せめぎ合いが、まだ続くだろうか。

「殿、息があがっておりますぞ」

ソルタホーンの声。それで、ふっと楽になった。肩に力が入っていたのだと、チンギスははじめて気づいた。

俺も、まだまだではないか。この歳になっても、死ぬのをこわがっているのか。いや、負けるのがこわいのか。

肩の力は、血に躰が反応しただけだ、とチンギスは思った。

なあ、マルガーシ。ほんの束の間の闘いだが、もう終るぞ。いつまでも続くような闘いは散々やってきて、ここでは、ほんとうはひと振りで終るはずだった。

お互いに何合も行き合うのは、どこかで死ぬのをこわがっているのか。

躰を前に傾け、馬の首筋を撫でた。

次の瞬間、馬腹を蹴った。もう交錯はできず、斬り合いになった。チンギスは、二騎、斬り落とした。もっとやれたはずだが、馬回りが素速く前に出てきて、なかなか敵と接することができない。

頭上で、剣を振った。

退がる、馬首は回さず、馬の脚だけで退がる。

間合が一里。玄旗の前にいる、マルガーシの顔が見える。

おい、ジャムカ。こんな時、おまえなら笑ったよな。おまえの伜は、形相を変えているぞ。そしてもう、ぎりぎりのところにいる。俺たちのぎりぎりは、際限がなく、いつまでも続いたものだ。

それでも、なかなかやっているぞ。見ていてやれ。力を出し尽す闘いを、まだやれるのだ。

馬回りと麾下を合わせて、三百騎は失っていた。黒水軍は、もっと多い。

おい、俺たちのために、みんな犬死にをしているぞ。やめような。

マルガーシを見つめ、チンギスは語りかけた。

老いぼれが。マルガーシが言っている。

馬腹を蹴った。マルガーシは、チンギスしか見ていない。吹毛剣に、すさまじい衝撃が来た。馬を退げた。もう一度、ぶつかった。下腹に、なにかが入ってきた。構わなかった。マルガーシが、眼を見開いている。

ぶつかる。マルガーシは、なにかを忘れていた。いまの自分を、忘れている。チンギスは、首を差し出しながら、下から吹毛剣を擦《こす》りあげた。

マルガーシが、馬から落ちた。チンギスを見あげるマルガーシに、馬回りが四騎、剣先を突きつけていた。

「終った」

砂丘の底に、ソルタホーンの声が響いた。

「これ以上、誰も死ぬな」

マルガーシは、具足が二つに割れ、胸のあたりから血を噴き出させていた。

「愚か者が」

「いや、俺は自分が愚かだったとは思わない。あなたの首を、なぜ打てなかったか、不思議なほどです」

「だから、愚か者なのだ。おまえは、いまの自分を忘れた。わかるか。俺が首を差し出した時、おまえは右腕で斬ろうとしたのだ」

「右腕で？」

「俺が、たやすく首を差し出すと思うか。おまえがいまの自分を忘れ、前に戻ってしまった。だから、首を出した」

右腕、と呟いて、マルガーシがうなだれた。

「勝負はついた。これでいいな」

ソルタホーンの声が、また響いた。

「マルガーシ殿の躰を残して、黒水軍は退がれ。魂は、持ち帰れ」

前衛にいる兵が、泣いていた。それでも、少しずつ退がっていく。

「マルガーシよ、めぐり合わせだな」

「愚か者として、死にます」

「草原だ、マルガーシ。俺たちは、草原の男だ。草原の男の、名誉ある死に方。おまえに、それを与える。おまえの親父も、そうやって死んでいった」

ソルタホーンが馬を降り、五名の兵に命じて、革を束にしたものを出した。マルガーシの躰を、それで包んでいく。縛られているわけでもないのに、マルガーシは身動ぎひとつしなかった。

最後に、顔を包まれる時、マルガーシはかすかに首を動かして会釈し、笑った。

革で包まれた、マルガーシの躰が横たえられる。チンギスは、少し退がった。

「また、会おう」

チンギスの声と同時に、馬回りの半数が疾駆しはじめた。マルガーシの躰。もう一度、百騎が戻ってくる。駈け去った。

マルガーシの躰は、革ごと砂に埋もれていた。

「ここが、ジャムカの息子、マルガーシの墓となる。両軍とも、いいな。もう、戦など終ったのだ。帰ろう」

ソルタホーンの音声《おんじょう》。

チンギスは、馬首を回し、なだらかな砂丘を駈け登った。

ふりむかず、そのまま駈け、しばらくすると、馬が脚を止めた。

「殿、ここに幕舎を設営します」

ソルタホーンが言った。

自分で、馬を降りることができた。

六

黒水城の近くに、本営を移した。

チンギスは、ひと月近く寝ていたが、回復して歩けるようになっていた。

マルガーシの剣が、下腹に入っていた。

内臓がどれほどやられたのかわからなかったが、ケシュアを筆頭にした五名の従軍医師が、まずチンギスの腹を切り開き、深いところから縫っていった。

チンギスの意識はしっかりしていて、ケシュアが許可を求めることに、ひとつずつ頷き返した。すべてを縫い終っても、意識はなくならなかった。

十日ほど、そのまま寝て、それからこの本営に移った。

黒水城のむかい側の、丘の上。

幻のようだった黒水城は、自分のものになった。しかし、幻のままだ。

幻だということが、いまでははっきりとわかる。見えてはいるが、悲しいほどの幻だった。心に、黒水城は浮かびあがってこない。なぜか、見えているだけなのだ。

チンギスが、当分ここにいると言ったので、モンゴル国の都は、ここになった。

ナルスがやってきて、あっという間に、石の館を築いた。

ボオルチュが、すぐにアウラガ府の支所をここに置いた。このままでは、さまざまな役所もここに来て、民が集落を作り、商賈などもできたりする。

チンギスは、そのすべてを禁じ、石の館だけを許した。ボオルチュの執務室もその中にあり、ソルタホーンの本営は、少し離れた、十一の大きな幕舎だった。

ナルスは、館を築くための石を、あらかじめ、用意していたようだ。

チンギス・カンである。草原だけではなく、地上の王である。できないということは、なにひとつなかった。

黒水城は、マルガーシの死とともに制圧され、哈敦は、自裁の許しを求めてきた。

自裁を禁じ、黒水城の城主であり続けることを命じた。

あの女も、無数にあるただの幻のひとつだとしか、チンギスには思えなかった。

自分の生そのものが、幻だったのかもしれない。

モンゴル国の広さだけを考えても、人に戻ったチンギスにとっては、幻でしかなかった。これほど広い国など、あっていいのか。

いいのだ、と眠る前にチンギスはいつも思った。

天はひとつ。だから、地もひとつなのだ。それがすべてで、ほかのものは、なにもない。なんという、美しさなのか。しかし、ほんとうの美しさが、人の世にあるのか。美しさそのものが、あり得ないものではないのか。

すべてが、どうでもよくて、人の世では無上に大切なものでもあった。美しさなどという言葉は遣うな、とチンギスは自分に言い聞かせた。

もっと、違うものがある。人が生きているのだ。美しいという言葉は、違うものになっているはずだ。

自分がなにをやったのか、チンギスは考え続けた。

黒水城は変らない姿で、しかし幻のままだった。

毎日一度、ケシュアが現われて、下腹の傷を見る。無表情のままだ。なにを訊いても、表情は動かない。

傷には、時々、鈍い痛みがあるだけだった。

つまらない用事が押し寄せてきているようだが、それはボオルチュとソルタホーンのところで止められている。

時々、チンギスは若い文官を呼んで、細々としたことを二刻ほど報告させた。

それはよくやっていたことで、この地域の老人の税はどうなっているか、ということについてだったりする。場所によっては、どれほどの人が暮らしているのか、いまだ定かになっていない。老人からは、税を取らない。それで、人は長生きをしてもいい、と思える。しかし、若い者が、老人だと言い張ったりすることがあった。そこをどう見分けるか、現場の係官は苦労しているようだ。

軍はトルイをアウラガに帰し、ボロルタイだけをそばに置いている。

一万騎は、精兵だが、さらに調練には熱を入れているようだ。三日休むと、取り戻すのに十日かかる、とモンゴル軍では言われているのだ。

それでも平時には、五日に一度、兵たちには休みが与えられる。

戦の気配は、どこにもなかった。

ジャラールッディーンは、マルガーシの死を見届ける前に、潰走し、西へ追われて、姿を消した。

それ以来、いまのところジャラールッディーンの気配はなくなった。

逃げるのを潔しとせず、その場に留まった者が、三千近くいた。マルガーシの馬回りと麾下である。

闘いはやめ、武器は置いた。

落ち着いてから、ボロルタイがひとりひとりとむき合い、希望を聞いた。

国へ帰りたい、という者が半数以上だった。流浪を望んだ者、他国の軍に入りたいという者もいた。

その面談については、チンギスがここへ移るまでにすべて終えていて、残すと決められた者が三十名ほどいた。

全員が、俘囚《ふしゅう》用の幕舎に入れられ、日に一度、幕外を一刻駈けさせられている。

「なかなか見事なのです、覚悟が」

ボロルタイがやってきて、言った。

外の天幕の下で、チンギスはソルタホーンやボオルチュと喋っていた。

「それでおまえは、その三十名をどうしたいのだ」

三十名の希望は、首を打たれることだった。

馬回りが十二名、麾下が十八名だという。いずれも目前で、マルガーシの最期を見ている。

「わが軍に、加えることができれば、と思っています」

「いいな、ボロルタイ将軍。俘囚は、扱い方によって将軍の器量がわかると言われている。それで、どんなふうに入れる。下働きか？」

「俺の側近で。三十名だけを、側近にします」

「それでは敵の中だ、ボロルタイ」

ボオルチュが言った。

「もう俘囚です。敵だった者たちではありますが」

「せめて、馬回りの端に加える、という程度にしろ、ボロルタイ」

「待て、ボオルチュ。ボロルタイのやりたいように、やらせよう」

ボオルチュは、黙りこんだ。

「ここは、殿の言われる通りだ。ボロルタイ、もう退がっていい」

ボロルタイが直立し、チンギスにむかって拝礼した。

「この話は、あとで二人でしよう」

ソルタホーンが言い、ボオルチュは、うつむいたまま頷いた。

近くの湖のまわりを歩く。それはできた。馬に乗っていると、どこか苦しくなる。剣を振ると、下腹が痛い。

肉を、少し食う。料理された野菜も食う。

それぐらいだった。たまに、黒水城を眺めに行き、そこで食事をとった。

従者は、いつもついている。ソルタホーンも、麾下の軍のところにいるか、チンギスのそばだ。

ボオルチュだけが、思いがけない忙しさに襲われ、愚痴をこぼし続けている。

自分がいるところに、すべてのものが集まってくる。アウラガにあればいいというものまで、こちらに支所を出そうとする。

商いや、生産というものについては、アウラガが中心でいい。各地の鉄鉱石の鉱山と炭坑のそばにある製鉄所も、すべてアウラガに通じる街道を持っている。

黒水城にも古い街道が通っているが、一本だけである。

ボオルチュに命じて、黒水城にさまざまなものが集中しないようにしていた。耶律楚材が一度きて、ボオルチュとは相当に細かいことを詰めていた。

黒水城は、アウラガからそれほど遠いわけではない。

石の館は、居心地がよかった。風もよく通り、光も入る。ただ、居心地のよさなど、これまで求めてこなかった。黒水の宮殿と呼ばれているここも、チンギスはただ、石の館と呼んでいる。

夕食のあと、寝台に入るまでに、チンギスは少しだけ酒を飲んだ。一緒に飲むのは、それほど忙しくないソルタホーンだった。

ソルタホーンは、毎日、ケシュアと話をしているようだ。チンギスのもとにケシュアが来て、傷痕を見て、口の中を覗き、さまざまな問いかけをして帰っていく。その間、ケシュアはずっと無表情だ。ソルタホーンは、ケシュアが帰ってくる部屋で待っているらしい。

ケシュアは、ソルタホーンと話す時も、無表情なのか。

チンギスは、下腹の傷が、完全に癒えたとは思っていなかった。塞がった傷に、なにかあれば亀裂が入る。そんな危ういところにあるのだろう、とチンギス自身も感じていた。

だから、なんなのか。癒えない傷があるのなら、それはそれで面白い。傷が、自分の躰を食い荒らしてくるのだ。傷との勝負になる、とチンギスは思った。

酒を飲んだら、寝る。ソルタホーンと、ほとんど話をしないこともあるが、あえて喋ることは、お互いにしなかった。

心地よい寝台だ、と誰もが言うだろう。しかし、眠っている間の心地よさなど、ほんとうにあるのか。

声が聴える。

眠りにつくまでに、何度か聴える。

ここで眠って、もう眼醒めない。愉悦に満ちた声だった。なにかに魅了されるように、チンギスは眠りに落ちることができた。

しかし、朝には眼醒めてしまっていた。

その声が、ある日、聴えなかった。

眠ったのか眠らなかったのか、よくわからなかった。

眼を開いて、外が光に満ちるまで、寝台でじっとしていた。

なにか、親しかったものに、別れを告げられたような気がした。

上体を起こすと、その気配だけで、従者が入ってくる。

顔を洗い、口を漱ぐ。

暑い季節なので、着物は薄い絹だ。

外へ出る。衛兵が、直立している。

日陰で、朝食をとる。肉の煮汁と、野菜を炒めたもの。それから茶。

陽の光の中を、ボオルチュが歩いてくる。

いくら忙しくても、朝のこの時間だけは、やってくる。ボオルチュは、無表情だった。

「陽の光が、眩しいですね」

ボオルチュの表情は、変らない。

前は、饅頭《マントウ》を硬く焼いたようなものに、獣の脂を溶かしてかけ、食っていた。いまは、肉の煮汁である。

いつものように食事を終え、しばらく歩いた。躰の中で、なにかが動いている。それはたとえて言えば、見知らぬ小さな生き物がいるという感じだった。

従者が、冷たく濡らした布を、おずおずと差し出してきた。いつもより、汗をかいているのかもしれない。

部屋へ戻らず、湖のそばの天幕の下へ行った。椅子も、躰をのばして寝られる台も、置いてある。横になった。

水辺に咲いた、白い小さな花が見えた。前から気づいていた花だが、そのかたちまで、はっきりと見た。

昼食を食い、少し歩いた。

ソルタホーンが、一緒だった。そういう時、従者は離れてついてくる。

「昨夜は、眠れなかった」

「酒は、普通に飲んでおられました」

「そうか、普通か」

「以前と較べると、わずかな量ですが」

「俺は時々、普通ということがなにか、わからなくなるような気がする」

「それは、チンギス・カンに普通などはないのです。あるはずがありません。それについては、俺もボオルチュ殿も、いささか同情的ではありますよ」

「おまえたち二人に、同情されるのか」

「俺たちだからこそ、です」

そうだなと言おうとしたが、面倒になった。

いつものように時を過ごし、夜、酒を飲み、寝台に入った。

待ったが、声は聴えなかった。

汗はかいていたが、普通に眠ったようだった。

朝食を終えると、従者が近づいてきた。

「ボロルタイ将軍が、拝謁を求めておられますが」

「そうか、通しておけ」

チンギスは居室に帰り、いくらか衣装を改めた。謁見の間へ、出ていく。衛兵を背後に立たせるのは、肯《がえん》じなかった。従者が二人だけだ。

「ボロルタイ、あの三十名の話か」

「その三十名は、俺の供回りでここまで来ましたが、別の俘虜《ふりよ》の話です」

「ほう、まだいたか」

「お会いいただきたいのです。ホシノゴとイナルチュクです。そして、死を禁じていただきたいのです」

二人とも、狗眼からは詳しい報告が入っていた。戦でどうなったかは、気にしなかった。

「入れろ」

チンギスは、入ってくる二人を見つめた。

拝礼する。チンギスは、椅子に座ったまま頷いた。

「二人のことは、知っている。もしかすると、おまえたち自身よりも、知っているかもしれん。ホシノゴ、イナルチュク。首を打たれたがった三十名の行く末を見定めて、安心したのか」

二人は、うつむいていた。

「俺は、おまえたちと長く話すつもりはない。バルグト族のホシノゴ。おまえは、ジャムカのために、生きてくれ。カンクリ族のイナルチュク。おまえはマルガーシのために、生きてくれ。命じているのではない。この俺が、頼んでいる」

二人は、うつむいたままだった。ホシノゴの足もとに、涙が滴り落ちている。

「二人とも、顔をあげろ」

弾かれたように、二人が顔をあげる。いい眼をしている、と思った。

「約したぞ。承知ならば、このまま国へ帰れ。俺は、おまえたちを忘れる」

チンギスは、腰をあげた。

居室へ帰ると、いくらか疲れを覚えた。

七

声が聴えなくなって、五つ夜が過ぎた。

チンギスは、遠乗りの準備をさせた。

ボオルチュもソルタホーンも、止めようとはしなかった。馬回りの二百騎だけが、五里離れてついてくる、とソルタホーンが言った。

それは、仕方がないことだった。

随行を禁じられた従者たちは、あらゆることを気にし、チンギスが馬に乗るまで、駈け回っていた。

「行こうか」

駈けると、全身が毀れそうだった。

ゆっくりと、歩かせる。

「暑いかもしれません」

「なんの。馬上には風があるではないか」

三騎で、轡《くつわ》を並べた。

六刻進んで、泉のそばで休んだ。

ボオルチュが、革袋の馬乳酒と、石酪を出してきた。

「うまい」

馬乳酒が、躰にしみる。

「干し肉もあります。私の鞍に、鍋がくくりつけてあります」

「それは、夕餉にしよう」

午後、さらに六刻進み、野営した。

小さな焚火。泉の水。闇が訪れると、くっきりとした、半月が見えた。

「私は、残念です、殿。くやしいです。言葉では、言い表わせません」

「ならば、言うな」

「私は、殿です。殿なのです。しかし、殿が死なれる時、私は死ねません」

「そんなことか。ソルタホーンも、同じようなものか」

「俺は」

「ケシュアにいろいろ聞いて、覚悟はしていたか」

「自分が死ぬ覚悟なら、いつもしていたのですが。殿はいま、こうして話し、馬乳酒を飲んでおられます」

「おまえたちより、先に死ぬ。まあ、ありそうなことではないか」

「殿は、死なれません。昨日、ケシュアは、殿がすでに死んでおられる、と申しておりました。はじめて、あの女が泣きました。それでも殿は、生きておられます」

「いいのだ、ソルタホーン。女医師の予測のように、たやすくは死なん。しかし、死ぬ。俺は五日前から、自分が死ぬと思い続けてきた。ようやくだ、と思っている」

「もうやめてください殿。これは夢なのです。眼醒めると、新しい朝になっている、と私は思います」

「おい、干し肉が膨らんできたぞ。食いごろだ」

湯を捨てた鍋の中で、ソルタホーンがきれいに切り分けた。

自分の小刀に、チンギスは一片を載せ、口に入れた。

感慨は、なにもなかった。

降るような星の下で、干し肉を食っている。

馬乳酒、石酪。そしてこの干し肉。草原で、命を繋いできた。

「二人に、言っておこう」

ボオルチュが、全身を硬直させるのがわかった。

「俺は、墓はいらぬ」

「はっ」

「この大地が、俺の墓だ」

「大地が」

ソルタホーンが、絞り出すように言った。

「殿、大地に埋めます。副官殿と二人で、四つの手で穴を掘って、埋めます」

「頼んだ。だが、俺は明日、眼を醒まさないということはない。自分の終りが、なんとなくわかるのだ」

「はい」

「行きつく先がどこか、と俺はいつも思っていた」

行きつく先があるわけではない。ただ滅びがある。それが死だ。

「もうひと切れ、干し肉を食ったら、俺は寝る。眼は醒ましてしまう」

二人とも、なにも言わなかった。

砂の上に、横たわった。

昼の陽の光を吸いこんだように、砂は温かかった。

よく眠った。

躰の中で駈け回っている動物は、いささか大きくなっている。

しかし、眼醒めは快いほどだった。

馬乳酒と水を飲んだ。

「ボオルチュ、おまえは俺の馬の轡を取って歩け」

「はい」

出発した。ソルタホーンも、歩いている。

何刻歩いたのか、わからなくなった。

「ボオルチュ、何歩だ？」

「二万三千四十五歩です」

「無駄な才能だな、ボオルチュ。なにかやりながらでも、片方で数を数えられているとはな」

「無駄でもありません」

ボオルチュが、明るい声で言った。

「はじめて殿と二人で砂漠を旅した時、私が歩数を数えていたので、何里進んだかわかったではありませんか」

「ソルタホーン、轡を代われ」

「殿、あの旅を思い出します」

「ボオルチュ、あの時、おまえは馬に乗っていた。ソルカン・シラがくれた馬だ」

「あっ」

ソルタホーンが、轡を取った。

気力が、しっかりしている。

前方を見据えていた。

「殿、俺には数が数えられません」

「心配するな。轡を取りあげられても、ボオルチュは数え続けている」

「殿の副官であったことを」

「言うな、ソルタホーン。ボオルチュも、もう話しかけるな」

砂漠が拡がっている。

いま、砂丘の稜線を進んでいた。

陽の光が、砂を別のもののように見せている。砂はただ明るく、砂丘の影は黒い。

黒と白が、鮮やかに拡がっているのだ。

テムジンよ。チンギスよ。

生きた。

風が吹いているような気がした。ボオルチュが、声に出して歩数を数えている。いや、ただの風の音か。

流れる雲の影が、束の間、チンギスの躰を覆い、通り過ぎた。

なにか、どうにもならないほどの懐かしさが、テムジンを包みこんだ。

これは、なんだ。

この雲の影は、どこかで見た。この影を追って、大地を駈けた。

不意に、視界が緑色になった。
チンギスは、地平まで続く草原の拡がりを、見ていた。鮮やかな色が、心に満ちる。
帰るべきところへ、帰ってきた。
この草原で、俺は生きた。
大地を感じ、そして天を知った。
草原の子。草原の男。
不意に、視界が、なくなった。

（十七　天地　了）
『チンギス紀』完

初出　「小説すばる」二〇二三年一月号～四月号
＊単行本化にあたり、加筆・修正をおこないました。

装画　寺田克也
装丁　鈴木久美

北方謙三（きたかた・けんぞう）

1947年佐賀県唐津市生まれ。中央大学法学部卒業。81年『弔鐘はるかなり』で単行本デビュー。83年『眠りなき夜』で第4回吉川英治文学新人賞、85年『渇きの街』で第38回日本推理作家協会賞長編部門、91年『破軍の星』で第4回柴田錬三郎賞を受賞。2004年『楊家将』で第38回吉川英治文学賞、05年『水滸伝』（全19巻）で第9回司馬遼太郎賞、07年『独り群せず』で第1回舟橋聖一文学賞、10年に第13回日本ミステリー文学大賞、11年『楊令伝』（全15巻）で第65回毎日出版文化賞特別賞を受賞。13年に紫綬褒章を受章。16年第64回菊池寛賞を受賞。20年旭日小綬章を受章。『三国志』（全13巻）、『史記　武帝紀』（全7巻）ほか、著書多数。

チンギス紀《き》

十七《じゅうなな》

天地《てんち》

二〇二三年七月三〇日　第一刷発行

著者　北方謙三《きたかたけんぞう》

発行者　樋口尚也

発行所　株式会社集英社

〒一〇一―八〇五〇　東京都千代田区一ツ橋二―五―一〇

電話　〇三―三二三〇―六一〇〇（編集部）

〇三―三二三〇―六〇八〇（読者係）

〇三―三二三〇―六三九三（販売部）書店専用

印刷所　凸版印刷株式会社

製本所　加藤製本株式会社

ISBN978-4-08-771843-0 C0093

※ 北方謙三の本 ※

大水滸伝シリーズ　全51巻+3巻

『水滸伝』（全19巻）＋『替天行道　北方水滸伝読本』

12世紀初頭、中国。腐敗混濁の世を正すために、豪傑・好漢が「替天行道」の旗のもと、梁山泊に集結する。原典を大胆に再構築、中国古典英雄譚に新たな生命を吹き込んだ大長編。

［集英社文庫］

『楊令伝』（全15巻）＋『吹毛剣　楊令伝読本』

楊志の遺児にして、陥落寸前の梁山泊で宋江から旗と志を託された楊令。新しい国づくりを担う男はどんな理想を追うか。夢と現実の間で葛藤しながら民を導く、建国の物語。

［集英社文庫］

『岳飛伝』（全17巻）＋『盡忠報国　岳飛伝・大水滸読本』

稀有の武人にして孤高の岳飛。金国、南宋・秦檜との決戦へ。老いてなお強烈な個性を発揮する旧世代と、力強く時代を創る新世代を描き、いくつもの人生が交錯するシリーズ最終章。

［集英社文庫］